茅盾文学奖
获奖作家短经典

Short Classic

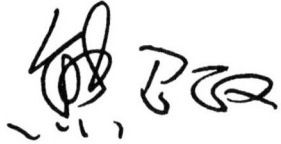

醉里挑灯看剑

熊召政 —— 著

人民文学出版社

图书在版编目(CIP)数据

醉里挑灯看剑 / 熊召政著. —北京：人民文学出版社，2020
（茅盾文学奖获奖作家短经典）
ISBN 978-7-02-012984-3

Ⅰ.①醉… Ⅱ.①熊… Ⅲ.①中篇小说—小说集—中国—当代 ②短篇小说—小说集—中国—当代 ③散文集—中国—当代 Ⅳ.①I217.2

中国版本图书馆CIP数据核字(2019)第125828号

选题策划	付如初
责任编辑	付如初
装帧设计	刘　远
责任印制	任　祎

出版发行	人民文学出版社
社　　址	北京市朝内大街166号
邮政编码	100705
网　　址	http://www.rw-cn.com

印　　刷	三河市中晟雅豪印务有限公司
经　　销	全国新华书店等

字　　数	200千字
开　　本	787毫米×1092毫米　1/32
印　　张	9.75　插页3
版　　次	2013年1月北京第1版
印　　次	2020年3月第1次印刷

书　　号	978-7-02-012984-3
定　　价	38.00元

如有印装质量问题，请与本社图书销售中心调换。电话：010-65233595

出 版 说 明

茅盾文学奖自1981年设立迄今,已近四十年。这一中国当代文学的最高奖项一直备受关注,获奖作品所涉作家近五十位,影响甚巨。其中获奖作品人民文学出版社所占的比例接近百分之四十,几乎所有的获奖作家都与人民文学出版社有过合作。这些作家大多在文坛耕耘多年,除了长篇小说之外,在中篇小说、短篇小说和散文等"短"体裁领域的创作也是成就斐然。

2013年,我们以全面反映茅盾文学奖获奖作家的综合创作实力为宗旨,以艺术的眼光,遴选部分获奖作家的中篇小说、短篇小说和散文的经典作品,编成集子,荟萃成了"茅盾文学奖获奖作家短经典"丛书,得到了专家和读者的一致好评。

此次再版,我们在原丛书的基础上,增添了第九届和第十届茅盾文学奖获奖作家的"短经典",一些作家的作品篇目也有所增删,旨在不断丰富丛书内容,让读者更加全面细致地了解这些作家的创作。相信该系列图书能够与我社的

"茅盾文学奖获奖作品全集"系列一起,为您完整呈现一代又一代茅盾文学奖获奖作家的创作实绩、艺术品位和思想内涵。

人民文学出版社编辑部
2020年1月

目　录

001　醉汉
055　鬼火
092　门向
104　老屋
119　官岭街趣事

133　中国士大夫的山林之趣
144　苏舜卿与沧浪亭
156　天台山上说寒山
172　运河是一段乡愁
182　醉里挑灯看剑
207　明朝大悲咒
224　读了明朝不明白
233　烟花三月下扬州
237　龙舟
241　饮一口汨罗江

245 登黄鹤楼
248 雨中登滕王阁
252 岳阳楼散记
258 华山下棋亭记
261 芒砀山记
263 八节洞记
266 天堂河谷记
272 桃花溪印象
275 水墨江南
277 阆中小记
281 仙叠岩记
284 九寨沟三记
292 踏遍青山人未老

297 让历史复活

醉 汉

一

山中白日迟短,天说黑就黑。郑天冬窝在火塘边,拿着酒碗,一口一口地喝着闷酒。他喝酒不兴用酒杯,而是用的粗瓷大碗。一碗酒少说也有斤把多。不晓得喝了几多时候,酒只遮得住碗底了。火塘里煮着的一吊锅腊肉,倒是还剩得不少。他的肉瘾不似当年那样大,专拣吊锅里的白萝卜吃。

屋外万籁俱寂。这座叫作蛇皮坳的乱树岗子远离人烟,白天都是清静寡静的,鬼打得死人。夜里更不消说得了。一阵风过,生出各种怪音,令人毛骨悚然。郑天冬倒不怕岩石缝里钻出个青面獠牙的鬼,也不怕么事狐狸豹子,他只怕贼,偷了他的天麻去。因此养了一群狗,不多不少整七只,守护屋前屋后的天麻园。这群狗和主人一起住在这个上不巴村,不下巴店的山冈垴上,人烟见得不多,每夜却少不得要同野兽搏斗几回。因此一个个锻炼得野性十足,见人就龇牙咧嘴,跃跃欲试要把人生吞活剥的样子。因此,远近五十里的人都晓得蛇皮坳上有个天麻园,天麻园里有一群恶狗。他们把郑天冬喊做"狗老爷"。

狗老爷正要一扬脖子把碗里的剩酒吞到肚中去,忽然,他听得离天麻园不远的地方,响起了野里野气的山歌声:

想哥想出了相思病
奴家上山散散心
走进了黑松林
遇到打蛮的人
褂儿扯扯,裤儿蹬蹬
兜胯一将军

歌声全失了韵致,嗓子大得怕人,狗老爷晓得这是走夜路的人害怕,故高声唱歌壮胆。他笑了笑,不作理会。过了一会儿,门外的狗狂吠起来,其间夹杂着一个男子的斥骂声和一个女子的惊叫声。狗老爷赶紧起身开门,喝住了,问站在门外喘气儿的两个黑影儿:

"哪个来了?"

男子惊魂未定地回答:

"好你个郑天冬,我的狗老爷,养了这么一伙畜生,比豹子还凶。"郑天冬听出这是本村的王精怪的声音,就把他们让进了屋。王精怪本名并不是这个,因他平常阴阳怪气的,人们就喊他精怪,叫得久了,他的本名反而被人们忘记了。

王精怪招呼同来的女子在火塘边落了座,耸着鼻子嗅了嗅酒香肉香,大惊小怪地嚷道:

"狗老爷,你一个人享天福,一吊锅腊肉一碗酒,还没过年呢。"

"累了就喝碗酒,过么事年?"郑天冬又往火塘上架了几根树棍子。

"今天就是过年嘛。"王精怪说,"城里人叫元旦,敬重得很。"

郑天冬这才记起,阳历明天就是一九八五年了。他摇摇头,不以为然地说:

"乡巴佬,哪个去过洋年。大年三十才叫过年。"

"也说得是,"王精怪眨巴眨巴眼睛,"城里人是钱多得长蛆了,才又过洋年,又过中国年。"

"精怪,天黑得鼻子看不见嘴,你摸上来有么事?"

精怪住在猪婆寨,离这里有五里上山路。郑天冬原先也住在那里,因为种天麻,才搬到山上来住。

"还不是为了你?"王精怪脸上的表情神秘起来,"天冬,这个女子叫山秀,是我表妹。"

"啊。"

郑天冬应了一声,飞快地瞄了那女子一眼。她低着头,好像不自在,手脚都没得地方放。郑天冬有些纳闷,心里想:这王精怪,深更半夜领个表妹上山来,要搞么事名堂。

"天冬,"王精怪继续说,"我这个表妹,嘴儿一张,手儿一双,能干人哪!"

"唔。"郑天冬不想和他谈这个,"你吃了夜饭不?"

"吃过了。"王精怪看出郑天冬有戒心,笑了笑,于是拿话逗他:

"天冬,寡汉佬的日子好过不?"

"有么事不好过的,一个人吃饱,一家人不饿。"

"怕不见得吧。你现也是全县有名的万元户了。种天麻种出名誉来,相片照在报纸上。和县长平起平坐地喝酒,就不怕县长问你,家中的老婆好不好?"

郑天冬默不作声。他往各处开会,的确遇到过这种尴尬事。甚至还有人背后议论他:"这么个大名鼎鼎的摇钱树,为么事落不下雀儿来做窠?我看这里面有个扭丝扭儿。"

王精怪见郑天冬发怔,内心颇有几分得意,越发有了话头:

"狗老爷呀狗老爷,你养的这群狗,都晓得发情呢,你今年多大,我记得不差,你吃的是四十四岁的饭吧,还算是干柴烈火的年龄。"他本来还想补上一句,"你也该尝尝女人味儿了,那味儿可是酒味肉味都替换不了的。"但碍着山秀在场,这话才没说出口。

郑天冬有些窝火,这王精怪,一张嘴让风吹着夸。他真想撵他出门,碍着从小一起长大的,笑话说惯了的,脾气发不出来。他只好含含糊糊地说:

"说这些做么事,无油无盐的寡话。"

门外的狗们又吠了起来,郑天冬借口要去看看出了什么事,闪出了门。谁知王精怪也踩着他的脚后跟走了出来。把他拉到天麻园中,低声地说:

"天冬,你看我表妹怎么样?"

"什么怎么样?"郑天冬没好气地顶他。

王精怪发了急:"天冬,你是真的不开窍还是装糊涂?我王精怪黑灯瞎火的带个女人到你这里来,是为的哪一个?"

郑天冬这才明白了王精怪的用心,顿时严肃起来:"精怪,你又不是不晓得我的脾气,今生今世,我是不想找媳妇了。"

"你这个人才是怪,"王精怪大感不解,"女人未必是豹子,困在床上吃了你?我是过来人,晓得媳妇的好处,脱得光光的,抱在一堆儿睡觉,舒坦得很呢。就说我的媳妇,像疼儿子样的疼我,在家煮个虱吃,也要给我留个虱胯儿,媳妇有哪样不好?"

"我没说媳妇不好,我只说我不找。"郑天冬倔强起来。

沉默了一会儿,王精怪问:

"天冬,你口口声声不找媳妇,是不是还想着那个人?"

"你敢嚼舌头?"郑天冬脚一跺,气成了二郎神。

王精怪"以柔克刚",轻言细语地开导说:

"天冬,你真是天底下第一号大好人。为她吃了那么多苦,到如今还是屋脊梁上挂棒槌——独打独一个,可你心里还想着她。我王精怪敬重你的为人,可你也得为你的下半生想想。少年夫妻老来伴,你不找媳妇,未必连个伴也不要?"

王精怪的攻心之术的确厉害,郑天冬低下头来,身子在低回的北风中微微地发抖。王精怪继续说道:

"天冬,莫再想她了,人家毕竟是火炉里烧的粑,有主儿的。再说,她也四十岁的人了,还图她么事?常言道:十七十八一枝花,二十七八赛过它,三十五岁犹还可,过了四十老丝瓜,我带来的山秀,虽也吃三十岁的饭,人嫩得还像一根水葱儿。她新近离的婚,媒人踩破了她家的门槛。我是想到你可怜,才把她领来的。山秀听我说起你的情况,也很同意,虽说你年纪大了点,她并不嫌弃。"

一大篇话,郑天冬像是没听见,站在黑地里,一根一根地猛抽着烟。王精怪以为他是动了心,又诡谲地说:

"天冬,你要是没得意见,今夜,就可以和她困到一个床上去。至于我为你辛苦了一趟,你多少把点工夫钱就中了。"

郑天冬火气冲头,恶声恶气地说:

"你快些把女人带走,我不要媳妇,也没得冤枉钱把给你。"

"天冬……"

"不跟你说了。"

郑天冬再不搭理王精怪,又不肯回屋去见那女人,便带着狗,上山去看白日下的捕黄鼠狼的机关去了。

约莫过了半个时辰,郑天冬估计王精怪和他表妹走远了,才怏怏地走下山来。他推开屋门,却见叫作山秀的那个女人依然勾头坐在火塘边,王精怪不见影儿。

"精怪呢?"郑天冬生气地问。

山秀抬起头来,望着郑天冬的满脸怒气,惊慌地说:

"他,他走了。"

"他走了? 你为么事不走?"

郑天冬像个黑煞神,唬得山秀掩面哭了起来。

"你留下来做么事,你也快走!"

郑天冬一吼一吼的,山秀不敢还言。赶紧站起身来,打开门要出去,一阵冷风扑进来,她打了个寒噤。屋外夜黑如漆,山风中响起各种怪音,山秀不敢出门,嗫嚅地说:

"郑大哥,我怕。"

郑天冬想说:"我只要你走,管你怕不怕。"但他一抬头,看到山秀满面泪痕,心顿时软了,叹一口气。

山秀见郑天冬的样子不那么凶了,心略微定了定。她重新掩上门,轻手轻脚走回到火塘边坐下。郑天冬眼睛瞄着自家的膝盖,问:

"你叫山秀?"

"嗯。"

"是王精怪的表妹?"

"不,不是的。"

"不是的?"郑天冬感到惊异,抬眼瞄了瞄山秀。这女子长得不丑,大眼珠子水灵灵的,很能撩拨人。郑天冬赶紧别过头去。"这个王精怪,扯白掉谎的,怎么说你是他表妹。"

山秀惶惑:"我也不晓得他为么事要这样。"

"你怎么认识他的?"

"他到我家来为你说媒,听说是你,我动了心,就和他一起来了。"

山秀擦了泪痕,脸红红的。郑天冬忽然觉得这女子也还可爱。他想说"我不想找媳妇",又怕伤了山秀的心,就拐着弯儿说:

"我这个人,自家都多了半边。猪婆寨的人都晓得,是个容不得人的呆货。"

"你莫作践自家,"山秀眉目传情,柔声地说,"能跟上你这样的男人过日子,是我山秀的福分。"

"莫这样说,"郑天冬慌乱起来。这么多年来,除了和那个"她",他没有再和第二个女人这么脸碰脸地说话。隔了一会儿,由于好奇心的驱使,他又结结巴巴地问:

"你,你为么事跟你男人离了婚?"

一丝看不见的忧伤在山秀的眼睛里掠过,她低声地说:"他没得用。"

郑天冬点点头,其实他并不晓得那个男人到底怎么样没得用。又不敢问。山秀胆子大起来,索性说穿了:

"跟他困觉,像姐妹困觉一个样。"

"啊。"仿佛有一根羽毛把郑天冬的心撩拨得痒痒的,他不敢再说下去,起身去里间收捡了床铺,对山秀说:

"天不早了,你去困觉吧。"

"就这一乘床,我困了你哪里困?"

"你莫管我,你进去,闩起门来困就是。"

山秀见郑天冬不肯说话了,只得进到里间屋,脱衣了。门却没闩。郑天冬起身去把门掩了。独自站在灶间,有一股冲动的情绪折磨着他。细听里屋,床板吱吱地响动,山秀显然也睡不着,不停地翻身。

郑天冬强迫自己不去听里屋的动静,又支起吊锅,悄没声儿地喝起酒来,他的心情再也无法平静。火塘里晃动的火苗上,仿佛有一双大而亮的眼睛,正默默深情地注视着他。

"二十年了,你为么事还要这样望我。"郑天冬对着火塘,自言自语地说,他的语气里充满了伤感,神情愈发显得凄楚了。

山风起了,瓦沟上似有许多青蛇溜过。沉重的夜气,冻得门外的狗猁猁吠叫。郑天冬已经听不见这些,他在回想那个神奇的夏天。

二

山上的夏日,与畈下毕竟不同,畈下有风无风,屋内屋外,三伏天一概的热。山上则不同,正午站在太阳底下,无风时也能热出汗来。但无风的日子极少,一天到晚,从树林里,从泉水边吹起的凉风不断。空气湿润,哪怕太阳当顶,树林里的枝叶上露气也不收。花儿一蔸蔸地开,溪水一脉脉地流。是花都香,是叶都潮,人行其中,暑气全收。

每逢这种天气,郑天冬就爱上山来砍柴。他五岁丧父,母亲靠纺线把他养到十五岁。他读完了小学,就回到队里生产,开始靠自己的体力养活母亲了。光阴荏苒,不觉他已长成了二十五岁的汉子。去年,母亲洗衣服时,忽然头发晕栽到塘里淹死,丢下他一个人,在猪婆寨的田地里讨生活。他勤扒苦做,生活倒没得么事过不去的地方。三伏天里,队里人趁热偷闲,各自拣了荫凉处下棋、困觉。他却独自上了山,砍柴挑到镇上去卖,换油盐等。

这天吃罢大早饭,他又肩了冲担上山。冲担是这一带山区做挑担之用的一种工具,又名光担,一般用栗木或杏木做成,长有八尺,两头尖尖,用铁皮包裹,锋利如矛。用它既可挑柴、挑谷把子,又可做防身武器。郑天冬的冲担已让汗水浸得光滑。殷红的木面上,照得见人影。主人勤不勤快,看一看他家的冲担即知。勤快非常的郑天冬,把冲担扛到了离猪婆寨十里的云菇岭上。若是塞灶口的,煮得熟饭食的杂柴,猪婆寨周围遍山皆是。郑天冬之所以舍近求远,是因为要去云菇岭拣酒盅粗细的栗树棍子,这种柴敲之作铜响,烧起来火猛焰高,镇上人喜欢烧这种柴。

到了云菇岭,拣一处生满栗树杂子的山坳,郑天冬放好冲担、草绳,却不慌去砍柴,他寻一块凉幽幽的石头坐下,摸出一拃长的小铜烟袋抽起烟丝来。云菇岭挡住太阳,白炽炽的阳光只照到畈下的塆舍、流泉和一丛丛的乌桕树。郑天冬感到惬意,从鼻孔里喷出的蓝蓝的烟雾,逐渐扩散到身边的野黄花丛中形成有趣的缭绕。鸟啼声听来也是懒散的,一切皆无忧无虑、无所用心。郑天冬也是无忧无虑,无所用心。一连气抽了十几袋"功夫烟",他才起身抽刀砍柴。他朝刀口上吐了口唾沫,正要砍下第一刀,忽听得什么地方,有个女子唱起来:

　　天上一块相思镜
　　地上一盏女儿灯
　　妹要栽花哥点水
　　哥要落雨妹铺头

歌声柔柔的、甜甜的,是茶青时采茶女常常唱起的歌子,郑天冬的心为之一动。这野的山上,哪来的女人唱歌?他索性不砍柴了,支起耳朵来听。一会儿,他听得不远处,响起了不轻不重的脚步声,他便轻轻捡起冲担,朝那里摸去。

那女子又唱了起来:

　　摘茶摘到九层云

一片红来一片青
　　红的都是相思树
　　绿的都是女儿藤

　　有情有意的歌子，把郑天冬的心唱得痒痒的，他循声走到唱歌人的跟前，隔着树丛一瞄，见一个眉眼清秀的姑娘，坐在一堵山岩之下，两眼瞄着远处的烟村。郑天冬咳嗽一声，那女子吓得"啊"了一声。扭过头来，看见一个年轻的汉子，手上拿着一条铁光闪闪的冲担，惊恐地问：
　　"你要做么事？"
　　姑娘往后挪动身子，郑天冬唯恐吓了她，连忙说：
　　"莫怕，莫怕，我是砍柴的。听见这儿有人唱歌，就过来看看。"
　　姑娘稳了稳神，红着脸说：
　　"你这位大哥，才会吓人，捏这么长的冲担，我还以为是强盗呢。"
　　郑天冬把冲担靠在石岩上，蛮有兴趣地问：
　　"你怎么看我像个强盗？"
　　姑娘瞄了瞄他，笑着说：
　　"这会儿又不像了。"
　　"是嘛，我本来就不是的。"郑天冬打着哈哈说，"你的歌子唱得真好。"
　　"好么事，还不是拣耳朵拣来的几句歌。"
　　"这些歌，不大准人唱了。"
　　"我晓得，"姑娘点点头，眼神有些迷惘，"上头说这些歌有毒,毒在哪里啊?"

"上头说有毒,大概就有毒吧。"郑天冬解不透这个理,"说实话,我爱听这些歌子,但我们塆的姑娘不敢唱了,怕抓她的阶级斗争。"

"我在队上也不敢唱的,想到这山上没人,我才唱唱。"

"你一个人,到这野山上来做么事?"

"不对你说。"姑娘偏着头,一副撒娇的样子。

"不说就算了。"

郑天冬感到扫兴,拿起冲担,打算再回到山坳里去砍栗木棍子。

"喂,砍柴的大哥。"姑娘又喊住郑天冬。

"有么事?"

"你是哪个塆子的?"

"我也不对你说。"郑天冬赌气地回答。他抬头看看天,林子的枝叶上,阳光一闪一闪,怕是过了半上昼了。忽然,他听到山岩上的草丛中有窸窸窣窣的响声,定睛一看,不禁大惊失色。一只豹子蹲在那儿,头已探出草丛,瞄着岩下的姑娘。

"快跑,岩上有豹子!"

郑天冬的一声大喊,姑娘从地上弹了起来。她抬头一瞄,吓得不成人声地大叫,拔腿便跑。那恶兽哪肯放掉到嘴的食物,发一声吼,从岩上猛扑下来。郑天冬躲闪不及,立忙双手举起冲担,猛然刺向那恶兽已经张开的大口。也是苍天助他,冲担居然刺个正着,从豹子嘴中刺进去尺把深。那豹子疼痛难忍,更是狂怒异常,在冲担上蹦跳。郑天冬心里明白,豹子如若从冲担尖上蹦下来,他和姑娘的性命也许难保。因此,他使出全身力气把冲担抵到岩壁上,并想把冲担再往豹子肚子里杀深一点,但豹子力气大得怕人,搏斗了十几分钟,郑天冬气力不支,幸好这时那姑娘赶过来,插进一双手,狠命抵那冲担。只见豹子口中血愈流愈多,豹口中的冲担戳进去快有两尺深了。再过了十几分钟,豹子的耳朵、尾巴终于都耷拉了下来。郑天冬看它不再动弹,才气喘吁吁地说:

"放了。"

两人丢开冲担,那豹子跌落在地,四只脚屈伸了几下,就死断了气,郑天冬这才感到浑身像散了架,力气用尽了。他一摊泥样的瘫倒在地上。那姑娘惊魂未定,望着死豹子,背靠着一棵树,呆呆地站着。

约莫一袋烟工夫,郑天冬从地上站了起来,他觉得躺在地上,让姑娘看到了不太雅观。故意装出雄赳赳的样子,走到姑娘跟前,想说几句玩笑话,为姑娘压压惊。话还没说出口,他忽然脸红了,赶紧背过身子去。姑娘不知就里,又跑到郑天冬面前,急切地问:

"大哥,你没伤着吧?"

"没伤着。"

郑天冬眼皮子都不敢抬,又车转了身。姑娘纳闷,问:

"大哥,你这是么样的?"

郑天冬轻声说:"看看你的怀里,你才伤了呢。"

姑娘低头一瞄,顿时脸红破了。不知何时,白底蓝碎花的汗褂被撕下了一片,一只乳房颤颤地露在外头,乳峰下还划出了一道寸把长的血口子,鲜红的血正往外渗。

姑娘赶紧捂住胸口,跑到树林子里,蹲在地上,嘤嘤地哭起来。郑天冬愣了一会儿神,脱下自己身上的白老布汗褂,拍拍拍拍灰土,走进树林子里,从背后递给姑娘,说:

"莫哭了,将就着,把我这个汗褂穿上吧,不好看,遮身子还中。"

姑娘掉过头来瞄,郑天冬已走出树林子,站到死豹子跟前去了。姑娘顾不得合身不合身,好看不好看,赶紧把衣服换了。

"换好了。"姑娘走出树林子,喊着。

郑天冬这才又走回到姑娘面前,手上拿着一片栗树叶,上面黑乎乎的有一小团东西。

"这是么东西?"姑娘问。

"烟屎,从烟筒里掏来的。"郑天冬晃了晃小烟杆说,"你快拿去搽上。"

姑娘不解地问:"搽它做事?"

郑天冬脸红红的,讷讷地说:"搽在你的那个东西上,这烟屎里的烟油,听说能止血,收口子。"

姑娘站着不动,也不伸手接烟屎。郑天冬急了,把栗树叶子塞到姑娘手上,说:

"你快回到树林子里去,搽上,吃好几餐饭,也补不回一滴血呢。"

姑娘又回到树林子里去了。郑天冬提起那死豹子的两只后腿,掂量有五六十斤重,心想这张铜钱豹皮剥下来,卖出来的价钱,怕要贴好几担干柴,因此内心非常高兴。

"大哥。"

姑娘又在背后怯怯地喊。郑天冬指着死豹子,问道:"你吃过豹子肉吗?听说作燥,这个天气吃了,烧裆。"

姑娘回答说:"看着都恶心,还敢吃它。"

黄花闺女皱着眉头也好看,郑天冬很开心地问:

"你现在能不能告诉我,你叫什么名字?"

"段引凤。"

"段引凤。"郑天冬重复了一句,就记到了心里,"我好生奇怪,你一个人跑到这个野山上做么事?"

段引凤咬着嘴唇,想了一会儿,才犹豫地说:"我说了,你莫对别人说,中不中?"

"中!"

"我来躲生的。"

"躲生?"

"嗯,今天,是我的生日,满二十岁。"

"过生日么要躲到山上来?"

"前些天,我丫(当地把母亲喊做丫)找瞎子帮我算了一个命。说我走进二十岁的门就有灾,若不把灾除掉,日后还要带到婆家去。"

"莫听他的,瞎子瞎,乱嘴巴。"

"瞎子说得活灵活现,还能不听?他说,西北南三方我都犯了煞星,你不找它它找你,若是生日这天往东走,东方阳气盛,煞星不敢犯东,我得了阳气,命就硬了。"

"嗨,这瞎子还说得理流流的。"

"今天生日,他要我天光动身,赶在太阳出山前走二十里路,太阳落土才能往回去。"

"引凤,你的一条命差点去把瞎子了。"

"这你就说差了,过今天这个生日,我越发信瞎子说得不差。出了头豹子,又出了打死豹子的人,一切都是命。"

"我郑天冬,倒成了你命中注定的救护神了。"

"你叫郑天冬?"姑娘诧异起来。

"是呀。"郑天冬不晓得姑娘为么事惊奇,"怎么,你听说过这个名字?"

"你住在哪个塆?"段引凤又问。

"猪婆寨。"

"猪婆寨?"段引凤越发惊奇,"那你和郑天龙是不是弟兄伙的?"

"也是也不是,我们都姓郑,按辈分往下排,都是'天'字辈的,但已经出了五代,疏得很。"

"啊!"段引凤点点头,忽然又有些伤感的情绪。

"你认得郑天龙?"

"不,不认得,听我们塆里人说起过。"

郑天冬想了想,又问道:"引凤,你方才说,算命先生说怕你把灾星带到婆家,你有婆家了?"

"没得。"

引凤迟迟疑疑地回答,头又勾了下去。郑天冬心里忽然生起异样的感情。他仿佛又看见引凤胸前的那一只带有血痕的颤颤的乳房。他感到手心发痒,想去摸摸引凤的鼓突突的前胸。一眨眼工夫,他又为这个想法感到吃惊,觉得自己太无聊,禁不住又生起气来,一巴掌打在树上。

引凤是个细心的姑娘,她看出郑天冬有了心事,也感到有些尴尬。她扯开话头:

"天冬哥,太阳当了顶,我们吃点东西好不?我带得有粑。"

郑天冬从引凤的手里接过一个发粑来,像嚼木屑样的嚼着。他想说点玩笑话,把心事掩过去:

"我这回吃了你的寿粑了。"

"你这样说,别短我的阳寿。"引凤的眉毛笑成了一条线。

"你满二十,我在九月重阳节的前一天满二十五,比你大五岁。"

"我喊你天冬哥,好不?"

"好,好,"郑天冬口里答应着,可是在心里又说,"我不想要老妹,只想要老婆。"吞下了两个粑,又吃了引凤给他剥好了的两个红鸡蛋。年轻女人的温柔与体贴,使他惬意得很。

无情无义的太阳,那么快就贴近了西山头。郑天冬望望畈下浓浓淡淡的炊烟,极不情愿地说:

"我们下山吧。"

"是得走了,天黑了回家,我又怕。"

郑天冬疑心是引凤不肯和他多坐会儿,因此有些恼怒地说:

"你想走,么不早作声?"

"你光着上身,我怕太阳晒得你痛。"

"我这一身犟肉,莫说太阳晒,就是太阳来咬也咬不痛的。"

郑天冬从地上捡起死豹子扛到肩上,手上提着冲担,做出很勇武的样子,与引凤走上了下山路。

走了八里地,一个岔道。引凤要往左边路上走,郑天冬要从右边路上回猪婆寨。分手时,引凤瞄着郑天冬,含情脉脉地说:

"天冬哥,后天上午,我到镇上的石拱桥头等你,还你的汗褂。"

天冬点点头,目送引凤上路,望着她娟秀的背影,他在心里念叨:

"好一个妹子,眼睛会说话呢。"

三

火塘里再没有火焰跳起了,剩下一堆通红的木炭。郑天冬又喝下了半碗酒,人醉得迷迷瞪瞪的,歪倒在小竹椅上困着了。这一觉困得好沉哪,直到五更天,一阵狗吠声才把他惊醒。他昏昏沉沉地不晓得困在哪里,翻了一个身,忽然挨到了一堆软绵绵的东西,随即鼻孔里闻到了一股既陌生又熟悉的香味,唔,这不是女人温热的肉香吗?他伸手一摸,一个光滑又丰满的胴体困在身边。他的醉脑袋还感到沉重,但他的灵魂已经躁动不安,一股原始的力在血管里奔流。"引凤!"他像豹子样地低低地吼了一声,伸出双手把女人搂在怀里,狂热而又粗鲁地亲着她的额头、眼睛、嘴巴和乳峰。女人温顺地接受了这一切,但是并不主动,甚至还在火焰般燃烧的胸怀里不住颤抖。这是她感到了幸福还是恐惧?这是引凤吗?我这是在哪里?引凤又是怎么来的?郑天冬忽然感到脑子里一片空白,他从感情的高峰上跌落了下来。几乎就在那一刹那,他记起了王精怪带来的那个女人,我不是坐在火塘边喝酒吗?我么时儿跑上床来,和这个叫山秀的女人困做一堆儿的?一股羞愧之情从他心底涌出,他蛇一样溜下床来,抓起一把衣服逃到灶间。火塘里还有未熄的火屎,他抱过一堆松毛和树棍子重新燃着。捡起衣服来穿,看见仓促中把女人的内衣也夹了出来,他脸上发烧发热,赶紧把内衣掷回到里屋床上。他六神无主地坐在火塘边,忽然又站起来打开大门。他想去看看他的天麻园。冬至节早过了,天麻已经收起,变成一摞一摞的钞票,存在他的那个任何人也不晓得的泥罐里。他现在到天麻园去,并不是去查看小偷和野兽,他只想借此离开这座屋子,这个女人。他觉得自己变成了小偷和野兽了,欺侮了一个毫无反抗能力的女人。他跨过门槛,被绊了一跤,又是一堆软绵绵的东西。蹲下去一看,是他的狗。这畜牲,怎么困在大门口?他踢它一脚,竟一动不动,咦!未必死了。他好生奇怪,伸手去摸狗鼻,还有微微的气息。这狗怎么了?只闻得狗嘴里一股秽臭的酒味。这狗日的狗,哪里偷得酒喝。不对,狗是不敢喝酒的,听说狗若是吃了醉汉吐出的秽物,也会醉死的。他赶紧点个火把,到门外一瞧,狗日的,还困着两条哪。只见墙角处倒有一堆秽物,是我喝醉酒了?这又是谁扫出来的,莫非是那个女人,山秀?

郑天冬感到心里好不是滋味儿,折回屋里,却见那女人已穿好了衣服,坐在火塘边上,两手捂着脸,在哭。郑天冬依旧坐回到小竹椅上,看清地上有清扫的痕迹,不好意思地问:

"山秀,我喝醉了不?"

山秀点点头。

"是你扫的?"山秀又点点头。

"么样搞的,年把都没醉了。"郑天冬生起了气,"拖累了三只狗,还在你面前出了洋相。"

山秀放下捂手的脸,迷惘地望着郑天冬。

"山秀,我,我,"郑天冬瞄着里屋的床,想辩解,却又无话可说。愣了一会儿,他才悔恨地说:

"我不该上你的床。"

"这不怨你,"山秀叹了一口气,"是我看你醉得不成人样子,把你拖到床上去的。"

"我既是醉了,又么样脱了你的衣服。"郑天冬纳闷了。

山秀低下了头,声音轻得几乎听不见:

"衣服是我脱的。"

郑天冬嘴巴张得老大,不相信自己的耳朵。接着恼怒起来,伤言搭语地说:

"你这样的女人,真是不知不识的。你不要名誉,我还要呢。"

山秀又哭起来,她的心被刺痛了。郑天冬最怕女人的眼泪,心又软下来,嘟哝着说:

"幸好我及时醒了酒,没做出荒唐事来。"

山秀昂起头,愤懑地说:

"郑大哥,你莫把山秀当成骚狗婆,我不是那种轻飘飘的人。只怪我作践,听了王精怪的话。"

"王精怪?他说的么事话?"

山秀张张嘴,到底没说。她么样说得出口呢?昨夜,王精怪留下山秀,就是有意让她引郑天冬上钩。王精怪说,只要生米煮成了熟饭,这个姻缘就接定了。从山秀欲说还休的神情里,郑天冬已猜到八九分。

"这个王精怪,一肚子的馊主意。"

山秀含怨地说:"如今也怪不得别人,只怪我作践。"

山秀眉毛微蹙的样子,使郑天冬想起了段引凤,不由得感叹起来:

"托生个女儿身,也不当容易。"

这句话更是触动了山秀满腹酸楚,说话带出了哭声。

"我们女人,哪个不是怄气坛子?"

"山秀,听我一句话,去找个年轻点的,还有几十年的好日子。"

"郑大哥,你真以为你老了,还是推辞我的话?"

"你么样看中我了呢?就图我个万元户,可以过甩手甩脚的日子?"

山秀满脸红红的,辩解说:"我的两个上人的确是这样想的,所以才答应我和王精怪一路来看人,可是我山秀脚有手有,也不是生来爱吃闲饭的人。"

"唉,"郑天冬连连叹气,他觉得山秀也是个善面善心的女人,这件事情真使他为难了。

"郑大哥,天亮了,肯与不肯,望你把个实话。"

"山秀,你让我想几天。"

郑天冬犹犹豫豫的样子,使山秀想不开,她索性说亮话:

"郑大哥,你这么不好答应我,是不是另外有了人?"

"没得,没得。"郑天冬一迭声地否认,他的心思乱了。痴头痴脸地坐在小竹椅上,山秀么时走的,他也不晓得。

"山秀——"

郑天冬站在山冈垴上,朝着下山路大喊。当他意识到山秀已经离开了他的火塘屋,心中不自觉地升起了一股怅然若失的情绪。他瞄了一眼山秀坐过的木凳子,发现上面放着两双袜底儿。他拿到手上看,一双上绣的是并蒂莲花,一双上绣的是交颈鸳鸯。布壳厚实,针脚细密。这是山里女子定情的信物,郑天冬的心里一热,觉得不应该接受这种馈赠,他冲出门去,想把山秀喊回来。连喊了几声,没有答应。山秀已经走远了。

郑天冬独自伫立在山冈垴上。潮生沉滞的晨雾在他身边缓慢流动,被他的喊声惊醒的山雀子,发出梦呓一样的啼叫。西北风变成一道可以看见的乳白色的气流,从山垭口奔腾而去。冻云下的树林,幻作深灰色,里面时不时传出嘎扎嘎扎的响声,也许是野兽走动。郑天冬忽然感到了孤单,他呆望着山下,想着熟悉的垸子,对于女人的渴望出乎意料地在他的内心中掀起了风暴,他几乎是绝望地发出乞求声:"引凤啊引凤,你折磨了我二十年,还要折磨我几多时呢?"

四

第三天,郑天冬没有践约到镇上那座石拱桥去,不是他不肯去相会,而是那天队里恰好死了一个五保老。队长派他们几个年轻人当殡夫,抬棺材上山。他本想推脱,但队里只有这么三六九个人,他不上阵,就要空出一个杠头来。他内心憋气了一整天,埋怨这个五保老死得不是日子。太阳挨山时才把死人埋好。他顾不得累,二四脚往镇上跑,七八里路赶出他一身臭汗来。可是,石拱桥头早没了人。郑天冬又往镇子各处寻找了一遍,哪里看得到段引凤的影子?直到星子出了个满天,他才蔫头耷脑往回走。这个来无影去无踪的段引凤,硬是勾了他的魂。他想找上门去,又不晓得她住在哪个塆子。他后悔莫及,那天和她在山上待了一天,偏偏就忘了问她住在哪里。

郑天冬从此惹上了单相思,吃饭没得味,做事没得劲,人家和他说话,常常回答得牛头不对马嘴。有一次,他又上山砍柴,到了山上,才发现自己错把锅铲当成砍刀别到了腰上,只好扛根空冲担回来。为此在塆里落下一个让人取笑的话柄。

只要一落空,他就想着引凤,那一双大而亮的眼睛,就好像两颗星子嵌在他的心里头。有好几天,段引凤的那只划了道血口子的白柔柔的乳房,使他想入非非。他幻想用手扪摸的滋味,一夜间就困不着觉了。"不晓得那烟屎,到底止不止痛。"有一回他的手指头让菜刀切破了,他赶紧按了一坨烟屎,血是止住了,痛还是痛,他因此又想到段引凤乳房痛的样子。整天这么颠三倒四的瞎想,久而久之,塆里人以为他中了什么魔。有一天,几个年轻人在他大门口两旁各钉下一根桃树桩子,他不解地问:

"你们这是做么事?"

有人回答说:"汪四爹说,你让邪气占了,钉两根桃树桩子避邪。"

"莫说鬼话,么事邪不邪的。"

众人也不和他争辩,嘻嘻哈哈地走了。气得他扯起两根桃树桩子,远远地丢到水塘里。

逢到假日,他就到镇上去,并且总要到石拱桥头站好多时,希望能碰到段引凤,可是每一次他都是扫兴而归。他想到段引凤曾经提到郑天龙,几次他走进郑天龙的家,想从他那里打听段引凤的下落,但话到嘴边又吞回去了。他不相信这个郑天龙。他的同姓兄弟,是个拈花惹草的二流子货。队上的几个女儿家,他经常去秽言秽语地逗引。郑天冬看不惯,他极不情愿把郑天龙和段引凤联系起来。这个骚狗公,让他晓得了我的秘密,还不要造得满城风雨?说不定他还要从中插一竿子,让你吃一个闷心亏。

一晃到了腊月,农事毕了。家家准备过年,多半人家的婚娶大事,也都放到腊月或正月举行。一来有的是工夫,二来该收的都收起来了,该宰的猪羊也都宰了,喜事可以办得热热闹闹的。所以,一进腊月,山里的气氛就变得活跃起来,差不多天天都看到红光耀耀的嫁妆抬子在山路上走过。每每听到迎亲的唢呐响,郑天冬的心里就要着实难过一阵子。血气方刚的青皮小伙,哪个不想当新郎!

这一天夜里,郑天冬正在家里闷坐,郑天龙走了进来,笑模笑样地喊:

"天冬。"

郑天冬虽说比他大两岁,他却从来不带一个"哥"字儿,他笑郑天冬是个苕眼子,平素没得眼睛角看他。

"有么事?"郑天冬懒洋洋地搭理。

"你晓得,明天是我的大喜。"郑天龙无不炫耀的神情。

"我怎么不晓得,新郎官。"郑天冬以为他有意奚落自己娶不到媳妇,心里更不高兴。

"我求你一件事。"

"说吧。"

"明日一早,我们就要去抬嫁妆,大小八抬,要十六个人。"

"我去一个就是了。"

"不是要你去抬嫁妆。"

"那我不去就是了。"

"你要去的,我丫说的,要你去挑辞娘担。"

"我去挑辞娘担?"

郑天冬发了愣,夫家开到女家的抬嫁妆的队伍里头,挑辞娘担的人是个顶顶重要的角色。去的时候,挑两篮子礼物,无非是鱼肉粮烟之类送给女家,回来时挑的才是新娘的"辞娘担",是女方带到男家的礼品。这角色累倒是不累,但若是女家谈经,说男家如何不做人气,礼薄了,说话么样不中听,甚至扣着嫁妆不让抬,要挟男家什么的,一些伤言伤语的话,全都是说给挑辞娘担的人听。这人若是口舌不灵,脑筋转不快,不能见巧放巧,好事也能办得拐。这人若是生了一张八哥嘴,会变成一张戏子脸,拐事也能办得好。所以,男家去抬嫁妆,都注重选好一个挑辞娘担的人。而且允成俗定,这个人非得是新郎家老表或兄弟。否则女家要骂他是个"野贩子",当不了男家主。

"天龙,你莫盘我的洋绊。"郑天冬生气地说,"我是个出苕力的人,不会用心思。"

"哪是盘你的洋绊,"郑天龙诡谲地眨眨眼,"我和我丫商量来商量去,挑辞娘担的人,只有你合适。"

"我只喝得酒,说不到话,你再另外找人。"

"找哪个?我三个老表,两个是呆子,一二十岁了,只能坐门墩,还有一个出外搞副业,年底才回得来,两个姐姐出了嫁,又是女流。只有你了,同姓一个郑,同是一个天字辈,这个忙你也不肯帮?"

"不是不肯帮,是我帮不了。"郑天冬耳朵根子软,听天龙的数说,语气缓了下来,"我生就一个大舌头,不会见巧放巧。"

话虽这么说,第二天,他还是早早起了身,换了一套干净裤褂,吃罢早饭,就挑起两篮子礼物,和抬嫁妆的队伍一起上了路。

十里路到了女家居住的桂花塆,早有人放响了一挂爆竹。郑天冬在硝烟味里走进女家,立刻有人接了他的礼篮去。他正喝着茶,抽着烟,一个满脸喜气的婶子过来揭开覆盖在礼篮上的红布,满脸顿时变了颜色。

"哼,这就算是亲家的节礼?"

听这口气,郑天冬明白到这大婶是郑天龙的岳母子,忙上前喊了一声"蜜娘"。这个称谓是这带山区独有的。兄弟伙的,其中一个的岳母,别个都喊做蜜娘。

蜜娘白了他一眼,提着篮子让众人看。

"你们看看,我这个亲家是几啬皮的人,棒槌大的两块腊肉,拳头大的两包红糖,筷子粗的几斤挂面,这么些零碎八敲的东西,就换了一个黄花闺女去,几好的生意!"

郑天冬虽说挑了礼篮来,却没有想到揭开看看,这时凑上去一瞄,也觉得太轻薄了。天龙这家伙,平素就是个嘴吃怕鼻知的小气货。帮他挑辞娘担,脸皮都没处搁。蜜娘把礼篮往他跟前一放,没好气地说:

"嫁妆今天不抬了,你们先回去。"

"回去就回去。"

郑天冬二话不说,抬脚就要走。蜜娘见这个挑辞娘担的硬气,倒有些难堪,她朝里屋喊了起来:

"引凤,来看看你婆家的节礼!"

什么?引凤?郑天冬不敢相信自己的耳朵。他的眼睛死盯着里屋的门帘,眨都不眨。里屋没人出来。郑天冬顾不得礼貌,走过去挑开门帘一看,顿时傻了眼,端端坐在椅上的,不是别人,正是他朝思暮想的段引凤。

下午,王精怪又跑上山来。郑天冬正在腌制腊肉,王精怪望着他挤眉弄眼,问:

"山秀呢?"

"走了。"郑天冬冷冷地回答。

"走了?么不把她留下来,帮你做这些杂七杂八的家务事?"

"精怪,你少耍弄我。"

郑天冬想到昨夜的恶作剧,心里来了气,茶也不给王精怪倒一盅。王精怪也不在乎,他急于想撮合这个姻缘,弄点

"喜钱"置办年货。他嬉皮笑脸地说：

"好你个狗老爷,果然应了一句古话:人是狗心,狗是土心。昨夜我好心好意,大老远送口肥肉你吃,人情没领到,你反倒说肥肉腻了嘴。"

"人家山秀,也是本分人。"郑天冬不满意王精怪开口就损人。

"怎么,你昨夜没上手?"

"你再说这些混账话,我就叫你滚出去。"

王精怪不气不恼,稳稳地坐在木凳上,抽足了两支烟,又说:

"猪婆寨解放三十多年,才出了你这个能人,腰上扎满了栗子,还和县长平起平坐地喝酒。可是到了大年三十,还搞不到一个媳妇过来,知者说你不肯找,不知者就要道我猪婆寨的不是,好不容易出了个万元户,大家妒忌他,不帮他找媳妇。"

郑天冬就怕王精怪蛇样地缠人,索性把话说穿了:

"精怪,你莫以为我不晓得你肚子里的杂碎。帮我找媳妇,哼,说得比唱的还好听,还不是变个法子从我身上搞钱,一人发财,一圈人眼红,我有钱烂粪,也不把给你。"

王精怪的脸皮,三锥子扎不出血,再重的话,他听来也是轻飘飘的。

"哎呀呀,狗老爷,天冬兄,你这样说,就是狗咬吕洞宾,不识好人心了。看来你这个万元户的马屁,比过去支书的马屁还难得拍些哩。"

"哼,狗扯羊肠。"

"我王精怪若是一头扎进钱窟窿里,还把山秀往你这里塞?我跨脚就过安徽,介绍费少说也拿得到一部彩色电视机的钱。"

"可惜山秀不是你手中的羊,只怕你牵不动她。"

"怎么,你和她交了话?"王精怪听出这话中有话,追问道,"天冬兄,你莫打伞不顾伞柄,一帚子扫了我的人情。"

"精怪,我没得工夫和你烂板凳了。"

"哟,下了逐客令,"王精怪干笑了笑,"天冬,我上来讨你一句话,山秀这女人,你看得中还是看不中?不要吞下是块骨头,吐出又是一块肉,不少的体面男人,都巴望得到她做媳妇呢。"

郑天冬没有回答,他想起了那两双袜底,以及袜底上的鸳鸯和并蒂莲。王精怪猜测郑天冬还是对山秀动了心,又挪近一步,附在郑天冬耳边,神秘地说:

"昨夜里,引凤又驮了天龙的打,大声昂气地哭,一塆人都听得见。"

郑天冬的嘴唇霎时变乌了,鼻孔的出气粗粗的。王精怪知趣地告退,走到山路上,他又故意大声唱了起来:

人前我唱一声
寡汉好伤心
出门一把锁
进屋没得灯
上床困觉空半边
抱个枕头当佳人

五

暮色仿佛是从树林里钻出来的,同那些泉水中浮起的寒气融汇在一起,在这荒山野岭上弥散开来。从山下朝上看,这冬日黄昏的氤氲还是很迷人的,衔山的夕阳把它染成橘红色,青苍的远岭在它的缭绕下变得忽高忽低,岩石幻成野马、奔鹿,或龙或凤,极尽情致。冬日的太阳也怪,它跑了一天路,挨到山上,却不像盛大的夏日那样停下来喘气儿,而是一屁股溜下坡。于是,山上所有的色彩也随着它的一溜而消失了。

每天黄昏,只要没事,郑天冬就要跑到山冈垴上来静坐,眺望山下的景致。王精怪走了,把一些莫名的烦恼丢给他。弄得他饭也没得心思做来吃,脚不由人地走到山冈垴上,坐定在那里,像一块岩石。七只狗也一排子蹲在他身边,支棱起耳朵,警觉地看着周围。醉了酒的三只狗精神差些,都垂着头,像在想么心事,差不多坐了个把时辰,狗们到底失去了耐性。纷纷站起身,在山上跑动着,做起打群架的游戏来,你撕我咬,叫得一塌糊涂。不用眼睛瞄,只需听响动,郑天冬就晓得哪个是哪个。他给七只狗都取了名字,往日里狗们吃饱了,打闹起来,他在旁边看得津津有味的,说这等于看一场战斗故事片。今天,他却觉得狗们的叫声太刺耳,惹得心烦,于是头也不回,只威严地喊了一声:

"黑子,溜皮,小心割了你们的舌头。"

正在狗群中逞能的黑子和溜皮,马上松了口中咬着的打输了的狗的尾巴。七只狗又悄没声儿回到主人身边,一字儿排开,像主人那样,引颈眺望着山下。

山下的田园、竹林、小河和村坞,皆已模糊,何处响起了一阵噼噼啪啪的爆竹声,在昏暗的空气中浮漾,该又是哪家办喜事了。山乡从此又少了一个青皮小伙和一个黄花闺女,多了一对如胶似漆的夫妻。郑天冬的心里更是怅然,他下意识地从怀中掏出那两双袜底儿,一双粗糙的大手充满柔情地抚摸着它们。别人的袜底儿踩在脚板下,他却把袜底儿揣在胸口。让交颈的鸳鸯和并蒂莲花听他的一颗心是如何在跳动。

那次的嫁妆抬得很顺利,因为引凤告诉她丫,这个挑辞娘担的人,就是把她从豹子口中救出来的恩人。挑辞娘担回来的路上,郑天冬双脚像踩了棉花,十里路不晓得是么样走回来的。他无论如何也接受不了这个铁一样的事实,令他相思刻骨的,与他的呼吸共存的那位眼睛大而亮的姑娘,竟然要成为郑天龙的老婆。郑天龙是个么东西,做活三天打鱼,两天晒网,懒得屙蛇。在女人面前涎皮涎脸,没得四两骨头。引凤跟了他,算是饭锅跳到糠锅里,一辈子的罪受不穿头,越想越怄气,越想越伤心,他恨不能把辞娘担丢到臭水沟里。

回到猪婆寨,跨进郑天龙家的大门。郑天龙满面春风地接住他,说:

"天冬,有劳你了,看见我的媳妇了?人家夸她是一枝花呢。"

郑天冬脸都气歪了,粗声粗气地说:"一枝花,一枝花插在牛屎上。"说完就出了大门。

郑天龙不晓得郑天冬为么事不高兴,以为他又是疯子发疯了,也就不计较。郑天冬回到家中,倒头就困,可是哪里困得着,脑海里像在过电影,一个一个的镜头上,都是段引凤。有时微笑,有时掩泣,有时含羞,有时忧伤。这个力可杀豹的刚强汉子,想着想着竟然哭了起来:"引凤啊引凤,算命的瞎子说得不对,不是你遇到了灾星,是我遇到了灾星哪。"

那天夜里很晚很晚,接新娘的花轿才回到猪婆寨,那一年,城里的红卫兵已经开始扫四旧了。可是在这不通公路的深山里,风俗依旧。婚娶礼仪,还是千百年前就已形成了的那一套规矩。

只听得三节铳九响,接着就是一片喧闹声,花轿上了稻场了。郑天冬白日里就已下定决心,晚上不去郑天龙家看热闹,可是呼提铳响,他就坐不住了。他不是想去看热闹,而是想去看看段引凤。

稻场上,四个轿夫正在舞轿。各把轿杠举在手中,像玩龙似的,把个花轿舞得上下翻腾,左闪右跌,有时轿夫们还发一喊,把花轿抛向空中,听得新娘子在里面一声惊叫,他们哈哈大笑,又把落下来的花轿稳稳地接在手中。这在轿夫,是向众人表演他们的技艺和力气的大好时机。也趁此折腾折腾新娘子,在花轿里发吐、发叫、发晕。直到男家赶紧封出四个红纸封,里面装有喜钱。他们才肯停下这种游戏。

听得段引凤在花轿里的惊叫和呕吐声,稻场上赶热闹的人莫不开心的大笑,唯独郑天冬心里难受。看到郑天龙也像个笑脸罗汉站在大门口,他真想冲过去扇他几个耳光。

轿夫们绕着大场舞过了三回,郑天龙才跑过去塞喜钱,他是有意让轿夫们多耍弄一阵子,好让赶热闹的人笑得开心些。这样,婚礼的热闹气氛就上去了。轿夫们在离郑天龙家大门口丈把远的地方歇了轿。早有人把一丈红布从门里铺了出来,新娘子要踩在这块红布上,走进堂屋和新郎拜堂。

新娘子下轿也有讲究,不是自己走下来,而是要让人背下来,背新娘子下轿的,就是挑辞娘担的人,花轿一停,就有人喊:

"郑天冬,快背新娘子啊。"

郑天冬本想掉头就跑,但新娘子在花轿里的惊叫声勾了他的魂,不等人家喊第二句,他就冲出人群,来到花轿跟前。满含敌意地瞪了轿夫们一眼,打开了轿门。

"引凤,我来背你了。"

郑天冬感到喉咙管发硬,模模糊糊地,他看到段引凤正蜷缩在花轿里哭泣。

"引凤。"郑天冬又低声喊了一句。

"天冬哥。"引凤的声音也在发颤。

郑天冬把脸掉过去,弓着身子,把背对着轿门。段引凤伸出双手,箍住郑天冬的颈子。那女性的纤纤滑腻的手指,给郑天冬带来一阵异样的快感。很可惜,只有一步路,郑天冬的脚就踩到了红布。他蹲下身子,让引凤的双脚落在红布上。他的任务完成了,必须让开了。下面这十几步路,是要新娘自己走进去的。他车转身,飞快地瞄了引凤一眼。引凤也在怔怔地望着他,眼睛里满是迷惘与哀怨的神色。郑天冬

再也不敢停留在这里了。他飞快地挤开人群,离开了郑家门口的稻场。身后,响起了几位姑娘为引凤唱起的"进门歌":

> 锣儿鼓儿闹纷纷,
> 新娘进了婆屋门。
> 左脚踏的金,
> 右脚踏的银……

第二天,新娘子找个机会,独自进了郑天冬的家门,只不过一夜工夫,郑天冬就变了个人形,眼神没有了光彩,脸色不再红润,黄黄的像得了痨病,嘴唇又有些发青。他坐在灶口,灶门前烧了一个大松树蔸子,湿湿的柴烟弥漫了一屋子。新娘子走进门来,半天看不见人,郑天冬瞄着她,却不和她打招呼。

昨天晚上回来,郑天冬已是万念俱灰。困在床上,一夜没眨眼皮,段引凤在花轿里喊"天冬哥"时的那种凄婉的神情,总在他的眼睛头上打转。他真想拿一把刀,冲进郑天龙的家里把段引凤抢出来。到后来他到底相信了那两句古话:"命里有时终须有,命里无时莫强求。"段引凤虽和他有缘相见,却无缘撮合。这个本来对生活充满希望的人,一夜间变得冷酷了。他甚至憎恨起段引凤来。惹得他几个月来神魂颠倒、茶饭不香,不就是因为段引凤回答他说没有找婆家吗?这个女人,把我骗得好苦哇!

浓湿的柴烟熏出了段引凤的眼泪,她好不容易才看清楚郑天冬坐在灶口。她走过去,柔情柔意地喊道:

"天冬哥。"

郑天冬勾着头,玩弄着手中的火钳,既不看段引凤,也不回答。段引凤有些尴尬:

"天冬哥,你恨我?"

"我不敢。"郑天冬回答,声音仿佛是从胸腔里出来的。

"那天,你为么事不到镇上去会我?"

"队上死了人。"

"哦,"段引凤长叹一声,"一切都是命。"

"引凤,你早就说给了天龙,那天在山上,为么事要骗我?"

两大滴眼泪滴在通红的火炭上,溅起两缕淡淡的青烟。引凤怎么回答呢?她才过了第一个洞房花烛夜,就能说自己的男人不好吗?她从见郑天龙的第一面、第一眼就看不顺他。那天她约郑天冬到镇上相会,就是想摸摸郑天龙的底。想郑天冬给她勇气,退掉这个童子亲。两家动媒的时候,引凤还是睡在摇篮里的伢花儿。可是郑天冬没有去和她相会,使她失望。腊月里天龙家去提亲,她也就只好听天由命了。

"你么样不回答?"见段引凤发怔,郑天冬又追问了一句。

"天冬呀,我回答不了,我说过了,一切都是命。"

引凤哭出声来,怕隔墙有耳,她又赶紧捂住嘴巴,耸动着肩膀饮泣。郑天冬并不解劝她,冷冷地说:

"现在想起来,我真是大苕一个。为了你的一句假话,我几乎成了疯子。"

"天冬哥,我对不住你。"引凤站立不住,靠到灶壁上。

"你回去吧,人家瞄着了,会说闲话。"

"好,我走。"引凤哀哀戚戚地说,"我是来还你的汗褂的。"

郑天冬接过段引凤递过来的汗褂,上面还散发着很重的香皂味。他一摸,汗褂中夹得有东西,打开一看,是两双新崭崭的袜底儿。五彩的丝线,在袜底上绣着好看的并蒂莲花和交颈鸳鸯。

见郑天冬抚摸着袜底不说话,段引凤含羞地说:"天冬哥,这是我的一点心意。"

郑天冬板着面孔说:"交颈鸳鸯,我和哪个交颈去?"他把两双袜底往火里一丢,火塘里蹿起焰苗,眼看着丝丝缕缕的彩线烧成了一堆黑灰。

段引凤睁大了眼睛。看着郑天冬绝情的举动,她反而平静了。她抹了抹眼角上挂着的泪珠,一声不响地走出门去。

六

郑天冬感觉到从心里涌上来一丝苦味,他张开嘴巴,想把苦味从嘴里放出来。但是,那苦味仿佛是一袭寒气贴在他的舌苔上。夜色已经厚重了,颤抖的寒星在幽暗的冻云中发出微弱的光芒。群山仿佛是一堆又一堆的海绵,吮吸巨大的黑暗。郑天冬划亮了一根火柴,一闪出火光,风就把它吹灭了。他又划一根,又被风吹灭了,他再划一根,终于划燃了,不是一根,而是一板。划燃火柴也不是为了抽烟,而是想看一看袜底上的并蒂莲花和交颈鸳鸯。……多美的并蒂莲啊!一枝稍高,一枝稍矮;一枝展瓣盛开,一枝欲放还收。莲叶绿得那么娇嫩,莲花红得那么炫目。再看那交颈鸳鸯……郑天冬只瞄了一眼,火柴又熄了。不过也用不着瞄了。这一对交颈鸳鸯,二十年前就已游进了他的心中。

山中多情女子的信物,也许有点千篇一律,缺乏变幻,过于古板,但寓在单纯中的深情,却是能令人长久回味的。要说郑天冬内心有什么歉疚的话,那就是他一直后悔,二十年前,不该烧掉那一对浮游在并蒂莲中的交颈鸳鸯。

结婚第二年,引凤生了一个女儿。她婆婆很不高兴,人前人后,总是给她气色看。准备了十几只坐月子吃的鸡,只宰了两只,引凤连一只鸡腿子都没吃到。发展到后来,婆婆不爱这个媳妇,连众人的眼睛都遮不过了。引凤坐月子,正是刮刀子风的三九四九天气。水塘里结满了冰凌。婆婆百事不伸手,引凤只好自己挨下床来,砸开冰凌洗尿片。郑天冬看了实在心痛,躲在屋里长一声短一声地叹气。

自从引凤进了郑天龙的家门,一年多来,两人见面如同陌路之人,好像谁也不认得谁。郑天冬强迫自己这么做,他要让引凤看出他是条硬汉子,不会为个把女人而低眉落眼的。他甚至再也不喊"引凤"了,而故意喊她"天龙媳妇"。引凤听到这种称呼,心里非常难过。她是多么想当一个"天冬媳妇"啊!命运却专门捉弄她,让她做了一个令她生厌的人的媳妇。这个鬼天冬,却又不解她的心思。见了她不是昂头一丈,就是猪一句狗一句的说话。这对于引凤,无疑是精神上的最大的折磨。一个理想中的丈夫已经永远不可能得到了,而保留在心中的对于天冬的依恋之情,也因为天冬的冷漠日渐枯竭。引凤现在变了,眼睛还是那么大,眼神却已黯淡无光。一天到晚郁郁寡欢,对谁都是冷脸冷落的,说不上几句话。

偏偏这个郑天龙,处处又不把媳妇当人。说出话来,气肿了人的脚颈,猪婆寨的年轻人,凑到一起开玩笑,说出的话臭过屎渣儿。有一次在田里薅秧,王精怪问郑天龙:"喂,姓郑的,你那个媳妇一天到黑垮着脸,像是借了她的谷子还了她的大麦,晚上跟你困觉,那一脸的霜化不化些儿?"

"化个屁,"郑天龙涎皮涎脸地说,"你发烧发热的,想跟她亲热亲热,她呆木头一筒,把屁股对你。"

"嘿嘿,你不成了热脸去擦冷屁股了?"另一个青皮小伙笑谑道。

"我才不擦屁股呢,我擦屁股的前面。"

秧田里一阵哄笑。郑天龙的回答刺激了大家的神经,七嘴八舌更是无遮无拦了。王精怪叫着说:

"天龙,莫把股肉埋在碗底,吃独食儿,把段引凤贡献出来,跟我困一困么样?"

"好呀,"郑天龙说,"今夜里,我俩交换阵地,我到你家,跟你的媳妇困。"

"我的媳妇鼻孔朝天,干巴巴的乳房像个死猪卵子,没得你的媳妇标致,你不怕吃亏?"

"吃个事亏哟,"郑天龙越发来了神,"皇帝女儿状元的妻,叫花子女儿一样的。"

"说得好,"有人高兴地吼叫,"天龙,精怪,今夜你们就换背抓痒。"

叶绿得那么娇嫩,莲花红得那么炫目。再看那交颈鸳鸯……郑天冬只瞄了一眼,火柴又熄了。不过也用不着瞄了。这一对交颈鸳鸯,二十年前就已游进了他的心中。

山中多情女子的信物,也许有点千篇一律,缺乏变幻,过于古板,但寓在单纯中的深情,却是能令人长久回味的。要说郑天冬内心有什么歉疚的话,那就是他一直后悔,二十年前,不该烧掉那一对浮游在并蒂莲中的交颈鸳鸯。

结婚第二年,引凤生了一个女儿。她婆婆很不高兴,人前人后,总是给她气色看。准备了十几只坐月子吃的鸡,只宰了两只,引凤连一只鸡腿子都没吃到。发展到后来,婆婆不爱这个媳妇,连众人的眼睛都遮不过了。引凤坐月子,正是刮刀子风的三九四九天气。水塘里结满了冰凌。婆婆百事不伸手,引凤只好自己挨下床来,砸开冰凌洗尿片。郑天冬看了实在心痛,躲在屋里长一声短一声地叹气。

自从引凤进了郑天龙的家门,一年多来,两人见面如同陌路之人,好像谁也不认得谁。郑天冬强迫自己这么做,他要让引凤看出他是条硬汉子,不会为个把女人而低眉落眼的。他甚至再也不喊"引凤"了,而故意喊她"天龙媳妇"。引凤听到这种称呼,心里非常难过。她是多么想当一个"天冬媳妇"啊!命运却专门捉弄她,让她做了一个令她生厌的人的媳妇。这个鬼天冬,却又不解她的心思。见了她不是昂头一丈,就是猪一句狗一句的说话。这对于引凤,无疑是精神上的最大的折磨。一个理想中的丈夫已经永远不可能得到了,而保留在心中的对于天冬的依恋之情,也因为天冬的冷漠日渐枯竭。引凤现在变了,眼睛还是那么大,眼神却已黯淡无光。一天到晚郁郁寡欢,对谁都是冷脸冷落的,说不上几句话。

偏偏这个郑天龙,处处又不把媳妇当人。说出话来,气肿了人的脚颈,猪婆寨的年轻人,凑到一起开玩笑,说出的话臭过屎渣儿。有一次在田里薅秧,王精怪问郑天龙:"喂,姓郑的,你那个媳妇一天到黑垮着脸,像是借了她的谷子还了她的大麦,晚上跟你困觉,那一脸的霜化不化些儿?"

"化个屁,"郑天龙涎皮涎脸地说,"你发烧发热的,想跟她亲热亲热,她呆木头一筒,把屁股对你。"

"嘿嘿,你不成了热脸去擦冷屁股了?"另一个青皮小伙笑谑道。

"我才不擦屁股呢,我擦屁股的前面。"

秧田里一阵哄笑。郑天龙的回答刺激了大家的神经,七嘴八舌更是无遮无拦了。王精怪叫着说:

"天龙,莫把股肉埋在碗底,吃独食儿,把段引凤贡献出来,跟我困一困么样?"

"好呀,"郑天龙说,"今夜里,我俩交换阵地,我到你家,跟你的媳妇困。"

"我的媳妇鼻孔朝天,干巴巴的乳房像个死猪卵子,没得你的媳妇标致,你不怕吃亏?"

"吃么个事亏哟,"郑天龙越发来了神,"皇帝女儿状元的妻,叫花子女儿一样的。"

"说得好,"有人高兴地吼叫,"天龙,精怪,今夜你们就换背抓痒。"

"哎哟!"

王精怪忽然大叫一声,从泥田里提起一只脚来,蹙眉蹙眼地说:

"天冬,你眼睛长到头顶上去了? 薅田棍戳了我的脚。"

站在王精怪身后的郑天冬,没好气地说:

"戳穿了才好,不好好薅田,抵我的路。"

王精怪觉得这话不受用,于是讥刺他:"找媳妇我没抵你的路,人炙么事没找着?"

"我叫你王八蛋嘴硬!"郑天冬怒气攻心,大吼一声,摔掉薅田棍,把王精怪举起来,丢到乱泥巴田里,糊成一个泥猴儿。

王精怪当众丢了个大丑,爬起身来,又不敢和郑天冬较量。这家伙蛮得,只比水牛少一对角。豹子都不是他的对手,我惹了他还不得自讨苦吃? 王精怪比青皮蛇还溜滑,当即就地转弯,笑悻悻地说:

"天冬兄,你的力好大呀,把我的屁股摔成两半了。"

"再敢犟嘴,我把你的屁股摔成四半!"郑天冬怒气未消。他用满怀敌意的眼光,把在一旁讪笑的郑天龙狠狠地盯了一眼。

只有在这种时候,郑天冬才感到自己旧情未泯,内心深处并没有冷漠段引凤。听到这些侮辱段引凤的秽语,他就怒得像个铁面金刚。

段引凤在月子里受到的欺凌,使郑天冬很难过。几次他想去找天龙的母亲谈一谈,又犹犹豫豫地没有去成。我去谈算哪一码子事呢? 是她的上人,还是她的哥兄? 是她的亲戚,还是她的丈夫?我么事都不是啊!但不说一说,又感到引凤太苦了。想来想去,他决心找天龙谈一谈,他不相信这个二流子,连起码的人情道德都没得。

一天夜里,郑天冬把天龙从家里喊出来,想带回到自己家中谈。天龙不肯去,几个牌友正等着他打扑克呢。郑天龙没得法,只好站在塘埂上,把话从远处说来:

"天龙,恭喜你做了老子。"

"哼。"郑天龙不置可否,用鼻子回答。

"老子可不是好当的。"

"当得了老公也当得了老子。天冬,你就为这几句话?我可是没得工夫了。"

郑天冬忍住气,故意装得心不在焉地问:

"这些时,塆子里的一些闲言闲语,你听到了不?"

"哪些闲言闲语?"

"你家的。"

郑天龙沉默了一会儿。他以为这些闲言闲语大概又是指他和某个某个女人鬼混,于是悻悻地说:

"闲话听多了瘦人,人家舌头痒,让人家说去,我左耳朵进,右边耳朵出。"

"闲话不一定是没得根据的话。"

"有根据又么样,前些时,我是和上塆的那个女人玩了两盘,这又算得么事? 一个寻锅补,一个要补锅。"

"我不是指你自己的猪狗事儿。"

"那你又是说哪个的?"

"你丫的。"

"说她,说她么事?"

"说她苛刻媳妇,引凤坐月子,鸡胯儿没吃到一只,还要砸开冰窟窿洗尿片。"

"哪个叫她生女儿?"郑天龙生了气,内心骂郑天冬算老几,管臭闲事。

"生女儿的未必不是人?"郑天冬也火了。

郑天龙脖子一犟,说:"我丫想抱孙子,引凤生不出来,老人还不怄气!"

"你呢?你么不劝劝上人,一夜夫妻百日恩,你就不心痛引凤?"

"我么样心痛法?未必要一天到黑把她托在手上?"

"你就帮她洗洗尿片嘛。"

"哼,亏你说得出,"郑天龙冷笑一声,"在猪婆寨,你看见哪个男人洗过尿片?"

"也没得哪家媳妇,月子里没得人料理。"

"天冬,你说完了没?"

"说完了。"

"那我要走了,说这一阵闲话,少打了好几盘扑克牌。"

郑天龙掉头就走。郑天冬怔怔地站在塘埂上,一股莫名的愤怒和至深的忧愁交织在一起,逼得他想大叫。他张了张嘴巴,一股北风噎住了喉管,冷透了他的心。

第二天,引凤又提着一篮子尿片来到塘边,郑天冬把她喊到了自己家中。引凤感到惶惑,这个已使她心灰意懒的人,现在喊她去做么事?

到了家,郑天冬从火塘上的吊罐里,舀出了一碗鸡汤,双手捧给引凤。

"快趁热喝了。"

"天冬哥,你!"段引凤哽咽了起来。

昨夜,从塘埂上回来,郑天冬把家中养着的仅有的两只鸡都杀了,炖了一大吊罐。他别过脸去,不看引凤的泪眼,说:

"引凤,这一大吊罐鸡汤,都是为你炖的,每天出来,就来这里喝一碗。"

引凤哭得像个泪人儿,哪里还喝得下鸡汤。郑天冬好劝歹劝,她才喝下了一碗。在她喝汤的时候,郑天冬又搬来一个大木盆,把引凤带来的一篮子尿片倒在里面,舀上一盆热水。引凤看在眼里,哭在心里。

"天冬哥!"

段引凤禁锢了一年的感情的闸门,现在又启动了。感情的潮水再次汹涌起来,她扑过去抱住郑天冬的脖颈,疯狂地吻着他的脸颊。郑天冬并没有以同样的热烈去迎合他,而是轻轻地把她推开,说:

"引凤,该回去了,伢儿只怕哭着要你呢。"

引凤好不容易才抑制住自己的冲动。提起篮子,一步三回头地离开了郑天冬的家。

又过了几个月,已是春暖花开的季节了。一天,引凤的女儿发了高烧,婆婆忽然热心起来,主动抱起孩子到镇上卫生所去看病。中午回来,婆婆怀抱里的伢儿已经死了。嘴唇青乌,医生一看就晓得是"窒息性死亡"。可是,婆婆却说:"伢儿病得太狠了,还没抱到诊所,就落了气。"

女儿的死,对引凤的打击很重,经常一个人守在房中,痴痴呆呆地和女儿说话。一到晚上,她就跑到山上去,坐在女儿的小坟前哀哀地哭泣。

一天夜晚,受了那哀痛欲绝的哭声感染,郑天冬跑上山来,走到小坟堆前,他顿时愣在那里。段引凤正裸着怀,把乳头朝一个婴儿的嘴里塞,这是哪来的伢儿?郑天冬又耸了耸鼻子,闻到一股腐臭味,再借着迷离的月光一看,小坟堆已被扒开,段引凤怀抱着的正是她死去的女儿。

"引凤!"

郑天冬百感交集,冲上前夺下死婴,放到坟堆里,准备重新掩土。

"你不能活埋了我的女儿,她要吃我的奶,吃我的奶呀。"

段引凤哭喊着,拼命扑到坟坑里抢孩子,郑天冬拖着她,流着眼泪说:

"引凤,伢儿死了。"

"不,没死,天冬,她已学会笑了。"

"她真的死了,引凤。"

"你是哪个,敢咒我的伢儿死。"

郑天冬的心在颤抖,他捉住段引凤的手,哽咽地说:

"引凤,你真的连我也不认得了?"

段引凤翕动着嘴巴,又抽回双手,使劲地揉了揉眼睛。终于,蒙在她眼神上的那一层困惑慢慢消退了。她迟迟疑疑地喊了一声:

"天冬哥?"

"是的,"郑天冬点点头,"我是天冬。"

"天冬哥哇,"段引凤错乱的神经恢复了正常,重新感到了至深的痛苦。她扑到郑天冬的怀抱里,声嘶力竭地喊道,"我的人哪,我好命苦啊!"

郑天冬伸出粗糙的大手,去为引凤揩着满脸横流的眼泪,他胸中发闷,一句话也说不出来。忽然,段引凤死死地抱住他,不无哀怜地说:

"天冬哥,答应我,不再冷淡我了。"

郑天冬不吭声,眼睛瞄着天。月亮像一团棉花,在树林子上擦来擦去的,它怎么不来揩揩引凤的眼泪啊!

引凤有些绝望了,她跪到了地上,又一次乞求:

"天冬哥啊!"

郑天冬不敢再迟疑,他扶起段引凤,颤声说:

"引凤,我答应你。"

七

一支电光从蛇皮坳上游弋下来,走进了猪婆寨。夜已深沉,猪婆寨沉进了梦乡。郑天冬觉得自己来得不是时候。他想找到郑天龙,责问他为么事又打引凤。他拍拍随他一起下山的大黑和溜皮,示意它们不要吠叫。他轻手轻脚走到郑天龙的房窗下,低低地喊了一声:

"天龙。"

"哪一个?"屋里的人还没睡稳,喊了一声就答应了。拉亮了电灯。

"你出来一下。"

"是天冬?"天龙充满了诧异。

"嗯。"

郑天龙穿好衣服出来了。郑天冬避免谈话声让屋里人听见,把郑天龙引到塆头的乌桕树下。

"深更半夜的,你找我有么事?"郑天龙问。

"听王精怪说,你又打引凤?"

"打了。"

"为么事打她?"

"不为么事,"郑天龙耍着赖皮说,"引凤是我的媳妇,我想打她就能打她。"

郑天冬冷冷地说:"天龙,恶有恶报,善有善报,你作祸莫作过了头。"

郑天龙抱屈地说:"天冬,你驴子不对马嘴地错怪人。不是为了你,我打她做么事?"

"为了我?"郑天冬有些吃惊。

"不是为了你又为哪个?"郑天龙振振有词地说,"天冬,看到你一个人在山上,清静寡静地守孤单,我心里过意不去,想叫引凤上山去陪你几夜,这死女人,抵死不肯去。"

郑天龙说罢,连连叹气,样子极诚恳。这一来郑天冬反倒没了主意,慌里慌张地说:

"我不要引凤上山,我一个人在蛇皮坳上,逍遥自在做寨王。"

郑天龙试探地问:"你是不是嫌引凤老了?"

"只怕是你自己嫌她老了。"郑天冬在心里恨恨地骂道。本来准备了好多话,要下山来和郑天龙说个清楚。现在他又

后悔不该下山来,跟这个不要脸皮人有么事好说的。他喊了狗,转身又往山上走,丢下一句话:

"天龙,你再敢打引凤,我就对你不客气了。"

郑天冬走过一段田间小道,忽然听到了乌桕树下传来了一个女人嘤嘤的哭声,"引凤!"郑天冬差点喊出声来,这可怜的女人,一定是偷偷跟到了乌桕树下,听到了他们的谈话,他想走回去,但还是忍住了,只听得郑天龙恶声恶气地吼道:

"你哭个么事,人家对你没得瘾了。"

郑天冬的血一热。郑天龙这时候如果再说一句混话或者动手打老婆,郑天冬就会毫不犹豫地冲回去,把他捶成一个烂茄子。然而山野恢复了寂静,郑天冬听得有一扇大门吱吱响了几下,又听得插门闩响,他才挪动脚步,一边走,一边困惑地想:"天龙这杂种,为么事又要引凤上山?他又要想个么鬼点子,让我和引凤上当呢?"

也是这么一个深沉的夜晚,只不过不在隆冬而在深秋,漫山遍野的乌桕树或枫树的红叶,在夜空中弥散着它们的令人心醉的气息。晚风携着各种花草的芳香,吹拂过竹林和山塆。每一个角落里,每一乘木床上,似乎有着窃窃的情话,都散发着一种使人酥软的神奇的魅力。

郑天冬好不容易等到整个塆子都进入梦乡,才偷偷溜出家门。他像一个幽灵在塆子里转悠了一趟,看看没什么动静了,才蹑手蹑脚走到郑天龙的门前,轻轻叩了三下门。敲门声几乎还没落,门就开了一条缝,郑天冬挤了进去,反手把门闩死了。

"天冬哥?"

"引凤!"

引凤只穿着短裤汗衫,紧紧地抱住了郑天冬,让他感受到一股强烈的女人气息。郑天冬伸开双手,把引凤抱进了房里。

自从那天晚上,郑天冬在那个令人心碎的小坟堆前,答应了段引凤的乞求后,两个郁郁寡欢的人,便又同时变得充实起来。在他们的心灵里,欢乐像一阵又一阵的暴风雨,夹着惊雷闪电而来。质朴又纯洁的情愫,像雨后七彩的虹,从一颗心到另一颗心。路上相遇,他们在眼中分享融为一体的情爱;长夜静卧,他们又在灵魂里诉说刻骨的相思。一种难以平复的欲望使已经憔悴的花朵重又变得娇艳欲滴,他们企盼着不只灵魂相爱而且肉体相爱的日子,这一天终于盼到了,老天爷给他们这一对情侣提供了机会。

从夏天起,郑天龙就不怎么落屋子。他受了几个朋友的怂恿,参加了他们成立的造反组织,开到镇上造区委的反去了。郑天龙现在是大忙人了,每日里在镇上"关心中国前途",很少回家,他的母亲既管不住儿子,又和媳妇不对光,一气之下,跑到女儿家住下了,家中只剩下引凤一个人。这可怜的二十二岁的女人,从至深的爱恋中孵出巨大勇气,她用深不可测的柔情和一个女人能够凝聚起来的全部胆识,鼓动郑天冬前来和她幽会。

郑天冬进到段引凤的房中,这个威武有力的汉子,变得像一个受惊的麋鹿,他伸出手臂紧紧搂住段引凤的腰肢,仿佛要从女人身上吸取力量,使自己变得镇定和坚强。

"天冬哥。"

引凤从灵魂里爆发出呼声,郑天冬把她越抱越紧,使她透不过气来。

"引凤。"

郑天冬像是在狂喊,又像是在呻吟。在他的眼中,整个世界已不复存在,只有这一个年轻女人秀美的胴体。

"天冬哥,啊,我快要死了。"

引凤倒在郑天冬的怀里,她的乳房紧压着郑天冬的胸膛。

"引凤。"

郑天冬快乐得发疯,他的笨拙的嘴这时候只会用来亲吻,而不会讲话。

胸膛贴着胸膛,腰肢挨着腰肢。终于,他们像一段沉重的木头,倒在床上。

夜似乎更加沉静了,含潮的氤氲从山林中飘浮而来。浸在水塘中的星星,像一锅清水上浮着的晶亮的油珠子。这间屋子里漾动着它们微弱的反光,今夜的这间砖木结构的猪婆寨的古老房子,已经被爱神占领。爱神是朴素的,神圣的。她从田野上走过,田野上就有丰硕的谷穗,美丽的花朵;她来到人群中,人们就懂得相亲相爱,勃发起创造生命的欲望。人的意志、思想、智慧、性格,莫不都因为这欲望而产生、发展。人的世界中可以永远消失恨,但不能有须臾的时间没有爱。没有爱,地球将变成废墟,人类将从此消亡。每个人都是爱的结晶,每个人也应当成为爱的动力,爱是没有目的的,爱的本身就是目的。爱是人的本质，而本质总是真诚的。所以，爱神总是赤裸着走到人们中间。今夜，她又赤裸着走进这间幽暗的房子。她在一对情侣的灵魂里，播撒下不可抑制的冲动。让他们获得那种最原始的，也是最新鲜的感觉，让应该发生的事情得以发生。

"天冬！"

引凤像是在呓语，她不再喊"天冬哥"了。

"凤妹儿！"

郑天冬也改了称呼，听来那么亲昵。

"天冬，我等了你整整两年，才等来这一夜啊。"

"我还不是，引凤，你结婚那夜，我真恨不得把你抢走。"

"你为么事不抢呢，你晓得，那一夜我的心在流血啊。"

"往后怎么办哪，凤妹儿，我一天也舍不得离开你了。"

"天冬，我们跑吧。"

"往哪里跑啊，现在不比解放前，跑了抓回来，要坐牢哩。"

"我和郑天龙打脱离。"

"晓得他肯不？"

屋子里陷入了沉默。郑天冬感到手臂痒痒的，一摸，湿湿的，引凤哭了。

"凤妹儿，莫哭，你一哭，我这心里就难过得很。"

"好，我不哭。"

两人又紧紧地拥抱在一起，心贴着心，互相感受着对方的温暖和力量。正在他们这么依恋深深的时候，门外响起了粗声粗气的叫喊:"引凤!"接着是砰砰的敲门声。

"是天龙,他回来了。"

引凤这一惊非同小可,郑天冬也失了主意,三把两把穿好衣服,却无路可以出去。

"引凤,耳朵聋了?快开门。"

大门拍得山响。引凤没得法,只好指着床底,示意郑天冬钻进去。郑天冬虽然感到羞愧,却也只好如此了。

引凤料理好床铺,这才去开门。郑天龙一进门,就不满意地咕哝道:

"你是瞌睡虫托生的?喊了半天才开门。"

段引凤见了丈夫,又气又怕,却还是和他顶嘴:

"哪个晓得你深更半夜往回摸,人家不困觉,未必熬油点亮等着你?"

谁知郑天龙这个没脸肉的东西,忽然又不恼了。走进里房,笑嘻嘻地说:

"今夜,本来要去攻松山铺老保的据点,我半路上摸回来,想跟你亲热亲热。喏,这是两斤新鲜猪肉,打据点的人平两斤,我提回来,也让你油油嘴儿。"

段引凤接过来,挂到墙上的木桩上。郑天龙说:"莫往上挂了,现在就煮来吃。"

段引凤担心床底下趴着的那个人,怕被郑天龙发现,想把郑天龙从房里支开,说:

"现在吃就现在吃,你到菜园去,扯几根葱回来。"

郑天龙摇摇头:"新鲜猪肉,不放葱也香得人流口水,不扯了。"

段引凤无法,只好到灶间煮肉,隔一会儿,又朝房里喊:

"死人,你出来帮我烧火。"

郑天龙抵死不肯从房里出来,回答说:

"我腿肚子累痛了,只想坐坐。"

段引凤心里好不踏实,她真怕郑天冬在床底下弄出响动来。

"引凤,这床底下是不是有老鼠,罐子响七响八的,我找根棍戳戳看。"郑天龙又在房里大惊小怪地喊道。

段引凤慌得丢下手中的锅铲,跑到里房,接过郑天龙手中的棍子,说:

"前些天才打的老鼠药,哪有么事老鼠,你才是没事找事。"

郑天龙迷惑地说:"没得就没得,么事把你慌得那狠?"

"我不喜欢在房里舞枪弄棍的。"

引凤脸色红了,怕郑天龙看出破绽,又赶紧回到灶间去炒肉,隔一会儿,丢进来一句话,明里招呼天龙,暗里却是说给天冬听的。

"宽心等会儿,就好了。"

床底下的郑天冬已经汗如雨下。他趴在地上,潮气呛得他直想咳嗽,把脸都憋红了。听了引凤这句话,在心里说:"我的娘,再等会儿,我咳出声来么办?"坐在椅子上的郑天龙,左脚压在右胯,听了引凤的话,答道:

"把肉炒烂些,我有工夫等。"

段引凤在心里骂道:"鬼东西,把肉吃到肚子去长蛆。"

房里,郑天龙不晓得哪里来了么事兴致,竟邪里邪气地唱了起来:

张二女困床中手把心摸

想起了余四哥好大的家伙

我张二女好比是园中白菜

余四哥不浇水发不起秧棵

龙格里格龙,龙格里格龙

发哩不起秧棵里龙格里格龙

"死鬼,莫唱了!"

段引凤听得心烦,在灶间叫了起来。郑天龙嘿嘿一笑,果然不唱了,只是问:

"肉熟了?"

"熟了。"

"拿到房里来吃。"

"在灶间吃不好?"

"房里紧管些。"

段引凤怕郑天龙怀疑,不敢坚持,只得把一大碗猪肉端到房中的小桌上。

"别的菜还有不?"郑天龙又问。

"有点黄豆。"

"罐子里不是还有几个盐蛋?"

"嗯。"

"都拿来。"

"你是想过年哪。"

"今夜我想吃。"

菜都端了上来,郑天龙又起身寻来两只酒盅,找出一壶谷酒来,段引凤捡起一只酒盅,没好气地说:

"我不会灌猫儿尿,你一个人灌去。"

郑天龙又抢过酒盅,说:"我又没说要你喝,你着个么事干急。"

"那要两只酒杯做么事?"

"还有一个人。"

"哪一个?"

"郑天冬。"

"郑天冬?"段引凤神经质地惊叫起来,"你请他,这么半夜去找他?"

郑天龙脸上掠过一丝不易察觉的怒气,一字一顿地说:

"不用去找,远在天边,近在眼前!"

"你?"段引凤的心提到嗓子眼上。

郑天龙不理睬她,弯下身子,对着床底下喊道:

"天冬,趴了半夜了,出来喝盅酒。"

段引凤闪身过来,挡住郑天龙,不顾一切地吼道:

"你想把他怎么样?"

郑天龙生气地扒开她,说:"今夜,我们兄弟伙地坐到一起喝盅酒,没得你的事。"

床底下一阵响动,郑天冬爬了出来,一身的尘土。郑天龙赶紧把他拉到凳子上坐下,招呼引凤:"快去打盆水来,让天冬洗洗手脸。"

引凤都不晓得郑天龙的葫芦里卖的是什么药,只得照办了。郑天冬洗罢手脸,蔫头耷脑地坐在椅子上,一眼都不敢瞄坐在对面的郑天龙。

"天冬,你么样勾头勾脸,像个苕样的,来,快端起盅儿来喝酒。"

郑天冬哪里还敢喝酒,他巴不得脚底下裂条缝,钻进去永远不见人。

郑天龙诡谲地一笑,对引凤说:"你劝劝他,他信你的。"

引凤见事已至此,无非是破罐子破摔,也就硬下心来,对郑天冬说:

"天冬,天龙叫你喝酒,你就喝,没得么事怕的。"

这话果然有效。天冬抬起头来,怀着羞愧和仇恨的心情,开始和天龙喝起酒来。

不管怎么说,郑天冬总还是有点拘谨,郑天龙却始终谈笑风生。他像什么事也不曾发生过,和天冬说笑话。告诉他自己怎么在镇上当造反派的事。郑天冬烈酒烧心,忍受不了这种难堪,几次想主动把话挑明,但郑天龙都巧妙地转移了话题。

两人一直喝到天亮,一壶酒一滴不剩了。一直坐在旁边的引凤,冷汗一阵赶一阵地出。两个情敌居然怒气全无,在一起碰杯喝酒,这种事儿她简直不敢相信,然而这又是活生生的事实。她不希望他们这样,她倒愿意他们打起来。她晓得,如果真的动手,郑天冬就会像掐一只小鸡样的把郑天龙掐住。像这样斗心眼,郑天冬哪里又是郑天龙的对手。天龙把他骗去卖了,他还会帮他数钱。

喝完了酒,郑天龙把酒壶一推,意犹未尽地说:"唉,没酒了。"

"没酒就不喝了嘛。"引凤赶紧接过话来,"天都大亮了。"

鬼　火

驼子二爹的呼吸到底是从何时发臭的,我记不清了。也许是十五年前我去杉树铺的那一天,也许更早一些。他是我见到的杉树铺的第一个人。

天气好,一地阳光,不燥不寒,这在阴雨绵绵的四月是很难得的。我顺着燕子溪往上走,如入螺丝壳中,愈入愈曲,情绪愈是黯然凄然。峰峦回复的螺丝壳中,但见山樱野蕨,青霞瓣瓣;皋兰清露,袅袅芳馨。一切俱非世境。独自在山路踟蹰,自有一种难以言喻的激动。

我看过《蹉跎岁月》和《今夜有暴风雪》这两部作品。作为昔日的知识青年,我的心弦被拨动了。但我在杉树铺,尝到的是另一种苦味。杉树铺是山高皇帝远的地方,十五年后的今天,它依然处于蛮荒状态。我是主动要求到那里去的。没有人陪伴我。因为知识青年中,没有谁的爷爷是在杉树铺被愚昧人的大刀砍下头颅的。

肩上压着一副悠悠荡荡的行李担子,走着陡峭的山路,真如鲇鱼上竹竿了。这一片深山,没有人打山歌。临近正午,溪水潺起翠烟。山雀儿翩翩,一会儿这树,一会儿那树。

它们难道也在焦躁地找寻什么？进了一处垭口，我紧赶几步，在那里歇歇肩。

放下担子，去斜坡的树丛中方便。走到那块儿，不免一声惊叫。只见一个老头儿，一丝不挂地躺在草地上，肌肉萎缩，一身皮肤像蛇的纹斑。两条腿像两根拨火棍，大大叉开着。两只手伸到腹下，捧着那一茎小萝卜样的阳物和那一只皱巴巴的卵袋儿。

老头儿的眼睛闭着，我的惊叫仿佛是一声鸟鸣，他听了就像没有听到。我一阵恶心，转身想走，好奇心又驱使我留了下来。过了许久，那老头儿方木偶般地转过脑袋，两粒眼珠子如两颗干枯的豌豆，朝我身上轮了一圈，木讷的脸色显出遗憾。他费劲地撑撑眼皮，又用双手把卵袋儿搓了搓。才像一只迷盹的狗那样，懒洋洋地站起身来，穿好衣服，背起一只箩筐。我惊奇地发现，那箩筐里，装的全是些大大小小的石子儿。我问他，到杉树铺还有多远？他耸了耸驼背，又拿起一张小巧的尖嘴锄，跟我走。他看也不看我，就往前走了。我赶忙挑起行李，跟在他后头。还有多远？我问。他依然不答。用尖嘴锄在山路上刨起一颗石子儿，放在嘴里吹吹土屑，再把石子儿丢进背上的箩筐里。还有多远？我再问，他停了停步，用手中的尖嘴锄朝前指了指。前面不远，一片竹林，万竿相摩，绿色逼人，间隙处略略露出些墙垣，想是杉树铺了。

这个老头儿，就是驼子二爹。

在我的家族史上，杉树铺是使我的所有家人不寒而栗的地方。家族史中最壮烈,也是最残酷、最野蛮的一页,是在这里写下的。

在半山茶亭里烧茶的卢爹爹早已作古。半山茶亭也早已倾塌,只剩得一些时虫,在废墟中蛩蛩喁喁。但是,当我在一九六六年冬天,怀着一颗朝圣的少年的心,站在天安门的金水桥边,抚摸那一柱巍峨华表时,我眼中的天安门,并没有这一座半山茶亭神圣。我在心中暗暗地想,这天安门城墙上的红色,年年都要重新刷过。这是帝王的颜色,可它究竟是不是历史的颜色,我弄不清楚。

至少,我的祖父的殷血,没有化作涂红天安门城墙的颜料。

卢爹爹通常起得很早,像驼子二爹一样,他过早地产生了入墓之感。一闭眼睛,就跟死人打交道。天一抹黑就上床,一梦醒来还是半夜三更,卢爹爹再也睡不着了。起身磕了几筒烟,就摸摸索索挑起水桶,去燕子溪里挑水去。燕子溪流的不是岩罅里渗出的泉水,就是树叶子上滴落的泉水,好甜好甜哪。用这水烧茶,含在嘴里,肉巴巴的,几有味儿!

水挑满了一缸,天还没亮。老天上的几粒星星,像死人的黯淡无光的眼睛。卢爹爹开始去门外拖些木柴进来,准备烧水了。坐到灶口,刚扒开隔夜留下来的灶膛的火屎。那条相依为命的大黄狗呼哧呼哧从门外进来,蹭到卢爹爹脚前,放下嘴里咬着的一截木柴。卢爹爹高兴地拍了拍狗的脑袋,认为这狗可以当儿子养,帮他做得一些事了。他摸出一把斧子,想把大黄狗拖来的木柴劈碎。一使劲,斧刃下去,传来一声闷响。而且手上的感觉也不对,软软的,绵绵的。这是什么啊?卢爹爹剔了剔梓油灯盏里的灯草,如豆的亮光大了一点点。他俯身细看,顿时吓得舌头伸出来缩不回去。斧头揳进去的哪里是木柴,竟是一条血淋淋的人腿!他回头再看缸里挑回的水,全是红红的血。

半山茶亭正建在阴道上,驼子二爹疯疯癫癫地说。所谓阴道,就是鬼走的路。鬼连饭都不吃,哪里还会喝茶水。半山茶亭所以要垮,人是没得法子阻挡的。

到杉树铺的第二天,我就住进了这座古祠堂。闻队长问明我只有十七岁,便照顾我,让我在这座古祠堂里试制"九二〇"土农药。

在我还没有来到人世之前,我就认识这座古祠堂了。卢爹爹告诉我父亲的闻家祠堂,就是这一座。这座砖木结构的建筑,少说也有了百把年历史。解放后,这座祠堂一直废置不用,更谈不上修缮。可是,它却像岗坛上的香樟树一样结实。闻队长拿根钥匙捅了半天,才把挂在大门上的那把生锈的铜锁捅开。空阔的正厅,有蝙蝠来回飞。从东耳门进去,一共有七重门。我的床就安置在第七重门里,这是闻家祠堂最深的一间房子,每天晚上,连同大门和东耳门,我一共要闩九道门闩。我之所以选中这最深的一间房,是图它安静,而且它的后窗外,是一片缓坡的松楸绿色,它似乎能够满足我想在这里寻觅祖父遗踪的好奇心。

大概是我住进闻家祠堂的第二个黄昏。不,也许是第三个。我独自坐在祠堂大门的门槛上,看苍黑的瓦脊正孵出沉滞的寒烟。黄牛被闩在燕子河边的乌桕树上,噤不能言。突然,驼子二爹像一个幽灵飘到我的跟前。用一种非常镇静的声音问我:你为什么要住进这座祠堂?我为什么不能住进这座祠堂?我反问他。他神秘地说,这座祠堂是住阴兵的地方。我想到他是疯子,便笑了,不再理他,可他并不走,威胁要我搬出古祠堂。我笑着说,我偏不搬,我不怕阴兵。阴兵中有一个烧茶的,我认得,他会照顾我的。你认得卢爹爹?驼子二爹大惊失色,随即他摇摇头。自言自语说,这不可能,你才是一个伢秧儿,而卢爹爹已经死了五十多年了。

我晓得,你的老子是红军里头的大官,他有屁股铳,胸前还吊个扯光镜。卢爹爹这么对我父亲说。他把手枪叫成屁股铳,把望远镜喊成扯光镜。

我的祖父是一个红军团政委。五十五年前,他在这座闻家祠堂里住过,团指挥部就设在这里。天麻麻亮,卢爹爹脸色煞白跑进祠堂,结结巴巴地告诉我祖父,大黄狗把一条人腿拖进了屋,燕子溪的流水都是红红的血,这是怎么回事?我的祖父背过脸去。卢爹爹说,他肯定这是我祖父在流泪,怕在场的人看到不好,才背过脸去的。此刻,我分明感受到了五十五年前我的祖父的撕肝裂胆的痛苦。他怎么好回答卢爹爹呢。张国焘在大别山肃反,一个月之内,就杀掉了红军排以上干部一万七千人。现在,连一般战士也不放过,就在昨夜,他们团有名的钢枪八连,连官带兵共一百一十二人,一个不剩,全被当作第三党杀害了。保卫局的人可以任意捕杀,作为团干部,他却无法保护自己的战士。

卢爹爹从我祖父的神志中,仿佛明白了一切,究其实他却什么也不明白。回到半山茶亭,他从床上揭起仅有的一床破被单,裹起那条被狗撕烂的大腿,扛到山上埋了。

第二天,人们看到半山茶亭前的乌桕树上,吊死了一条狗。卢爹爹老泪纵横地站在大黄狗面前。他想象中的儿子没有了。

驼子二爹在队里吃五保,除了大农忙,闻队长让他帮队上看看晒场、打打草垛子等零碎活儿,平常时间,就让他放任自流。从我到杉树铺那天起,一直到他死,三年多时间,我从没有看到他的足迹踏离过杉树铺三里外的地方。每天清晨,他照例从祠堂门口出发,行百十步到老枫树,再从老枫树走里把路到半山茶亭的废墟,再从那里走半里路,到燕子溪的那座石拱桥。在那里稍事休息,又从原路折回。走到老枫树拐个弯,就上到祠堂背后的这面松坡。他天天如是,风雨无阻。背上一只箩筐,手中一把尖嘴锄。目不斜视,盯着路面,专捡石子儿。捡到的石子儿,就倒在那面松坡上。这一段路,乡亲们都说好走,脚板落下去,平展展的。坑坑洼洼的地方,被驼子二爹填平了,硌脚的石子儿,被驼子二爹捡起了。

驼子二爹为什么要这么做?杉树铺的人没有哪个说得出原因。闻队长解释说,疯子各有各的疯法,驼子二爹的疯法,就是捡石子儿。

驼子二爹是疯子这是无疑的。他的行动为他自己做了证明。但我依然对他好奇。一天夜里,我走到他的家门前,确切地说,这不是家,仅仅只能算是他的栖身之地。这本是一间牛栏屋,在祠堂后面的那面松坡的一处凹地。我想象中的牛栏屋一定残破不堪。等我走到这里,才知它比我想象得还要糟糕。连门也没有,屋里黑漆漆的,四面松楸声令我毛骨悚然。有人吗?我站在门外喊。没有人应声,我揿亮手电,走进牛栏屋,一股秽臭气熏得我直想作呕。驼子二爹,我又喊了一声。嗡嗡然回应的依然只是我自己的声音。我凭借手电光观察这屋,四壁和屋顶都大窟窿小穿。地很潮湿,一踩一个水印子。住在这种鬼地方,难怪驼子二爹的下身发痒,我顿时明白了驼子二爹躺在太阳底下暴晒的原因。屋里没有灶,只有三块土砖支着一口豁了边的破锅。破锅里放着一只同样是豁了边的破碗,锅旁边有一小截木头,上面垫了一把稻草,想是驼子二爹的坐凳了。奇怪的是屋里没有床。驼子二爹睡在什么地方?我正在纳闷,忽然听到一句话,把你的灯吹熄,我一愣,这声音从哪儿传来的?你快吹熄它。这回我听清楚了,声音是从我身后的屋角传来。我一转身,才看到屋角停放着一具棺材,一只好像全是骨头的可怕的黑手伸出棺材来摇晃。我仿佛突然受到雷电的一击。多少年后,我仍能感到这雷电一击的沉重。鬼!我相信我当时这么惊骇地大叫了一声,求生的本能驱使我立刻奔向门外。但是,我没有想到门外的泥地生满青苔,嗞溜一下,我滑倒了。不等我爬起来,一个赤身裸体的男人已拦住我的去路,我抬头看,认出是驼子二爹,他的卵袋儿就要垂落到我的鼻尖上了。我往后退了退身子站起来。惊魂未定地问:是你睡在棺材里？是我，那是我的床。驼子二爹急促地呼吸着，散发出浑浊的臭味。我要走，他又拉住我问：你怎么晓得卢爹爹？我说我的父亲见过这位老人。你父亲？他皱皱眉头，仿佛不可理解。我索性告诉他，我的祖父曾在这座祠堂住过，卢爹爹亲眼看到他是么样死的。驼子二爹听了这些话，他忽然像一只受惊的鸟儿那样四下张望。你快莫说，这些话莫让阴兵听到，我们正站在阴道上，阴兵会钩了你的命去。驼子二爹又开始喋喋不休地说起疯话。我这才意识到，我摸黑前来看望一个疯子，实在是荒诞可笑的举动。

卢爹爹现在挑不起满满的一担水了。从半山茶亭下到燕子溪中挑水，要下四十多级石阶。挑着半担水上这些台阶，对于一个六十多岁的并患有哮喘病的老人来说，实在不是一件容易事。这些青石台阶现在还在，但已荒废不用了。可是当年我的祖父，曾在这些台阶的哪一级上，同卢爹爹并肩坐过。卢爹爹的呼吸不发臭，但散发着苦艾的气息。

如今，我总觉得这股气息在我身边弥漫，像我家族的历史。

嘚嘚嘚嘚，那匹红鬃马踏上阴道了。我的祖父骑在马上，他去师部开会回来。残酷的肃反斗争使他完全变成了另一个人，以前他是清澈见底的，像燕子溪中的鹅卵石，在水中反射出斑斓的色彩。现在他不是那样，他所领导的这个团，已被杀掉了三百多人。他知道他们都是献身革命的铁血男儿，不是什么第三党，AB团，但他不敢站出来为他们说话，他知道自己的一颗头颅，也是随时都可以被张国焘取走的。

他唯一能做到的，就是命令伙房，给这些即将被杀头的红军战士每人发两个馒头。可是，有的红军战士馒头还在嘴里嚼着，脑壳就被砍掉了。

红军内残忍的屠杀还在进行，而蒋介石亲自部署的对大别山的第四次围剿又已开始，数十万兵力气势汹汹而来。

祖父去师部领回作战任务，全团即将开赴前线。

红鬃马在半山茶亭前停住。卢爹爹！祖父高喊了一声，没有人答应。团政委继续驱马前行。忽然，他勒住马头。他的亲弟弟，我的叔祖父五花大绑，被保卫局的几个战士押解而来。保卫局长跟在后头。叔祖父看到哥哥，立刻撑住双腿不肯走。口中高喊：哥哥，你知道，我不是第三党，我冤枉啊！叔祖父小我祖父三岁，是我祖父带出来参加革命的，现在是他手下的一个营长。这突然的变故使我的祖父有一小会儿不知所措。昨天去开会的时候，弟弟还好好儿的，怎么今天就成了第三党了？他想问问缘由，抬头正碰上保卫局长冰冷的目光。他立即改变主意，大声申斥弟弟：你叫唤什么？你有什么冤枉？组织上审查你是第三党，你就是第三党！说完，他怕隐忍不住的眼泪会夺眶而出，抬手猛抽一鞭，疾驰而去了。

十几分钟后，我的叔祖父就被拖到小石桥边砍了脑壳。据说，他蹲在路上一直不肯走。硬硬的沙石被他的双脚撑出两条深深的血沟。那血，许久许久都不曾消退。

团政委终于弄清了他的弟弟被杀害的原因。今天早上，营长在燕子溪中洗脸。营部通讯员跟在他后面,在沙地上捡到一粒纽扣。营长,这是不是你的纽扣?营长看看胸前,军装上的第三颗纽扣掉了。是我的,营长接过纽扣,无意中瞥了一眼通讯员的军装,发现他的第三颗纽扣也掉了。他们的谈话,恰恰被路过的保卫局长听到了。第三颗纽扣?保卫局长灵机一动。为什么恰恰是第三颗?这会不会是第三党的暗号?猜测就是证据。猜测就是事实。保卫局长迅速下令逮捕了营长和通讯员,并立即严刑拷问。通讯员受不住辣椒水的灌呛,于是屈打成招。

卢爹爹把营长的遗体用手袄儿擦干净,又把这遗体盛放在他仅有的一只大茶缸里,央人抬到山上埋了。多少年后,那一座小坟的确切地址已冥不可考,但我确信那一口茶缸还在。它同泥土一样永远也不肯腐烂。

掩埋好营长的遗体归来,卢爹爹仿佛觉得自己身上的一部分也随之埋葬了。那一夜很黑,很黑。林中时有宿鸟惊起,其声啅啅。卢爹爹灰心冷面,在床上拥着一袭猪油渣样的破棉絮静坐。忽然,他听到轻轻的叩门声。哪个?问过,依然是轻轻的叩门。卢爹爹便轻手轻脚地去开门,团政委带着一身夜气进来。卢爹爹要点灯,团政委不许。他说:多谢你安葬了我的弟弟。卢爹爹没有作声,他在静默中分担团政委的苦痛。团政委塞给他一包银圆,低声说:部队明天要开拔,这些银圆你拿着,能买棺材就买棺材,钱不够就买缸,把这些冤死的红军埋一埋。我是要埋他们的,没有钱我也要埋他们,早知这样,他们就不该参加红军。我幸亏没有儿子。

如果我有儿子,他参加了红军,我就让他开小差。回来跟我烧茶水,总比冤枉丢了一条命强。卢爹爹语无伦次地说着,他要倾倒心中积蓄太深的怨愤。我的祖父设法制止他。卢爹爹终于明白我的祖父没有心思听下去,便长叹一声打住了话头。我的祖父提出告辞,他转身自己去开门。刚把门闩抽开,门就被外面进来的人推开。四支长枪顶住我的祖父的胸口,保卫局长点亮手中的火把。哗啦一声,卢爹爹手中的那包银圆滑落了,撒了一地。

杉树铺至今还没有用上电灯,我住在闻家祠堂里,用的是一盏用洋铁皮制成的不用灯罩的柴油灯。每当把棉线灯芯点亮,屋子里便弥漫开刺鼻的黑黑的油烟,第二天早上起来,鼻孔和耳朵、眼便是一抹黑。

这是一个伏天的夏夜,山外正是溽暑。杉树铺却很凉快,晚上睡觉还得盖一床薄薄的棉被。我半躺在床上,看书看困了,便用书扇熄了灯,溜下身子入睡了。不知过了多久,我既没有做梦,也没有任何响声惊动我。我却突然睁开眼睛,是醒了吗?怎么会醒呢?时间过去了十五年,我依然觉得那件事情不可思议。我的眼皮在没有任何启示的情况下突然睁开,发现一个人站在床前。正低垂着头,怔怔地盯着我的脸。这个人的脸上满是血污,所以无法判别他有多大年纪。脸是瘦削的,没有血的地方显得很苍白。嘴角抽搐着,我感觉他正在说什么,可是我什么也没有听见。眉毛微蹙。眼睛像两只深深的弹洞,有一股彻骨的寒气从中涌出。他的脸部的这些表现都是我日后回忆起来的,当时我几乎停止了思维，只是痴痴地和那一张脸互视着。不知在这种状态中过了多长时间，是一秒、两秒、五秒、二十秒，还是一分、两分、五分、二十分，至今我不得而知。直到一个字猝然闪现在我的脑海，我的停止的思维才重新活跃起来。那个字是：鬼！

鬼！

我可能大声喊了起来，也可能没有。我立刻挺身坐了起来。自卫的本能使我伸手去抓那张脸。但是我伸出的手，只抓到了一把黑暗。

那张脸不见了。我感觉有一阵清风，从我的手臂拂过去。随即，我听到紧挨我卧室的厨房里有一阵响动。装了半缸水的水缸被什么东西敲击，发出嗡嗡的响声。锅盖被提起，又被放下；放下，又被提起。

我处于极度的恐慌之中。但我并没有忘记看看我的卧室紧连厨房的那道门，也就是这座祠堂的第八道门。它依然被木闩闩死，它是我上床看书前亲手闩的，没有人打开它。那张脸是穿门而过，才到了厨房的。

厨房经过几秒钟的骚乱就复归静寂。这种鬼气森森的静寂比响声更令我骇怕。我想起驼子二爹说过，这座祠堂是阴兵住的地方。顿时，从来被我当作神话来听的，奶奶和母亲对我讲起的人如何斗鬼和防鬼的故事，瞬间都在我脑海中重新过了一次。我迅速抓起枕边的书，攥在手中。这时，我的情绪才略微镇定了一点。鬼怕书，这是奶奶跟我讲过的，鬼为什么怕书呢？童年时我没想到这么问奶奶，现在想问了。奶奶却无法越过死亡的界限来回答我，我自己想，书是不是作为人类智慧的象征呢？后来转而一想，又否定了这种想法,因为书中,记述的不仅仅是人类的智慧,而且还有人类的愚蠢、野蛮以及残杀同类的劣根性恶习。

那一夜,我就攥着一本书,眼睁睁地坐在床上。直到第一缕阳光射进窗棂。

那本书我至今还保存着。保存它的原因就是因为那天晚上我手中攥着的是它。那本书叫《土壤学》,其实对我毫无用处。

一道一道门打开。我的心虽然仍是忐忑不安,但祠堂也看不出有什么异样,打开最后一道大门,看到驼子二爹痴痴呆呆地站在门外。他可能已经站了很久。欣欣夏日,照得他像一块风干的腊肉。大门一开,他并不同我打招呼,就擦着我的肩膀冲进祠堂,越过一道一道门,径直冲进我的卧室。在房中间他跪了下来,从背篓里抓起一把纸钱,搁在地上点燃。那个年头,天知道这疯老头是从哪里弄到纸钱的。

纸钱很快化为灰烬。驼子二爹还在地上跪着,嘴里含糊不清地念叨着什么。仿佛是咒语,又仿佛是祈祷。我站在旁边,对驼子二爹的举动感到奇怪。他这么做的原因,肯定是他知道了昨夜这屋里闹鬼的事情。那么他又是怎么知道的?

驼子二爹站起身来,迷盹着一双红红的淌着泪水的眼睛,对我说:你昨天夜里的叫声很吓人,我晓得,你是看到阴兵了。你么样听到了我的叫声?你住的牛棚屋离这里不算太近,你在松坡的那一面,我在松坡的这一面。驼子二爹阴惨地笑笑。这是我一次看到他的可怕的笑。他说:每天夜里,到了交更天气,我都在你的后窗外站着。你保护我?我一声惊问,旋即一股热流暖遍我的全身。我说过,要你搬出这祠堂的。五十多年了,没人敢在这祠堂里住。驼子二爹说这话时,神态是那么的严肃。我默然不答。然而心底的不怕鬼的信念在动摇。驼子二爹问我:你看到的那个鬼是个么样子?我说:我只是看到一张满是血污的脸。接着,我把那张脸形容了一番。驼子二爹听罢,又骇然变色。那就是你的祖父。他说。他生前长得就是这个样子。祖父显灵了!我一阵激动,又感到惭愧,一个热血男儿,竟然害怕他的祖先的灵魂,恰恰他又愿意这颗灵魂在自己青壮的身体中复活。可是,我为什么看不见我的祖父的身体,只能见到他的脸呢?驼子二爹回答我:因为你祖父是被砍脑壳死的。所以,他的脑壳出来,身子是没有办法跟着一起走的。

爷爷,我喊了一声,喉头发硬。那颗头颅像一轮太阳向我逼来,烤得我周身灼热。你怎么晓得我的祖父的?你见过他?我又问,驼子二爹嚅动着发乌的嘴唇,半响才回答我:他并不认识我的祖父。有关我祖父的情况,也都是卢爹爹告诉他的。

才涨的溪水在小石桥下发出空虚的汩汩之声。远山如一轴淡墨。近处的岩石和丛林在溪面上投下厚重的翠影,草籽田开始冒出一簇簇粉红的小花,使得苍灰的土地开始变得红润。可是,这燕子溪旁的闻家祠堂依旧是那么严峻,插在门口的那面红红的、经过风吹雨打有些褪色的红军军旗,更在人们的心中笼罩上一片肃杀之气。

保卫局长早已注意上了我的祖父。他们这一批回到大别山的、参加过北伐战争的黄埔一期学生,已被张国焘杀得差不多了。张国焘借肃反运动排除异己。红四军中一些战功卓著的农民暴动的领袖,一个个都惨遭杀害。保卫局长对张国焘的意图心领神会,终于从那一包银圆中找到了加害于我的祖父的证据。

审讯连夜进行。天粉粉亮,我的祖父不知是从第几次拷打中苏醒。你还有什么要说的吗?从保卫局长的这句问话中,我的祖父知道,争辩已没有用处,他将尾随那一万七千名冤死的红军将士的灵魂而去。大别山已经有一万七千名乳汁已经干枯的母亲,失去了她们心爱的儿子,现在又将失去一个。苍天啊,难道这就是革命对人民的报答?!我的祖父被绑在祠堂的厅柱上,他怒火中烧,心情又不无沮丧。他把贴在胸前的下巴昂起来,回答保卫局长说:"你们这么做,必定是共产党的罪人!"这句话对保卫局长毫无威胁。他哈哈一笑说:就按你的规矩办,也给你两个馒头。

刚出笼的馒头还是热的。我的祖父不想吃它。他静等死亡。也许在利用生命的最后的短暂时间回忆和反省人生。忽然,祠堂外出现一片嘈杂之声。保卫局的一个战士走进来和保卫局长耳语了几句。保卫局长走到祠堂门口看了一眼,又赶紧缩回到屋里来。我们要求释放团政委!保卫局不能乱捉乱杀人!口号声如雷,且有拨动枪栓的声音。保卫局长脸色煞白,对我祖父说:你的这些战士要暴乱,你就要罪加一等。你要我怎么办?我的祖父问。劝说他们,放下武器!保卫局长亲手给我祖父松了绑。

我的祖父强忍着遍体的疼痛。一步步挨到祠堂门口。

只见祠堂外的草坪上,集聚了好几十名红军战士,一个个荷枪实弹。看到这些战士,我的祖父心中猛地一缩,这些人全都是家族子弟。我的家族在大别山中,是一个很小的家族,全县的熊氏人丁,尚不足一千人,三年前农民暴动时,家族是十之八九的年轻人,都被我的祖父带出来参加了红军。一共六十九名,在三年中大大小小的上百次战斗中,牺牲了三十一名。所有活着的,今天都站在这祠堂的草坪上了。

二叔。二哥。草坪上的战士们这么高声喊着。我的祖父在家族兄弟排行第二,这些战士有的是我祖父的同辈,有的是晚辈。看到我祖父遍体鳞伤,熊氏家族的子弟们一片唏嘘之声。二叔。又有人喊。不,同志们,今天,我是你们的团政委。我的祖父尽量使自己的声音沉稳。他明白这件事情的后果是什么。他命令熊氏子弟,赶快回到各自的连队去。不,二哥,不,团政委,我们不回去!我们要救你!保卫局他狗日的,是蒋介石派来的。草坪上重新怒吼起来。有人朝天放了一枪。凄厉的枪声,吓得刚刚离巢的燕子又赶紧飞回到祠堂门柱上的泥巢里去。太阳透过燕子溪蒸腾的水汽照射过来。我的祖父有些睁不开眼睛。他听得背后也有拉动枪栓的声音。保卫局长和他的四名战士以我的祖父作掩护,把枪口对准了草坪上的人群。双方虎视眈眈,一场火拼眼看就要发生,但祠堂里的五条枪,毕竟不能和草坪上的三十八条枪匹敌。只要一动手,保卫局长的身子就会被子弹击成蜂巢。这一点我的祖父很清楚。保卫局长也很清楚。他贴近我的祖父,色厉内在地说:你应该明白,对这场事件,你该负什么样的责任!我们是代表中央分局来执行任务的,反对我们就是反对党的领导!

并不是保卫局长的威胁使我的祖父吓破了胆,而是深深烙进了他的灵魂的"君叫臣死,臣不得不死"的中国封建儒教使他认为熊氏家族的子弟们这种做法是巨大的越轨行为。

把枪放下来。我的祖父声音低沉,然而很有威力。熊氏家族的子弟们顿时没有了主意。他们的怒火或许更加炽烈地燃烧,恨不得把我祖父背后的那位保卫局长捏得粉碎,但他们不敢违抗我的祖父的命令。他不但是这个红军团的最高领导者,更重要的,他同时也是我们这个家族的把舵人。

熊氏家族的子弟们纷纷放下了枪。快,去缴他们的枪!保卫局长迅速命令他的战士。四名战士冲出祠堂,挨个儿夺下熊氏家族子弟手中的枪支。有的想反抗,但立即遭到了我的祖父的严厉申斥。于是,躲在竹林后的卢爹爹,亲眼目击四名红军战士怎样顺顺当当地收缴了三十八名红军战士的枪。然后,又是怎样顺顺当当地把他们逐个捆绑起来,押进了祠堂。

我的祖父又被重新捆绑起来。保卫局长瞟了他一眼,对他的战士说,给这些暴乱分子,一人再发两个馒头。在场的人谁都懂,这句话就是死亡判决书。然而,没有反抗。祠堂大厅里,一片比死亡还要恐怖的寂静。熊氏家庭的子弟们都眼巴巴地盯着我的祖父。二哥哥!二叔!眼眶里射出的绝望的呼喊,推山山倒,推墙墙倾。可是却推不倒我祖父心中的迂腐可笑的忠君思想。他可能会想到面前的这个保卫局长,甚至远在二百里地外遥控这场屠杀的张国焘,是共产党的佞臣贼子。他却不可能往深一步想,这一场屠杀为什么会发生。他更不可能想到,在中国共产党发展的历史中,张国焘是个偶然出现的人物,也是必然出现的人物。产生他们,不是政治的原因,而是文化的原因。

当天上午,午饭之前。连同我祖父在内的熊氏家族的三十九名子弟,头颅全部落地,这个弱小家族的献身革命的七十名铁血男儿,从此在红军中抹去了姓名。

我不知那张脸是从天井升上了天空呢,还是从墙角遁入了地底。从此,我非常希望能再次看到这张脸,但是,它却再没出现过。我知道,它是隐藏在一处我看不见的地方,每时每刻陪伴着我。后来,我又去牛棚屋里找过驼子二爹,当然是晚上。白天他背着箩筐,去阴道上捡石子儿去了。他依然睡在棺材里,听我像一个老太婆那样唠叨,偶尔答应我一两句疯话。有一段时间,我也糊涂了,弄不清到底他是疯子呢,还是我是疯子。你像你的爷爷。有一回他主动这么对我说。卢爹爹怎么死的?我趁机问他。他翻翻眼珠,不作声了。一会儿,棺材里响起了鼾声。我听出鼾声是装出来的,然而他真的睡着了。离开牛棚屋,我不再感到害怕,回到祠堂,我闩上大门,独自站在黑洞洞的大厅里。枯静盈耳,寒气转肠。爷爷!我仰头对着横梁高喊。没有人回答我,绕梁的是我自己的声音。我的眼眶里溢出热泪。感到孤零零的生命陷进了黑暗的大地。忽然,我看到一个人影在大厅一角出现。他没有发现我,径直走进了耳门,我立即尾追而去。结果什么也没有看见。我终于明白,这祠堂里,有的只是昙花一现的灵魂。过去的现实已不复存在。

我去区农技站接"九二〇"菌种,在边街那个小镇待了三天。那天中午我回来,发现驼子二爹被绑在祠堂外的乌桕树上。驼子二爹,你这是怎么了?没有应声。这疯老头儿,竟然把头耷拉在胸前睡着了。三股细麻绳把他的手腕勒出了紫印。我想这是谁欺侮疯子的恶作剧,心里不禁有点怒火。才要动手替驼子二爹解下绳子,忽听得一声锐叫:莫解它。闻队长跑过来,告诉我驼子二爹这是罪有应得。昨天晚上,他跑到小队会议室里,将夹子上的报纸尽数偷回家,裁开印成纸钱。那些报纸上,有不少毛主席的宝像。说罢,闻队长从荷包里摸出几张给我看,发臭的土红味刺人鼻息。印出来的纸钱图案圆巴巴的,模糊不清。的确有几张毛主席会见外宾的照片,被印上了纸钱的图案。你看看,这个老疯子,不是找法犯?我们竟不知道,他还留得有纸钱板。在他的棺材里当枕头用,上面垫得有稻草。驼子二爹依然耷拉着脑袋,也许还在睡梦中,好像这场谈话与他无关。我想起那天他在我的卧室里跪在地上烧纸钱的情形,他的虔诚使我感到他心中的真情。疯子有时候比常人清醒。我有意为他开脱,在闻队长耳边低低地说:他是个疯子,放了算了。闻队长面有难色。正因为他是个疯子,我们才不往区里送。不然,他这样侮辱伟大领袖,只怕要坐破牢底。现在,捆一捆是没得二话可说的,免得将来上头晓得了这件事,骂我这个队长包庇坏人,眼睛头上的阶级斗争也不抓。

闻队长说的是实话。他有他的难处,但他还是亲手解开了绳子。疯子,再莫瞎搞了。闻队长的吼声,全杉树铺都听得见。吼完他就走了。我把驼子二爹带到我的卧室,递给他一沓我用来练字的白纸。他木讷地接过。纸钱板没有了,他哭丧着脸说。阴兵没得钱用,杉树铺就不得安宁了。说罢,他背起箩筐,急匆匆地出门,去阴道上捡石子儿去了。

那块纸钱板,被闻队长用斧子劈成了木屑,扔进了燕子溪中。

我走到燕子溪旁的老枫树那儿,驼子二爹已蹲在这里了。他正在烧纸。那么专心致志,以致没有察觉我的到来。低低地飘浮在草叶子上的烟氲,使得深秋的黎明朦胧而又寒峭。枫树叶子早就一片一片地红了。地上的纸火却显得黯淡。我发觉驼子二爹烧的正是我给他的白纸,他又把纸剪成纸钱那么大。每张白纸上,歪歪扭扭地写着一个"钱"字。

这依然是纸钱。

我的家族的人都埋在什么地方?等驼子二爹烧完了纸,我问他。你问卢爹爹。卢爹爹在哪里?在斗山茶亭后的那堵崖上。卢爹爹怎么死的?驼子二爹小心翼翼捡起一颗石子儿。继续在阴道上走,我跟着他,走到了半山茶亭的废墟跟前。他回头阴沉地望了我一眼,就向崖头走去。我跟着他,走进了五十四年前的那个黄昏。

暮烟四合,山色茫茫。我看到卢爹爹正坐在半山茶亭的门口,眯细着眼睛叭旱烟。红军离开杉树铺已经一年了。卢爹爹已经苍老了许多。用了多年的大水桶挑不起了。换了一担小水桶,依然挑不起。寂静的山谷里响起他沉重的哮喘声。这声音引来了一个人。他背上背着一个檀木雕成的文殊菩萨。宽眉阔眼,头皮一片青,是个游脚僧。他坐到卢爹爹对面的石凳上,两人攀谈了起来。搭讪了半天,两人并没有谈拢。卢爹爹喷出一口浓烟,接着就是一阵剧烈的喘咳。和尚,你看看,他们来了。卢爹爹用着沉重的痰音说。么事来了?游脚僧伸长颈子,四下观望。那里,卢爹爹用旱烟杆一指,说道:闻家祠堂那里,一股黑气。是的,那里是有一股黑气,可怜哪,冤魂不散。一到黑,它们就出来了。从祠堂出来,百把步路到老枫树。再从老枫树那儿顺燕子溪下来里把路,到我这个半山茶亭,再往下到小石桥。在那里打转身,又回到祠堂里去。卢爹爹的话,使游脚僧听了不免骇异。这团黑气天天如此作?卢爹爹点点头。痛楚地说:杉树铺如今是冤鬼世界了。太阳底下,那团黑气也不散。别人看不见,我看得见。卢爹爹觉察游脚僧一脸的疑惑,就解释说,这些冤魂是红军中的好男儿。不晓得共产党内出了什么样的奸臣,竟把他们当作第三党杀了。最可怜的,是熊氏家族的子弟们,一次杀了三十九个,连同头天杀的营长,一共是四十个。可怜哪,熊姓本来就是个小姓。如今是国共两党都杀他们。国民党说熊姓是红姓,抓了就要杀。共产党说他们是第三党,抓了也是杀。杀来杀去,熊氏家族的男丁,剩下得几个了,只得隐姓埋名,跑到外乡避难去。这么惨的事,你叫这团黑气如何化得开。他们死了一年多了,每天都在这条沙石路上游荡。我守在半山茶亭里,大白天里,睁着眼也能看到鬼。到夜里闭上眼睛,那就更不用说了。尽是些无头鬼,像插楔子样的挤在我的屋里。他们害不害你？游脚僧问。不害我。卢爹爹回答。我倒想他们害我，让我和他们一块儿去，加入那团黑气。他们这些冤鬼，却偏偏保佑我长寿！但是，自从出现了那团黑气，杉树铺的人搬走了不少。今天，张家养的那头糙子猪忽然通了人性，嘴巴衔一把葫芦瓢，挨门挨户讨食吃。不把给它，它就拱翻你的门槛。把给它的，它就放下两只前脚，磕一个头。吃饱了，它就坐到祠堂门口，人们谁也不敢惹它。还有，闻小二的堂客前天生个伢儿。那伢儿肉头肉脑，一出娘肚子，就唱起了"八月桂花遍地开"，把一屋人吓得要死不能闭气。这样的伢儿哪个敢养？闻小二连夜把伢儿抱到山上丢了。第二天一早，闻小二上山去看，伢儿不见了。地上留得有十个大字：此地不养爷，自有养爷处。闻小二骇得转身就跑。他本说跑回家，天晓得他么样跑上崖头，一脚踏空，人跌成了一摊泥。唉，杉树铺的怪事儿多了，好几天前，塆里请来一个道士压邪。那道士的七星宝剑刚出手，只听得哎哟一声，道士倒在地上，四肢抽搐，发起了羊痫风。等他好了，却落得个半身不遂，一边手脚都是麻木的。道士在我这里喝了一杯茶，对我说：从祠堂到你这里，是一条阴道。杉树铺要想平安，就得替这些冤鬼养好这条阴道。

游脚僧朝祠堂那边瞥了一眼，黑漆漆的，什么也看不见了。泠泠然燕子溪声，飘飘忽忽传来，如卢爹爹断断续续的叙述，阴森而又凄凉。我看见游脚僧一阵战栗。他想问卢爹爹什么。还没来得及开口，那团黑气已经逼到跟前，游脚僧感到阴寒彻骨，慌忙把文殊菩萨捧在手中，口念咒语。但这些没有用。黑气如一块巨石压下,游脚僧看到闻小二丢弃的那个婴儿坐在黑气之中。文殊菩萨在他手中开始战栗,最后也倒在地上发起了羊痫风。走吧,你们走吧,莫吓了这个外乡人。卢爹爹哀求着,黑气却旋转不去。游脚僧脸憋得通红。忽然他扑通跪倒在地,绝望地呻吟着:我有罪,你们劈死我吧。黑气忽上忽下地回旋。卢爹爹挣扎着点燃一支火把。那团黑气被照得殷红,它拖着一条细细的光晕,杳然而逝了,和深沉的黑暗融为了一体。

游脚僧还跪在地上,他几乎已经神志不清。卢爹爹把火把头凑近他的脸,细细地辨认,忽然大惊失色地喊:是你!你又回来了?卢爹爹跌跌撞撞回到半山茶亭。他想高喊,一口痰却涌上来堵住了喉咙。他扑倒在地上,等游脚僧惊醒过来,赶去搀扶,卢爹爹已经断了气。

这个游脚僧,就是保卫局长带来的那四名战士中的一个。熊氏家族的三十九名殉难者的脑壳,是被他一人砍掉的。

卢爹爹的坟,经常的凭吊者是乡村的小羊和牛犊。五十年前是这样,五十年后依然还会是这样。这是改变不了的。因为他活着的时候,只是一个普普通通的人。他死去了便没有人记得他,也不会有人来为他修茸坟墓。活着的政府所要纪念的,只是死去的名人。我和驼子二爹站在卢爹爹的坟前。到我离开这个人世时,我也会记得这一座小小的土坟的。它隐在一丛映山红的树棵中,映山红开花的季节已经过去了,树棵干枯的枝条在晓秋的风中摇曳,隆起的土冢已经陷下去了。雨水在上面冲刷出几条沟槽。墓碑恐怕是卢爹爹生前就不敢奢望的,所以没有。卢爹爹是你埋葬？我问驼子二爹。不是。驼子二爹回答。是那个游脚僧。那个刽子手？他后来哪里去了？埋了卢爹爹后,他就自杀了。你看见的？我埋的。我在他坟头上钉了一根桃树桩子,叫他永世不得翻身。卢爹爹和那个游脚僧的事,你是么样知道的？偷听到的,那夜,他们两个说话的时候,我正躲在一棵树后。

在我的要求下,驼子二爹又把我领到那个游脚僧的坟前。我夺过驼子二爹手中的尖嘴锄,要把坟挖开。我想看看这个刽子手,甚至想学伍子胥,鞭尸三百,以发泄在我心头积蓄永久的仇恨。驼子二爹仰面躺在坟包上,让我挖死他。他说,我已在这个坟头上钉了桃树桩子,你挖开它,桃树桩子就不管用了。一个被钉死的阴魂,就会又跑出来祸害人。

伏在祠堂屋梁上的岁月仿佛不动,我过的也仿佛是古佛青灯的日子。浩劫中的年代,发生的事情太多了。然而我只是同我家族中的这些冤魂生活在一起。慢慢地,祠堂中闹鬼的事在杉树铺传开了。有一次,闻队长问我,是不是看到了一张鬼脸。我说,是的。但不是鬼脸,而是我祖父的脸。闻队长诡谲地一笑：这祠堂只有你敢住。这些阴魂的杀气很重。你晓得卢爹爹么？我问。晓得,听老人讲过,是个烧茶的老头儿,被砍了脑壳的红军,都是他埋的。他应该算烈士。他一个孤老,又没有下人,称了烈士有什么用？而且,县民政也不会批。为什么,烈士还要批？当然要批,我们县该算烈士的太多了。我们杉树铺,就还有五家烈士没得到承认。因为承认一个,国家就要多发一份烈属抚恤费。国家穷,拿不出钱来,因此好多烈士就得不到承认。县民政局卡得很紧。不过,卢爹爹的事要好办些。批了他烈士,没人要抚恤费。但话又说回来,他是个绝户,批了烈士又有什么用?

至今,闻队长的话犹在我的耳畔萦绕。我常常思索,我的祖父、叔祖父,还有我的家族中的另外三十八名子弟,长期没有被承认为烈士,仅仅是国家没有钱发抚恤费吗?有没有其他的原因呢?

疯子,老枫树那块儿有一颗石子儿,快去捡。疯二爹二话不说,忙颠颠地去了。人们经常这样逗弄他。有时故意从燕子溪中捡起一些鹅卵石,撒在阴道上,驼子二爹仍是不声不响,把那些鹅卵石子儿捡进箩筐里,背到他的牛棚旁倒掉。他把这项工作做了几十年,捡回的石子儿堆成了一座山丘。

同驼子二爹在一起,恍惚有隔世之感。我成了他的阴道上的同路人。而且,我终于发现,有时候没有太阳,他也会脱得赤条条的,在阴道上躺一会儿。驼子二爹虽然极少同塆子里的人讲话,可是,只要单独和我在一起,他就有攀谈的愿望。我不知这其中的缘故。我感觉到,这个疯老头儿,有时会说出一些非常清醒的话,现在他又像幽灵一样,飘进我的卧室里来了。我刚从菌种室出来,用一个酒精棉球擦手。驼子二爹耸耸鼻子,你有酒?他问。是酒精。我说。酒中也有精怪。他惊愣地问。酒精不是酒精怪。我费劲地解释,他也不完全明白。能喝吗？他问。想喝就喝吧。在哪里？我用手指了指菌种室。酒精瓶放在那里面。驼子二爹推门进去，不到一分钟，他抱着那只酒精瓶，跟跟跄跄跑出来。泪流满面地喊道：阴兵来了。他们用阴曹地府的毒气熏我。一股呛人的烟雾从菌种室里溢出来。我这才记起，我正在给菌种室消毒，福尔马林刚刚燃起。我赶紧过去关严菌种室的门。驼子二爹已跪到地上，开始含糊不清地祷告。我把他扯起来。告诉他这不是阴曹地府的毒气，是给菌种室杀菌用的福尔马林，是我从镇子上买回来的。你莫骗我，这祠堂的事我比你清楚。他如惊弓之鸟，抱着酒精瓶子逃走了。当天夜里，我刚上床睡觉，后窗门被拍得震天响。我打开窗门，驼子二爹一双瘦手扒着窗棂，朝着我锐声喊道："你快跑，刚才阴兵对我说，杀戒又开了。老枫树下，已经杀了许多许多。血流了一地。有人肚子上扎了一根红布条，说是共匪，杀了。有人口音不对，说是自卫队的探子，也杀了。他们把一个死人的眼睛挖出来，安在另一个人的肚脐眼里。那眼睛在肚脐眼里转着，像嘴巴一样说话。你快逃，迟一会儿就没命了。"

他的吵闹惊醒了塆邻。几个人围过来，劝他回到棺材去睡觉。他不听，还动嘴咬人。闻队长就指挥几个人把他捆住，拖回到牛棚屋里。

驼子二爹此后好几天，一直哭哭笑笑，胡言乱语。他真的疯了，我感到惆怅。那个游脚僧的故事，他还没有讲完。也许他讲完了，他所知道的只有这么多。可是在我听来却没有完。

保卫局长所住的房子,就是我现在的菌种室。三十九个人被捆绑以后。他把他带来的四名战士中身体最强壮的一位战士喊进他的房间,命令他一上午必须砍掉熊氏家族的这三十九颗脑袋。我一个人?那位战士问。当然是你一个人。你不是有杀人的瘾吗?今天满足你。那位战士面有难色,迟疑着没有回答。保卫局长发了脾气,训斥他说:今天中饭前,我在大枫树下数脑壳,如果不是三十九个,就把你的脑壳补上。那名战士再不敢言语。他走出祠堂,蘸着燕子溪水,把他背上的那把大砍刀擦磨得风快风快。那时杀人,为了节省子弹,一律砍脑壳。他手中的这把刀,结果了不少无辜的生命。他杀人像捏蚂蚱,从不留情面。保卫局长很赏识他。但是今天,他却有些怯场了。且不说头颅之多,三十九颗。再快的刀也要剁钝的。再好的体力,到最后也会累断筋骨。更有甚者,这三十九颗头颅,都姓了一个"熊"字。旧话老是说谁谁谁满门抄斩。不想今天落到我的手下,却是个满族抄斩。越想心中越发怵,却又不敢反抗。他一参加革命,就跟着保卫局长,虽说杀过不少人,却很少是在战场上的枪战或肉搏,大部分是从牢房里提出来砍脑壳的。这就是你的革命任务。保卫局长告诉他。既然是革命任务,拼死也得完成。杀人多了,心也硬了。听着刀抹脖子时那"沙"的一声,活儿利落,也就有了快感。但是今天,那个团政委的一双眼睛像一团火,烧得他的心口发痛。他们真是第三党吗?以前他只是杀人,根本不想这个问题,今天他却想了。怎么还不执行!保卫局长赶到燕子溪边来催他。一看到保卫局长坚定的眼光,他又对自己的胡思乱想害怕。他娘的,为了革命,再多的脑壳也得砍。

那一天上午,在他的砍刀下,在大枫树下,滚落了三十九颗头颅。中午,保卫局长给他一壶酒喝。他才喝一口,就闻到一股浓烈的血腥气。他搜肠刮肚地呕吐起来,并且大病了一场。从此,只要一闭眼睛,那三十九颗头颅就像走马灯一样在他眼前旋转。红军转战到四川后,保卫局长又叫他杀人。他这次拒不执行命令,于是他也被关进了牢房。他也成了第三党,等不及保卫局长派人来砍他的脑壳,他就挖墙洞逃跑了。他化装成一个游脚僧。千里迢迢,走回到杉树铺。他越来越害怕那些被他亲手处置的冤魂,鼻孔里始终灌满了热喷喷的、黏稠稠的鲜血的腥味。他重新回到燕子溪边,是想借这里明亮的泉水洗洗身上的秽气,给每一个冤死者烧三炷香,磕三个头。可是,他却万万没有料到,卢爹爹认出了他,并且被他吓死。他怀着悲痛的心情掩埋了卢爹爹。然后,他自己也追随卢爹爹而去。驼子二爹又怀着仇恨的心情把这个无法赎罪的刽子手埋葬。并在他的坟头上钉下了镇鬼压邪的桃树桩子。

游脚僧的故事,我的父亲并不知道。祖父死后不几个月,我的祖母曾带着我的父亲来过杉树铺。我的父亲那时只有十岁。我经常在杉树铺的山路上,或松楸林中,看到一个哀哀戚戚的少年,那就是我的父亲。卢爹爹拉着他,走过一片又一片只有卢爹爹自己才能辨认的坟地。磕头,又磕头,又磕头……在杉树铺三天,给死人磕了三天头。父亲前年还和我讲起这件事,一个老者,僵硬的膝盖中还留有少年时磕头磕出的麻木和疼痛。卢爹爹什么都对我的父亲讲,唯独他没说起游脚僧。当然,那时游脚僧还没有出现,但刽子手已经出现了。我想,卢爹爹不讲刽子手,是他没有勇气和一个懵懂无知的孩子一起正视历史的残忍。

牛棚屋本来没有门,为了要锁住疯狠了的驼子二爹,闻队长叫人把牛棚屋安了一扇门。其实不是门,是一道栅栏。栅木间的缝隙很大,可以伸进一颗脑袋。我去看驼子二爹,就从栅木间的缝隙里把脑袋伸进去。现在,我刚把脑袋伸进去。驼子二爹就听到动静,他连忙从棺材里挺起身来。他愤怒地央求我,快把门打开放他出去。他有四天没上阴道烧纸钱,捡石子儿了。若是阴兵走路不顺当,石子儿硌了脚,或是没得钱打酒喝,杉树铺就要遭殃了。他说得煞有其事,冷峭而又沙哑的声音像鹰喙一样刺穿屋中又寒又潮的空气。我掩起鼻,怕闻他发臭的呼吸。不远的地方,传来一声炮响。驼子二爹支起耳朵。炮声,七十四师又进攻了。团政委,你的扯光镜呢?能不能让我看看,是不是广西佬的兵。这些兵吃蛇,爬起山来,也像蛇那么快。唉,人都杀了,还能打胜仗?团政委,把你的阴兵调来,和红军一起打匪军。驼子二爹冲动起来,哇哇乱叫一通,接着恢复了沮丧的神情。使劲揉着眼皮,问我现在是不是民国二十一年,我说:不是,现在是一九七二年。那怎么有炮声?是开山放炮。我告诉他,闻队长接了上级的指示,杉树铺要整出几块大寨田来。杉树铺没有田整,就要削平山头开梯地。那炮声就是削平山头的炮声。削哪儿的山头?驼子二爹神情紧张。猫竹坡,我说。驼子二爹大惊失色。二话不说,拿起那把尖嘴锄,倏地向我冲来。我赶紧缩回脑袋。噼里啪啦一阵乱响,木栅门被尖嘴锄劈得稀巴烂。我诧异这个奄奄待毙的老头子哪里生出这么大的力气。驼子二爹一步跳出门,看也不看我一眼,就朝猫竹坡奔去。

猫竹坡是半山茶亭侧面的那座山坡。全小队的男女老少,凡是走得动路的,都集聚在那儿开山。鸡公也有四两力,这是闻队长说的。凡是有口气儿,就得为学大寨出力。不出工的,一天扣三天的粮食。这一项规定,像一条铁链,把全小队的男女老少都拴到山上来了。在猫竹坡开梯地,是公社书记规定的。这里是路边,开出梯地来便于参观和检查。

驼子二爹跑来时,一边坡被炸得像卷皮肉。人们正在撬石头,捞浮土。驼子二爹抓起一把泥土,放到鼻子底下使劲地嗅。这疯子,谁把他放出来了?有人这么问。却并不认真追究。看看疯子并不踢咬人,大伙儿又嘻嘻哈哈逗他。疯驼子,今天太阳好,就在这坡上晒晒你的卵子。喂,你看看,阴兵在草坪上下操,领头的是个驼背。任何时候,人们和疯子开玩笑总是侮辱性的,驼子二爹不理睬他们,连白眼也不翻一下。他挥动尖嘴锄,在炸炮的浮土中刨。不一会儿,他刨出一根白骨。这是一根被炸断了的胯骨。他捡起来,放在衣襟上揩揩干净。然后小心翼翼地放进他的箩筐里。驼子二爹,这山上的骨头,不是红军的。我爷爷讲过,这山上没有埋过红军。闻队长这么说。驼子二爹不回答。依旧挥动尖嘴锄刨土。驼子,这儿有一根。接住,疯子,这也是一块。人们在各处找出些碎骨头扔过来。驼子二爹一一揩干净,装进箩筐。装满了一箩筐,他就背走。过一会儿回来,箩筐空了,装满了又走。如此循环往复。人们看见,夜深人静时,驼子二爹还在那山上找寻骨头。而且,开山没有开到的地方。他也用尖嘴锄刨开,从中取走骨头。这些地方并不是坟,驼子二爹却能准确无误地刨出他想要得到的东西。

这疯子,一身死人臭。每当他背着死人的骨头走过来。人们就掩鼻,远远地避开。

在我离开杉树铺的第二年,闻家祠堂就被拆毁了。我的儿子已经四岁,但他再也见不到这座埋葬我的家族的活的坟墓了。闻家祠堂在杉树铺消失了已经十年。

后来我打听到,闻家祠堂被拆毁的原因,是因为闹鬼闹得太厉害。鬼魂发展到后来竟然不害怕太阳,大白天也敢把在草坪上把迷盹的人拖进祠堂大厅,在他的耳、鼻、嘴中灌满腥臭的泥沙。

阴魂如此强烈地骚扰人世,毂觫的杉树铺人当然不能容忍。我在闻家祠堂里住了三年,幸喜一切平安。我倒是希望能经常见到鬼魂,让它们给我在这个人世上孤独地长途跋涉的勇气,使我不再孱弱。但它们总是在我的血液里和我见面。它们的血流完了,只能活在我的血液里。我猜想,祖父那一次显形,是为了让我记住家族的形象。在漫长的中国历史中,我的家族,同许许多多的家族一样,存在的形象是一张充满血污的脸。

但是也有那么一次,仅仅只这一次,在闻家祠堂里,我也见到了鬼。这个鬼与我家族中的那些冤魂是毫不相联的。

窗外的夜并不黑。日晒风磨的墙壁承受着月色,似敷了一层乳白的苔衣。我走出祠堂门,想去看看驼子二爹,却遥遥看见猫竹坡上有磷火闪动,杉树铺人呼为鬼火。这鬼火忽高忽低,摇曳不定。我忽然想走近去看鬼火。才走几步,又见大枫树下闪起一团火光。这又是驼子二爹在那里烧纸钱。那一张一张写有歪歪扭扭的"钱"字的白纸在我眼前晃动,化作一星星鬼火杳去。空蒙的月色下,驼子二爹佝偻的背影依稀可见。我临时又改变主意,想去大枫树下听听驼子二爹的疯话。才走几步,背后响起脚步声,我扭头一看,驼子二爹正朝我走来。咦,他怎么会在我后头?我再看前方的老枫树,阴影磊磊,空无一人。驼子二爹,你没有去老枫树?驼子二爹摇摇头。绕过我再朝老枫树走去。我顿时有些害怕。不敢再在这枯静的草坪上蹀躞了。我想回屋笼被睡觉。抬脚走进祠堂大门,却见一汉子从屋梁上跳下来,龇牙咧嘴地在我面前徘徊,似欲夺路出去,似欲挡我去路。我吓愣了,站在那儿,瞠目结舌,不知所措。忽然,那汉子举起双手,狠命一揪,把自己的脑袋活生生地从颈子上拧下来。捧在手上,趋前送我。我一声大叫,狂奔出门。右脚刚踏过门槛,脚下又踩着个肉团团的东西,立时扑了一跤。躺在地上,有一双手来扯我,我又是大叫,以为是被鬼箍住了。是我,莫怕。好镇定的声音,我顿时感到回到了人间。抬头一看,是驼子二爹。回头一看,祠堂里清静寡静,杳无一物。再低头一看,脚下踩着的,原来是一只癞蛤蟆,已经半死。

吓你的鬼不是好鬼。驼子二爹搀起我,愤愤然。我惊魂未定,暗想那鬼像一个人,却不敢说出。

第二天,我正在菌种室里观察菌种培养基。驼子二爹又幽灵一样飘到我跟前,告诉我:方才,闻队长被炸死了。塆子里已传出令人恐怖的哀号。闻队长的老婆死去活来。我跟着驼子二爹到了猫竹坡。闻队长的尸首已被一篷稻草盖住。有人告诉我:闻队长是排除哑炮死的。上午歇工前,同时点燃了三个石炮,炸响了两个。有一个没有响,等了好久时间仍然没有响。他娘的,哑了。闻队长骂着,嘱咐隐蔽着的人们不要动,他去看看。他走近炮口,低头检查导火索。才一低头,那炮就响了。闻队长被炸起十几丈高。落下来,脑袋没得了。肉沫子喷了一面坡,好多人身上都溅的是。

我没有勇气看稻草里这具没有脑袋的尸首。我偷偷告诉驼子二爹:昨夜,我见到的那个拧下自己脑袋的鬼,长得同闻队长一个样。驼子二爹说:你不说我也晓得。

没有头的尸体是没有办法托生的。这是杉树铺每个老人都深信的道理。如果闻队长来世不能托生为人,杉树铺人就会此恨绵绵,终无绝期。当天,闻队长的老婆拿来一只风干的葫芦,央我把它画成一颗人头。我瞅着那只葫芦,毛骨悚然。眼前总不能躲避昨夜那个鬼捧着脑袋趋前送我的情景。但我还是战战兢兢地拿起毛笔。在那只葫芦上画了一张人脸。

这只葫芦,没有人敢往闻队长的颈子里插,这时候,大家想到了驼子二爹,给他一瓶苕干酒作工钱,让他去干那血淋淋的活儿。驼子二爹倒也不推辞,成全了闻队长的托生之望。

事后,驼子二爹对我说:闻队长劈了钱板,断了阴兵的钱路,又炸翻了猫竹坡,破了阴兵的灵屋,专和阴兵作对,他还能不死?说罢,连连叹气。那神态,仿佛杉树铺还有更大劫难发生。

人的记忆都是经过筛选的,该记的都得记住,不该记的就会忘记。我的良好的记忆力,使我的朋友们吃惊。但是很糟糕,一些不应该忘记的东西,我却忘记了。一些本不该记住的东西,却盘踞在我的脑海里。我现在实在记不清,我到底见没见过卢爹爹。半山茶亭里的茶杯,都是用辣椒水煮过的楠竹筒。这桶竹筒里的茶水,到底是我喝过还是我的祖父喝过?驼子二爹说,你没有喝过。我没有喝过,可是我的口中为什么留有温热的茶香呢?不是现在的茶,是五十多年前的卢爹爹的茧手揉搓出来的粗片茶。那一团红军,差不多都喝过这种茶,杀人的人喝过,被杀的人也喝过。

驼子二爹越来越生活在自己的幻觉里,那一夜,他噗地一口吐出我倒给他的一杯茶水。你不是卢爹爹。他像是有些生气。我当然不是卢爹爹。我回答。你不是卢爹爹,为什么要倒给我茶水?我看到你的嘴发干。你该让我渴死。你渴死了,就没有人给阴兵捡石子儿,烧纸钱了。再不用捡了,如今,他们都住在我的牛棚屋里。你的牛棚屋那么小,住得下吗？住得下，它们不占地方。我愣着，和疯子说话，既开心，又吃力。走，熊家毛哥。驼子二爹扯着我的手。把我拉进他的牛棚屋。

牛棚屋里一片漆黑，只西墙边有一片模模糊糊的白色，发臭的呼吸，不知是驼子二爹还是那片模糊的白色传出的。驼子二爹点亮他的灯——一支黑烟袅袅的松明子。我顿时吓得后退几步。那片模糊的白色，原来是一堆码得整整齐齐的白骨。驼子二爹对我的惊骇之状表示蔑视。怎么，你害怕了？你不是总在念叨你的祖父，你们熊氏家族的冤死者么，他们的骨头，全在这里。是他们的骨头？是我祖父的骨头？我一阵心酸，走到那堆白骨跟前，伸出无比痛楚的手。抚摸一根根洗得干干净净的散架的白骨。它们曾支撑过一个个坚强的生命。如果不是那个刽子手，它们支撑的生命或许早就成为国家的栋梁，或许早就是将军、部长、省长……家族的光荣随着它们支撑的生命一起熄灭了。只剩下它们——浅埋于地底又被重新刨掘。在它们的后世子孙面前，散发于微弱的被人们称之为鬼火的生命之光。

闻队长带人挖山，这年头既是活人的大劫，也是死人的大劫，这些尸骨，本当埋葬在猫竹坡上。那么炸翻了皮，我只好背回家来。

驼子二爹说这番话的时候，完全不像一个疯子，好像有一股热泪要从我的胸腔里涌出。我感到头晕目眩。我俯向驼子二爹，说了一大堆词不达意的感谢话。驼子二爹静静地听着，听着。我刚收住嘴，他就去拿来他的尖嘴锄，递到我手上。然后扑通跪到面前,哀求着说:熊家毛哥,你把我挖死吧。

我说过,驼子二爹的眼神已不像一个疯子,我诧异他为什么又胡言乱语。我想扶起他。他赖在地上不起来。他告诉我,一上午砍下三十九颗脑壳的那个刽子手,就是他。

真的是你?我重新审视这个形容枯槁的老人。是我。驼子二爹坚定而又惭愧。那一夜,卢爹爹被我吓死。我真想自杀,但转而一想,这些冤魂不能没有一个卢爹爹。于是,我就来当这个卢爹爹。我当了四十二年了。我今年六十三岁。好不容易等到你来。你来了,一切都有个交代。我也就该死了。

我手中的尖嘴锄滑落在地。这个严重的现实使我无法接受。我向门外走去,走出了十几丈远。驼子二爹追出来喊:熊家毛哥,我死了,你接着烧纸钱,捡石子儿。

当夜五更天,牛棚屋腾起大火。驼子二爹从里面把牛棚屋的门钉死。除了我朝那越烧越旺的大火浇了几桶无济于事的水,没有人为驼子二爹扑火。垮里人不要驼子二爹,就像驼子二爹不要垮里人一样。黎明,太阳出山,牛棚屋化为灰烬。人们见到驼子二爹烧焦的尸体,他没有睡在棺材里,而是靠着那堆白骨。除了我,没有人晓得那堆白骨的故事。他们只认为把白骨弄到屋里来,是只有疯子才干得出的荒唐事。

就在那面松坡上,我和杉树铺人一起,掩埋过驼子二爹之后,又重新掩埋了白骨。

一天早晨,我来到那座凹陷的小坟之前。驼子二爹说,那个刽子手埋在这里。他在坟头上钉下的桃树桩子,居然生根长成了一棵小树。先是小树,后来就是大树,它同其他的桃树没有任何区别,开着粉红粉红的花。尔后又接酸酸的果实。我几乎已经判别这是一座假坟了。是驼子二爹玩出的鬼把戏。我用尖嘴锄掘开坟墓。发现它并不完全是一座假坟,里面埋了一把砍刀。刀已生锈,缠在刀把上的布条已经腐烂。这必定是那一把砍刀了,它在燕子溪里磨过。一上午它砍下了三十九颗头颅,我很后悔,本来已在历史的积壤中埋葬的屠刀,竟因为我的好奇而重见天日。

门 向

一

郑山奎蹲在屋场上,嘴翘得能挂起一把茶壶。他昨天到镇上的自由市场,捉了一只六十多斤的糙子猪回来。好不容易把那猪牵扯到了屋场,把绳子系到木桩上,那猪却不奔不叫,倒地便睡。郑山奎猜度它是累了,蹲在旁边替它搔了一会儿痒,好让它安安然然地困一觉。到了太阳挨山,郑山奎料定猪儿缓过了气,就提了一桶猪食来喂。谁晓得那猪抵死不肯起来。郑山奎提着腰绳猛扯,那猪虽然软不拉塌地站起身来,却又不肯动嘴吃食。耳朵和尾巴都耷拉着,一副可怜巴巴的样子。郑山奎这才着了慌,忙叫儿子树青去喊兽医。乡里的兽医听了树青的叙述,算着那猪得的是时症,吃下什么东西隔了食。兽医自己不愿意跑这么远一截山路,便让树青带了一包打食的药回来了。郑山奎拿到药就熬,熬了就喂。又伴着那猪坐了会儿,感到无事,便去困了。早晨起来,到猪圈一看,那猪四脚伸直,眼珠子鼓凸凸的,死了。他顿时气僵了颈,蹲在屋场上,像一只石礅,一动也不动。

偏偏他的婆娘是盏逗人灯,一张嘴巴不饶人。一边烧水

准备盘猪,一边咒他:

"一塆子里的人,就你的心空。捉猪看牛日,长得牛高马大。你这牛日捉的猪么样? 没过一夜,就死得硬邦邦的。五六十块钱,丢到水里去,泡儿都不冒一个。"

郑山奎听得焦躁,却又无言以答。父亲过世,传给他一本万年历,他当作宝贝。家中一应大事,诸如婚嫁、造屋、买卖六畜之类,能不能办,何时能办,他都要翻开万年历请教。就说买这头猪,他查对了万年历,选定了昨天这个牛日去发吉市。他实指望葫芦天样大,没想到葫芦断了根。

水烧开。二炮开始盘猪。刮毛破肚,不由得惊叫一声,接着就骂:

"日他娘,卖猪的黑了良心。"

"么样的事?"郑山奎问。

"你看这猪肚肠里,吃的尽是水泥。一坨坨的屙不出屎,猪还不死?"

郑山奎拢近一看,猪肚子撑得粗鼓鼓的,都变乌了。他拿来一杆秤,把那盘猪肠一称,秤砣压到二十斤上,秤杆子还朝上翘。猪贩子为了赚钱,做事真是刮毒!

"去,去找那个卖猪的,这个害人精,生的儿子没屁眼。"

郑山奎老婆双手一拍,一屁股坐到凳子上,呜呜地哭起来。哭声就像这晚秋的风,直往郑山奎的心中灌凉气。屋场边上的两棵枫树,叶子全红,一片片被风筛落。有几片落在郑山奎的手上、头上。潮潮的,冰冰的。他感到不受用,一跺脚离开屋场。却见眼前一片青色的瓦脊隐在一片竹林里,红的日,青的瓦,翠的竹,在他的眼前晃动。惹得他的心情越发烦乱,由不得对竹林里的人家产生妒意。

"山奎,听说你退了财?"

忽听得人喊。郑山奎一看,竹林里走出一个人,正是这户人家的主人段细怪。他没好气地哼了一声,算作回答。

段细怪走到郑山奎的跟前站着了,也不看他的脸色,又说:

"山奎,我看这一笔财,退就退在你那本万年历上。"

一只蠓虫飞进了郑山奎的鼻孔,他大大地打了个喷嚏。接着使劲地揉起鼻子来,用这个动作来抵制段细怪的问话。

段细怪不痴不呆,哪会看不出郑山奎的心情。但他不计较这些,依然财大气粗地说:

"猪本搞落了,你也不消气得,不就是几十块钱的事,先到我家去拿点钱来,再买一只糙猪,养到过年,还有肉吃。"

段细怪说完又回到竹林里去了。郑山奎愣愣地看着他,半天才叽咕了一句:

"哼,谁不晓得你是药铺的甘草,一时作冷,一时作热的。"

二

段细怪现在虽然是村里的首富,但和当年相比,竟比火焰矮了三尺。学大寨那阵子,他的威风可是了得!先是当大队党支部书记,领导社员拆屋开田,劈山造地。工分值降到了一个工一角四分钱,他自己却当上了劳模。到省城开了一回会,回来就提拔为公社书记,成了吃粮票的国家干部,邪气儿更是上升了。开会扯起大喇叭训人,眼睛瞪得像兔儿卵子。回到塆子里来,昂头一丈,衣裳角儿打得死人。后来国家形势变了,骂娘书记不吃香了。县里来人找段细怪谈话,要他挪挪位子,到公社兽医站当站长。这实际是让他体面地下台。段细怪咽不下这口气,索性闹着要退休,让儿子顶了职。他参加工作三年,五十岁上就"告老还乡"了。

他回来的第二天,郑山奎一大早起来到代销店买货就碰见了。郑山奎以为他还是公社书记,本能地想上去巴结巴结他。不管别人么样认为,在他的眼中,段细怪是个了不起的角色。开玩笑,三代捋牛尾巴的出身,如果不是祖坟葬得好,还能出息这么一个大官?

段细怪一当上公社书记,郑山奎就感到奇怪,一个公社,有四五万人,怎么这大个官会落到段细怪的头上。他思摸思摸,便上了段家的祖坟山。从他家的屋后冈,再走过两座小山冈,就到了段姓的祖坟山。解放后,虽不讲山是谁家的,但谁家死了人,灵棺却还是往先前曾属于本姓的那座山——祖坟山上抬。

段姓的祖坟山,并不巍峨。蹲在西河边上,矮趴趴的,也不显什么灵气。在这片山里,段姓是小眉小眼的花户。活着的人既然都是土巴狗儿,死去的人当然也就不能显派。段姓的祖坟山上,七零八落的,尽是些狗屎堆样的土冢。郑老奎好不容易找到了段细怪父亲的坟墓。那老头是"大跃进"前一年死的,郑老奎为他抬过棺。这回一看,平添他的惊异,十多年工夫,这坟不塌、不陷。坟上的青草兀自绿着,青藤还缠紧了石碑。这就很有点"发坟"的象征了。他再站在坟头上看山势，左右皆在两列山包围拱，这祖坟山居中，三座小山形成了一把"太师椅"。这座坟不偏不倚，恰恰坐在太师椅正中。郑山奎不由得感叹起来，这段姓买下的祖坟山，少说也有百多年了。该葬了多少死人？可是最好的一棺土，竟让段细怪的父亲睡了去。千人地上挣，贴不得一人土里困。段细怪的官，是他父亲在坟里保佑他做的。

既是命中注定的，段细怪是个贵人，郑山奎便对他产生了虔敬的感情。一有机会，就想和他拉扯拉扯。沾了贵人气，一正压千邪呢。

因此他在代销店里买完了货，却不慌走，还没同段书记打上招呼呢，走得？无奈段细怪的眼睛好不容易车过来了，他赶紧一笑，可惜段细怪没看见，又把头扭了过去。他浪费了一个表情，很懊丧。但他还不想走，一心等个机会再表表心情。这时，一个后生对段细怪说："段书记，我们家分的那块地，尽是沙壳子，叫我么样种？你跟大队说说，能不能帮我换一块？"段细怪眨巴着眼，不置可否。郑山奎以为捉住了好机会，赶忙插嘴说："人家段书记是公社大书记，难得回来散散心，大清早的，你怎的提这些鸡毛蒜皮的小事麻烦他？"段细怪心情本不大好，听到这话，以为是讽刺他，瞪了郑山奎一眼，气鼓鼓地走了。郑山奎好不惶恐，心里念叨："我么样得罪了他，这不是在为他说话么？"那个后生子奚落他："山奎叔，你拍马屁拍在马腿上。什么公社大书记，退休了，过了气了！你以为我是真求他，我是盘他玩的。你那嘴巴子痒，想说奉承话，就拿到墙上擦几下吧。"在场的人一阵哄笑。山奎大惭，怏怏地走了。一连几日，他都想不明白，段细怪为何休了官。看他脸上的气色,红光耀耀的,官运应该有好长呀。他百思不得其解,忽然想到应该去看看段细怪家的祖坟。不去看便罢,一看就恍然大悟了。原来段家的祖坟山早被铲成了梯地,种上了茶叶。这个建设"万亩茶园"的工程,是段细怪当上公社书记后亲自指挥干的。"娘的,是他自己铲了自己的地脉,难怪丢官。"自此,他视段细怪为草芥,怎么看怎么不顺眼,连那脸上的红光,也被他重新看作是急火攻头,一副灾星相。

可是,事情说怪也真怪。这个段细怪,这几年不但没有招灾惹祸。反而不断地招财进宝,家产就像吹气球一样,越发越大了。一塆的人,再也不敢白眼看他。唯独只有郑山奎,心中还对他鄙薄。为此,他和儿子树青不知争吵了多少回。

看到段细怪把分到的田挖成鱼塘了,树青回来说:"大,我家那块田泥脚太深,像段细叔那样,挖成鱼塘养鱼,兴许能赚大钱。"

郑山奎眼睛一横,恶声恶气地教训儿子:"你人叫不走,鬼叫飞跑。田土变鱼塘,这是败了祖宗的家业,夺了子孙的饭碗,你晓不晓得?"

到了年底,段细怪的那一鱼塘真的赚了一大把钱票子。郑山奎虽是羡慕,却又想:"我看准他是个败相,说不准这一把票子要引灾星进门。"

过年时,段细怪念及塆邻,"赞助"了郑山奎家两条肥鲢鱼。郑山奎学耻食周粟的伯夷,不肯动筷子。好了树青,过了一餐鱼瘾。

开了年,春气才动,段细怪又买回一台拖拉机,让二儿子学会了驾驶,每日里拉货跑运输。树青看了很是眼馋。拖拉机一回来,他就跑过去摸摸这,摸摸那。郑山奎看见了,便赶紧把儿子往回喊:

"树青,你都集(站的意思)成树桩子了,快回来。"

树青回来,把白眼珠子对他,他怕树青心野了收不拢,又开始堂前训子:

"树青,人生一世,草木一秋。酒可以不喝,烟可以不吃,古人的话却不可不听。古人说,种田人务家为本。你是种田人,一心想到田土就是。拖拉机对于你来说,只能够是个邪物。"

树青偏不服气,顶撞父亲说:"既是邪物,你昨日去镇上,为么事要坐他的拖拉机走?"

郑山奎被噎住了,好半天才想出话来:"我翻了万年历,昨日出门,利车船,无险阻。"

三

死了猪,犹如身上掉了一块肉。郑山奎好几天都是愁眉苦脸的。他不知又翻过了多少次万年历,终究也没有找到答案。他的呆头呆脑的样子,惹他婆娘心疼。但婆娘疼人也是吼:

"死鬼,怎么猪死了,你也像跟着死了样的? 真是晦气,狗赶出了,屁还在屋里头。"

郑山奎来个黄花菜的隔壁——木(没)耳。婆娘的骂声

只当没听见。婆娘更是有气:

"老古话就说,去年的皇历今年不能用。你偏偏捧着那遭瘟的万年历,像捧着颗龙蛋,呸!"如此攻击,是可忍孰不可忍。郑山奎反击道:"你女人头发长,见识短,晓得么事? 我这是万年历,一本书管一万年!"

"管一万年,管一头猪都管不了。"

被婆娘骂烦了,郑山奎只好逃离家门。找人家串门子,散散心。也是鬼使神差,他信步走去,竟走进了王道士的家。解放后,没少反过迷信。每次反迷信,王道士都要遭受一回斗争。斗急了,他就说:"不是我要搞迷信,是乡亲们要我搞。"这话不假。不管他么样声明洗手不干了。半夜三更,总有人敲他的门。这几年少了管束。干部们都想着如何发财,没工夫管这号事。王道士才重新由"地下"转为地上。虽然没领到工商所的执照,他照样公开营业。

郑山奎进了屋,刚一坐下,王道士就看出他脸上气色不好。问:

"山奎,还气那头死猪?"

"唉!"郑山奎叹口气,问,"王道士,万年历上明明写着,牛日捉猪,长得牛大,怎么能不灵验?"

王道士对于万年历,从来是活学活用。他眼珠子一骨碌,答道:

"你这回跌财,倒与什么牛日狗日无关。"

"哦? 未必还有别的一讲?"郑山奎来了兴趣,眼巴巴盯着王道士。

"你不来,我正说要去找你。"王道士脸色变得神秘,"你这回跌财,就跌在你家的门向上头。"

郑山奎大惊,满腹狐疑地问:

"我的这个门向,不也是讨了你的见识,才朝东开的么?怎么又坏了?"

王道士胸有成竹,指点迷津:

"你说的一点不差,四年前你做新房子,这门向是我给你看的。你那个屋场,朝东开阔。一条溪沟自北向东,从你家屋场下流过。开门纳水,不做无水之鱼。屋也,鱼也。鱼得水,屋得势,人既太平,才能消灾免祸。"

郑山奎甚觉有理,频频点头,又问:

"既像你说的那么好,么样又坏了?"

王道士呷了一口神仙茶,继续侃侃而谈:

"大凡成势之物,最怕破势。你家的门向,现在被人破了。谁破的?段细怪是也。他去年采基做屋,偏偏选在你家前面,把那条河沟也踩了一半。临水起屋,他得了势,却把你的屋势破了。他的屋成了得水之鱼,你的屋反倒成了岸上之鱼。"

郑山奎倒吸了一口冷气,背心阵阵发凉,哭丧着脸问:

"王道士,那你说,现在我该怎么办?"

"改门向。"

"怎么改?"

"昨日从你屋场过,我已看过一回,把门向改作朝南。"

"朝南,朝南能得什么势?"

"在你屋场对面的山坡上,是不是有一棵大樟树?"

"有。那棵樟树百多年了,老得很呢。你问这个搞么事!"

"樟树上每天夜里,不是要落下一片白鹤来吗?"

"是的,我还是细伢的时候,那樟树就成了白鹤窠,我们叫它白鹤树。"

王道士以手击桌,颇为兴奋地说:

"山奎呀,这棵白鹤树帮你的屋子起势。"

"啊!"

"樟也,张也,俗话说,起屋如撑伞。樟树枝叶茂密,像一把张开的大伞。一把大伞遮满门,不愁风雨不愁阴。白鹤、白祸,祸一白,就不叫祸了,兴许还会化祸为福,我保你把门向一改,就能消灾免祸。"

"道士哥,你算是真正摸到了我家的病脉,我这就回去,改门向。"

"改门向也要看日子。"

"你放心,这个我会,我有万年历呢。"

四

郑山奎回到屋场一看,果然家门对着段细怪屋脊。他想,王道士说得不差,一片黑气抵在门口,家中哪里会有平安?他翻开万年历,选了一个吉日,把门向改朝了南。

那天,门向刚改好。郑山奎正和树青往新墙上石灰水。段细怪来了,他瞅了瞅新改的门,揶揄地说:

"知府衙门朝南开,有理无钱莫进来。你这门向改得好哇。"

郑山奎听了这话,顿时放下人脸,捡起狗脸,翻着白眼开骂:

"细怪,你的舌头上长了疔疮是不是?跑到这里来嚼蛆。"

段细怪哪受得了这等辱骂,但又放不下身架来对骂,只好强忍下这口气,车身便走。走到屋场边,又回来,从衣兜里摸出一沓钞票,扔在郑山奎的脚下,没好气地说:

"这是你的那头死猪钱。"

"我不要,"郑山奎乌头黑脸,一脚把那钱踢开,"我郑山奎再穷,也绝不找你段细怪借一分钱的债。"

段细怪冷笑一声,说:"我再有钱,也不会借出去讨气恼。这钱,是区派出所让我带给你的。"

"什么,派出所的钱?"郑山奎一愣。

段细怪说:"那个猪贩子,被派出所抓住了。正好我找派出所所长有事。一审问,猪贩子承认,前几天卖了一头糙子猪给一个干瘦老汉。这老汉不是你是谁?我就把猪贩子的赔款给你带了回来。"

郑山奎还愣在那里。他的婆娘却从屋里冲出来,捡起地上的钱,喜颠颠地说:

"段细叔,多谢你了,多谢你了。"

段细怪悻悻地说:"多谢倒不必,只要不驮骂名,我就心满意足了。"

段细怪下了坡,过了竹林,进了家。婆娘还觉不好意思,手指头戳在郑山奎的脸上骂:

"你年纪一大把了,还这么不知不识的,人家给你讨了钱回,你却一张屁眼嘴,臭气熏人。"

郑山奎不气不恼,反而扑哧一乐,对树青说:"树青,快过冈去喊王道士,今夜里,我请他喝酒。"

"么样要请他,又不是他帮你找回的钱!"树青咕咕哝哝地,不肯去。

郑山奎说:"怎不是他找回的!他定的门向,我一改,钱就回了。嗨,我算服了。"

婆娘和儿子都不作声。郑山奎拿过婆娘手中的钱,眉毛眼睛笑做一堆儿,指着对面山坡上的那棵落满白鹤的老樟树,说:

"这个王道士,话说得真是不差。白祸白祸,祸一白,就不叫祸了。门向改过还没得一个时辰,我家就化祸为福了。"

老　屋

一

虽说立了秋,天气却还是热得厉害。吃过午饭,汪跛子在竹躺椅上闭目养神,享受穿堂风的凉快。隔壁的李二娘过来和他的堂客说闲话。娘们在一堆时,舌头说长了,一街的腌臜事,都放在一起嚼。这不,李二娘手中的破蒲扇像惊堂木一样,往她瘦精精的大胯上一拍,立时就拍出了话题:"四婶,你晓得不,那个老爬灰要走了。"

汪跛子排行第四,他的堂客过门就成了四嫂,现在老成了四婶。

"老爬灰?周细佬?他往哪里走?"

四婶放下手中正在擦洗的茶壶,惊奇地问。汪跛子也把眼睛睁开一条缝,睐着李二娘。

"上省城,去跟女儿过。"李二娘不知为么事得意起来,"哼,不怕他老扒灰好狠,省城都是洋女人,他一个土巴狗儿,哪里会爬洋灰?"

四婶搭不上话,汪跛子却来了神,说:"听说省城比我们边街还邪,只要有钱,洋女人也跟你困。"

"是不?"李二娘狐疑地问,"要是这样,老爬灰就扒得洋灰了。"

"未必他有钱?"四婶问。

李二娘回答:"他卖屋呀,住到省城去,他还要这所房子屁用?"

"他说了要卖屋吗?"汪跛子问。

"说了,"李二娘点点头,"正在找买主呢。"

汪跛子一挺身坐起来,眼眶里有了神采,追问李二娘:"真有这事儿?"

"他亲口说的,我亲耳听的,哪里会假?"

"狗日的,好!"

汪跛子又一挺身站起来,走到李二娘跟前,吐出一口烟屎气,喜颠颠地说:"李二娘,好!"

李二娘和四婶都惊诧汪跛子这种失常的动作。李二娘望望四婶,用破蒲扇拍了一下汪跛子的头,嗔骂道:"跛子,你耍的么事现世宝?"

汪跛子嘿嘿一笑,说了声"少陪",就高一脚低一脚地出门走了。屋里留下两个娘们,戳着他的脊梁骨疯骂。

正午的太阳,像一只火球吊在汪跛子的头顶上。一会儿,汪跛子的裤腰带上就浸满了汗。但他却不感到热,至少心里没有感到。狗日的,周细佬卖屋,这可是个发财的好机会。他一边走,一边念叨着这事。

边街虽然叫街,实际上是一个垮子。前靠河,后挨山,长长的一溜房子。汪跛子住在街中间,周细佬家在街下首。这周细佬,算是边街的有名人士。从互助组长到大队党支部书记,当了几十年干部,责任制后才退下来。他生有一儿一女,皆成房立户。女儿住在省城,儿子住在县城,都是大学毕业生。唯一美中不足的是,他的堂客没有修到阳寿,三年前得癌症死了。长年住在边街老屋里的,只剩下他和儿媳妇。这儿媳妇是他亲自为儿子选定的农家女。不多言不多语,绝对服从公公的权威。周细佬对她很是满意,人前人后总是夸她。黑了一闩门,老屋里就只有公媳两人。后来儿媳妇虽说生了一个女儿,但毕竟只是一个咿呀学舌的醒物。天长日久,闲话就出来了,说周细佬和儿媳妇爬灰。黄泥巴落到裤裆里,不是屎也是屎,周细佬气得骂大街。这种事儿哪儿骂得?屎不臭挑着臭。人们背地再不喊他周支书,也不喊他周细佬,而是干脆喊他爬灰佬。幸好儿子评上了工程师,按政策规定把儿媳妇接到县城,吃上了商品粮。不然,怕他不在边街人吐出的臭痰中淹死!

汪跛子三四脚颠到街下首,在河堤上的一棵老樟树下站定,眼睛直勾勾地瞄着周细佬住的老屋。若是倒回去四十年,这老屋可是威风了得!人们从它跟前过身,脚下像踩了轮子,只是一溜,半步也不敢缓滞。老屋的主人是个收租千担的地主,土改时被镇压了,儿女也早已星散,只留下这一所拥有官厅和门楼的青砖房子。土改时分给谁谁也不要,嫌是个绝户。倒是周细佬不信邪,要下了这所房子,而且一住就是三十多年。如今,这所房子在边街已算不了什么,几家万元户新盖的小楼比它气派得多。人们轻蔑地喊它老屋。偏偏汪跛子不入俗流,始终亲近老屋,只要一看见老屋,他的心中就涌起一种神秘的激动。

额头上滚下的汗水流进了眼眶,汪跛子依然不车眼珠子。老屋的门楼和官厅早已拆除,年久失修的青砖墙也被风雨剥蚀得到处都是眼洞,墙脚满布暗绿色的苍苔,有黑蚂蚁拱进拱出的。

"四跛子,你眼睛瞪得兔儿卵子样,到底看么事?"

汪跛子吃了一惊,这是谁的声音这么恶?转眼一看,周细佬已从老屋里走了出来。

"哦,是周支书。"汪跛子笑成罗汉,"我路过,站在树荫下歇歇凉。"

"这天热得人做猴哼,你往哪里去了?"周细佬随话搭话。

"庙上塆去办了点事,"汪跛子随口来个谎,"周支书,听说你要到省城享福去了?"

"不假,女儿让我去跟她,住到高楼上去喝自来水。"

"本乡本土的,你离得?"

"一个边街,吐口臭痰淹死人,有么离不得的。"周细佬说着就动了气。

汪跛子探清了虚实,心中好不高兴,可是嘴里却说:"不能这么说,你周支书在我们边街,大小也是个共产党的领袖,你这么一走,街上再出了什么为难事,就没得人出面了。"

周细佬听了这几句话,就和汪跛子亲热起来:"四跛子,难得你还看重我。但是,人一老,狗也嫌,不走不中啊。"

"你走了,这老屋咋办?"

"卖呀。"

"你打算卖几多钱?"

"怎么,你想买?"周细佬听出了话风。

汪跛子点点头:"住到边街上来,清静。"

"你若买,价钱好说。"碰到买主,周细佬精神起来了。

"明天给你回话中不中?"汪跛子说。

"中。"

汪跛子稳住了周细佬,比喝了一碗冰糖水还舒坦。晚上,他把堂客、两个儿子叫拢,开一个家庭紧急会议,说出了他想买下老屋的打算。谁知三个人全投他的反对票。汪跛子急了,连忙提示他们:"你们好不晓事。先前老屋的主人,那个吃了共产党枪子的死鬼,活着时,一脚踏金,一脚踏银,肚脐眼里肥出油来了。"

"这与你买那几间破屋有什么相干?"大儿子合林顶他。

汪跛子白了儿子一眼,教训他说:"你个伢秧儿,懂得个屁。说不定那老屋的什么地方还埋着金条或银洋呢。"

不提这个犹可,一提这个就把四婶的气头子提上来了,她眼泪巴沙地说:"我说老鬼呀,你是想钱想糊了心。你未必忘记了,你好端端的一个人,为么事跌成了跛子?"

真是哪壶不开提哪壶!汪跛子瞄着自己跛了的右脚,阳气顿时矮了半截。

二

汪跛子是十几年前才跛的。为何跛了?这故事叫他自己说,是无论如何也说不出口的。

汪跛子从小迷迷懵懵。混混沌沌过到二十岁时,亏得鼓书艺人张瞎子帮他开了聪明孔。那夜,张瞎子说的一篇《卖油郎独占花魁》,把汪跛子听迷了。散场后,他还独自留下来陪张瞎子坐了会儿,并问张瞎子:"张先生,古话说,舍得痛,合得众,看来,舍得痛,也占得花魁,是不是?"

张瞎子揉了揉眼白,不以为然地说:"细哥,还是要钱。"

"要钱,那么多有钱的阔佬,为么事占不去花魁?"汪跛子问。

张瞎子回答:"卖油郎若是没得几两银子,如何进得了花魁的房间?细哥,有情人配鸳鸯,还得靠钱来牵线哪。"

汪跛子回到家中,细细琢磨张瞎子的话,觉得极有道理。从此,他对钱财有了嗜好。在别人眼中,他成了钱窟眼里翻筋斗的人。可是在他自己,这辈子对钱没少想过,荷包里的钞票却没有多过。自他成房立户的这几十年,连他自己在内,边街人都成了疯子。今年挖树,明年开山,后年拆塆……如此循环往复,人都穷成了赤膊鱼儿。

一次偶然的机会,汪跛子自认为找到了发财的路子。那是十二年前,学大寨正在高潮的时候,公社集中劳力搞拆屋开田大会战,一天,拆窑上塆的一个地主过的房子,青砖的夹缝中,竟拆出了几百块银圆,大家蜂拥去抢。有的得了几十块,有的得了两三块,汪跛子挤不进去,只在人缝中捡得一块。从此,他对那些地主住过的老屋格外有感情,认为那些青砖缝里都藏得有银圆,或者有金条埋在石板下。他也因此成了拆屋开田的积极分子,到哪个塆子拆屋,他都走在前头。一次又是拆一家地主的房子。他正患病,人软得像一堆棉花。可他偏不肯休息,而且不听劝告,拼命挤着上墙,结果在壁头上站立不住,一阵眩晕跌下来,摔断了右腿,并从此落下了终身残疾,成为人人喊顺了口的汪跛子。

脚虽跛了,心却不死。每到一个塆子,汪跛子的眼睛总爱瞅着那些阔佬留下的老屋,恨不得伸手去掏掏老屋上麻雀飞进飞出的墙洞,看能不能摸到一块两块银圆。这么几年下来,他竟然犯上了痴症,认定老屋都窨有金银珠宝之类。所以,每次从周细佬门口过,瞄着那所老屋,总要咽下几口唾沫。这回听说周细佬要把老屋卖掉,他哪有不想买的道理?但家里人都不理解他这番苦心,使他好不懊丧。

第二天,周细佬跑来讨他的回话,他嗯啊一阵也没说出个子酉来。周细佬急了,说:"我哪有闲工夫听你狗扯羊肠,你就把一个字给我,买还是不买?"

"我,我还是想买的。"

周细佬听这口气吞吞吐吐,就揶揄他:"你呀,看来是屙不起这三尺高的尿,跟你磨缠,急得人卵子痛。"

汪跛子还想攀谈,周细佬袖子一甩,噔噔噔走了。周细佬前脚走,后脚又有人进门,是来报丧的,儿子的大姨死了。这是抵手亲,哪能不去。老两口当即就随着报丧的人,前往桂花塆奔丧去了。

桂花塆离边街只有七八里地,走上个把时辰就到了。死的是四婶的亲姐姐。她的男人死得早,守着儿子过。如今她也死了,平辈的只剩下汪跛子夫妇。汪跛子在这等婚丧大事上,礼仪从不含糊,他把侄儿叫到跟前,说:"你老娘苦了一生,靠一双妇道人家的手,把你养得人长树大的。她现在累散了箍,脚一伸走了,你不能随便打发她走,丧事要办热闹点。"

侄儿哭丧着脸说:"我又哪不想为老娘挣个面子,只是钱不凑手。"

汪跛子望望老婆,当即垮下脸来:"你娘只死这一回,你就是上银行贷款,也不能把闲话人说。"

侄儿皱着眉头想了会儿,忽然进到里屋拿出一个小布包来。打开来看,是一对银手镯。

"只好把它送到银行去变钱了。"

汪跛子看到银手镯,眼睛发亮,问:"你哪来的银手镯?"

侄儿回答:"这是我母亲传给我的。"

"你母亲又是哪儿来的?"汪跛子刨根问。

"她对我说,这是她在地主家当佣人时偷出来的。"

汪跛子这才猛然想起,他的姨姐给周细佬那所老屋的原主——李十万当过三年用人。他把手镯拿到老婆跟前晃,颇为得意地说:"怎么样,我说了李十万的硬货多吧!"

四婶也点头说:"我听姐说过,他家的金银首饰有一藤盒。"

"可是土改时,一件也没看到。"

"是呀,不晓得藏到哪里去了。"

"肯定藏在那所老屋里,我说老货呀,"汪跛子一高兴就把四婶喊做老货,"你听我的主意不差,我们把周细佬的老屋买下来。"

四婶经不住那一藤盒金银首饰的诱惑,终于同意了丈夫的打算。汪跛子再也没有心思去管姨姐的丧事办得隆重如何了,他当即打道回府,迫不及待地找周细佬去了。

三

汪跛子走进老屋,刚说明来意,就遭到周细佬的抢白:"四跛子,迟了! 昨日我问上脸,你吐了怕是肉,吞了怕是骨头。今天迟了,刘家满子上昼就和我谈定,只等明日交钱,我就让屋给他,满子虽说年轻,做事干脆。"

周细佬把眼白对汪跛子,气得汪跛子在心里直骂"老爬灰"。回家路上,李二娘喊他进屋坐,他进去了。

"听说你要买老爬灰的屋?"李二娘明知故问。

"买个屁。"汪跛子气鼓气胀的。

"不买了?"李二娘心中凉了半截,她正盘算买过汪跛子的住房。他们两家共一堵山头墙,正在边街中段热闹处,买过汪跛子的房子,她家就能开个杂货店了,这是她儿媳妇的主意。

"让刘满子抢了先。"汪跛子愣了会儿,终于回答。

"啊!"李二娘表示同情。

"都怪我那个死堂客,"汪跛子迁怒于四婶,"要不是她前天伙同儿子打我的软脚棍,这老屋哪有别人买的?"

李二娘安慰他:"生意不成仁义在,你怄几么事气? 何况他刘满子的这笔生意,也还没到钉钉转脚的地步。"

汪跛子一听,这话有理。狗日的,我汪跛子过的桥比他刘满子走的路还多,未必还能栽在他手里? 想了想,他一脸愁云便褪得干净,笑着对李二娘说:"李二娘,我也听说了,你想买我的屋,是不?"

李二娘仿佛被人戳穿了一个谎言,顿时不好意思起来,遮掩着说:"我呀,这是狗过门槛嘴向前,说着玩的,哪想绊着了你的耳朵。"

汪跛子知道李二娘懂错了意思,接着说:"你若真想买,我就真卖。"

"你真卖?"李二娘吃惊。

"当然我先得把老屋买到手。"

"买得到手不?"

"只要你肯帮忙,兴许我能买到老屋。"

"我能帮你么事忙?"

"今夜里,你到刘满子家走一趟,和刘满子的老娘搭搭嘴儿。"

"搭么事嘴儿?"

"你跟她说,那老屋不吉利,李十万吃了共产党的枪子儿,变成鬼赖在老屋不走。周细佬的堂客得癌症。哪里是癌症?实际上是被那鬼魂引走的。这么所老屋哪能住,周细佬住了有么事好结果,和儿媳妇扒上了灰。"

汪跛子把这风马牛不相及的事情扯在一起,首先就把李二娘唬住了,她魂不守舍地说:"我这么一说,满子他老娘非信不可,莫说她,就是我也不敢买了。"

"是呀,"汪跛子得意地说,"别看刘满子是个万元户,他还是个大孝子,他老娘不买,他敢说个二话?"

李二娘心领神会,当晚就去了刘满子家。坐了个把时辰回转来,对汪跛子说:"成了。满子他老娘听我一说,高低不肯买那老屋。满子说买老屋是想办鸡场,这回也办不成了。"

听了这个好消息,汪跛子嘴巴笑得合不拢,夜里睡了个安稳觉。天光即起,洒扫庭除,单等周细佬的到来。

到了半上午,周细佬果然来了。端茶敬烟后,汪跛子故意问:"周支书,刘满子把钱给你了?"

周细佬显得尴尬,干咳了几声,说:"咋夜里,我又想了想,老屋卖给刘满子不合适,好端端人住的地方,却买来办鸡场,住鸡,这像么事话。想来想去,还是卖给你好,你是个老实过日子的人,不会狼败那块好屋基。"

汪跛子心中暗骂周细佬会说扯白话,嘴里却说:"难为周支书一片好心,只是我穷得屁股搭两膀,出不起刘满子的价钱。"

"这个好说,这个好说,我也不指望那几间老屋发洋财。"

两人闲扯了一阵,就请来隔壁的李二娘做中人,开始讨价还价起来。李二娘暗中助着汪跛子,商讨的结果,汪跛子比刘满子少出两百块钱,只花一千块钱,就买下老屋的六间青砖瓦屋。约定三天后,一手交现钱,一手交老屋契约。

周细佬走后,汪跛子又和李二娘讨价还价起来。汪跛子的四间房子,李二娘高低只肯出六百块钱。汪跛子说破了嘴皮,李二娘一分钱也不加。汪跛子焦躁地说:"李二娘,你也太狠了。手弯脚弯往怀里弯,把我汪跛子当肉头。"

李二娘冷笑一声:"不是我,老爬灰肯让出两百块钱来?你这破屋能值几多钱?砖是土砖,瓦是破瓦,你自家得了颗金豆儿,把我吃的却是一碗没把盐的臭豆渣。"

李二娘舌头转得比水车叶子还快,汪跛子哪是她的对手?只得作罢,收下她六百块钱,言定五天后搬家。

卖屋买屋，尚要填四百块钱的空。四婶奔丧回来，汪跛子同她商量，是不是把存折上的三百多块钱取出来。这些钱是四婶卖了三头肥猪的钱，预备为大儿子合林接媳妇用的。四婶虽然舍不得，但事情既然到了这种地步，舍不得也得舍了。

虽然经过了一点小小的波折，汪跛子毕竟如愿以偿，买到了那几间老屋。

四

五天后，汪跛子搬进了老屋。两个儿子想往灰暗的墙上抹点石灰，被他阻止了。他让他们把家什堆到东头两间房里，西头的四间立马拆下。

四婶劝他："你莫这样急，这两天跑得像走马灯样，总得让人喘口气。"

汪跛子一心想在墙缝里抠出金元宝来，哪里听得进堂客的话，他一个劲儿地催儿子动手。儿子们的发财心也早被他鼓动起来了，一呼就应，爷儿三个搬梯上屋，下瓦拆梁。开始拆墙了，望着在太阳底下闪着幽幽青光的老砖墙，汪跛子特别激动。他觉得那个神圣的时刻就要到来，只要硬货到手，他一夜间就可变成万元户。骑在墙头上，他神秘地招呼儿子："合林、元林，你们兄弟两个记住，砖要一块一块地拆，缝要一个一个地看。若是碰到了小包袱、小罐子什么的，你们千万不要抢，我们是一家人，别人拿不走的。"

兄弟二人觉得父亲过于认真，甚至取笑父亲那滑稽神秘的样子。但他们在拆墙时,却还是按父亲说的办,不敢马虎。一连拆了两天,墙拆得只有人把高了,却还什么都没发现,汪跛子心中有些发慌。突然,正在拆墙脚的二儿子元林喊起来:"包袱!"

"快抓住!"

汪跛子条件反射地喊出三个字,像个身轻如燕的侠客,从墙上跳下来,一个箭步到了墙脚。他抢过元林手中的小包袱,抖开来一看,那包袱里什么也没有,而那包袱皮本身是一面锦旗,上面写有"奖给农业学大寨先进单位边街大队"等字样。这面旗原先挂在大队部,责任制后,大队部门口结了蜘蛛网,周细佬把这面锦旗拿到家里来挂上。这次搬家,不知为什么,他也不要这面锦旗了。看到元林站在一旁窃窃地笑,汪跛子明白受了儿子的耍弄,他扑上去扇了元林一巴掌,恶狠狠地骂道:"小杂种,没大没小的东西,你还神到老子头上来了!"骂还不解气,他又把那面锦旗连撕带扯,丢到粪凼里去了。

四间老屋拆下地,连根银毛也没看到。汪跛子仍不甘心,又思量着再把东头两间也拆掉。

四婶阻止说:"罢罢,我不想抱个金伢儿,只想留这两间破屋躲雨。"

汪跛子的心已横了,吼道:"你放一百二十个心,我不会让你困到大樟树底下去。"

汪跛子又把拆下的青砖,码起一座临时居住的棚子。本来就已经陈旧得很的家什,这么搬来搬去的折腾,不是少了腿就是断了脚。汪跛子虽然心疼,但一想到挖到硬货就可以买新的,心中又坦然了。

拆了两天,东屋又全下了地,除了一堆断砖碎瓦,依然什么也没找到。汪跛子傻头傻脑坐在砖头上,面如死灰。两个儿子被他气跑了。

四婶瞄着像被炸药炸过的老屋,对丈夫又哭又骂:"你个老不死的,屁股不痛抠着痛,好端端的一个家,被你狼败成个么样哟!"

汪跛子再不敢犟嘴了,自己这么一折腾,白白赔进了堂客千辛万苦养出的三头肥猪。这还不说,若把拆掉的老屋再重新立起来,这又要多大一笔开销,他上哪去找这笔开销呢。

天已黄昏,汪跛子坐在老樟树下,望着悠悠流去的河水,只觉得脑壳子昏沉沉的。

"四跛子。"有人喊,李二娘的声音。

"你有事?"汪跛子木讷地问。

"我家杂货店今日开张了,生意还不错,请你去喝杯喜酒。"

汪跛子虽然心情不好,酒却还是喝得下的,他站起身来拍拍屁股,就跟李二娘走。老屋的废墟上,传来了四婶的哭声。

"四婶为么事哭?"李二娘问。

汪跛子回答:"不为么事,她有个爱哭的病。"

"你莫瞒我,"李二娘轻蔑地一笑,"老屋拆下地,找到了金子还是找到了银子?"

"么事也没得。"汪跛子老老实实地回答。走到街头,他忽然停下脚步,问李二娘,"听说埋下的金银自己会走,你晓得不?"

李二娘说:"听说过,但没亲眼见过。"

"这次,你不是亲眼见了一回吗?"

"我?我见了谁的?"

"我的,"汪跛子没精打采地说,"眼见到手的硬货,就这么飞了。"

李二娘惊诧地望着汪跛子,那神态,仿佛遇到一个疯子。

官岭街趣事

一

说是一条街,实际上是两县交界处的几家小铺子,五十年代末期,这里还算是一条连接两县的官道。虽比不得山外的通衢河埠,这里却也自有山里小街的那种繁荣景象。到了六十年代,连接两县的公路修到了别处,把这块地方给闪下了。当今时代,不通公路无疑就是偏僻之地。地一偏僻,走动人就少,他们都已经过惯了眼观六路、耳听八方的生活,如今只能听到牛哞羊咩、鸡鸣狗吠之声,这叫人如何消受!但大凡天下之事,到极却自有补救之处。今年,官岭街上呼啦啦蹦出一个人物,惊得满山的喜鹊爹翅儿。全县农民的风光被他一人占尽了,前来采访和看望他的人,都快把这一条荒废了二十多年的官道踩瘪了。

你知道这人是谁!他姓柳,叫闷子。

柳闷子何许人也?退回去两年,他只能算是官岭街的一只麻雀儿,落到谁家簸箕上,谁家都得拿起棍子来赶它。最瞧柳闷子不起的,是剃头佬张大嘴。张大嘴本叫张德义,因他嘴巴生得大,又好和人斗嘴巴,因此人们就叫他张大嘴,久而久之,他也听顺了耳。

这一日,秋高气爽,满山红叶逼人。张大嘴的剃头铺里,照例坐满了抽烟搭嘴的闲人。张大嘴生意清淡,但他手空嘴不空,跋着一双踩烂了鞋帮的破布鞋,坐在一把竹椅上,谈话正有兴头。

"大嘴,现在城里时兴么事冷烫,你这剃头铺里,么不搞点新花样?"一个人问他。

张大嘴一副不屑一顾的样子,大咧咧地说:"哼,冷烫,这是城里人哄人的。既然是烫,当然得滚热的水,冷水怎么叫烫?叫我搞冷烫还不容易,河沟里打一盆凉水来,浸得你的毛葫芦打战,你肯不肯?"

众人自然不肯,也有人提出异议:

"我听说冷烫不是用水,是用电,把人的头毛搞得鬈起来。"

张大嘴更不以为然了:"他娘的,好端端的头毛,顺溜溜的,硬被他们弄成鬈毛鸡,这才真是败了我们剃头佬的名誉。"

"人家那是好手艺。"有人故意这样逗他。

"屁!"张大嘴上火了,"那也叫手艺?你们翻开我们张氏家谱看看,我张大嘴的五百年前祖宗,是给皇帝剃头的。什么样的头,到了我的祖宗的手中,莫不都剃出个子午卯酉来。如今,这手艺历代相传,到了我的手中。"

"什么样的头你都会剃吗?"又有人问。

"当然,我张大嘴开的剃头铺,见头就剃。"

"好,就要你这句话。"

人群中站起一个人来。张大嘴一看,不是别人,正是冤家对头柳闷子,不知他何时钻进来的。

"大嘴叔,我老早就想找你剃个头。"

"你剃头?"

"对,我剃头!"

柳闷子取下头上戴着的鸭舌帽,大家如同见到了一个和尚,脑袋光溜溜的,虱子都爬不上去。张大嘴不由得暗暗叫苦。

二

柳闷子如今成了全县的显赫人物。张大嘴得罪他不起。但是,张大嘴后悔自己眼浅,当年由于自己多嘴多舌,把柳闷子害得不轻。

那是十年前的事。张大嘴老是拖欠不交手艺人每月必交的积累钱。大队便没收了他的剃刀剪子,发配他到大队养猪场里当饲养员。张大嘴本不是一个安分人,长着一双钩子手,百事都喜欢往手里捞点。初当饲养员时,他觉得挺委屈。堂堂一个按着人脑袋试刀法的剃头师傅,居然屈尊到了猪窝里。没过多久,他的这种想法就烟消云散了。他甚至暗暗庆幸,多亏坐上了饲养员这个肥缺。那年头把人不当人,干的是牛马活,吃的是鸡食。每人按月分下来的口粮,十天都不够吃。可生活在猪场里的猪们,却比人贵重。每头猪按月配给的精饲料——豆粉、高粱、玉米之类,都还是人嘴吃不到的。张大嘴看中了这些精饲料,这些山地杂粮,究竟要比蕨根、葛藤粉好吃得多。张大嘴为了掩人耳目,便在裤裆里偷偷缝了一个小袋,每天夜里从猪场回家,那只小袋里便装满了精饲料。裤裆里吊了一只小袋,走路自然不方便。但他还是故意在人前露头露脸地甩着手走,以示清白。因他张大嘴毕竟不是撼山动地的大虫,充不起角色,偷偷摸摸弄了几十斤精饲料回家,他便提心吊胆,惶惶不可终日,老担心有人发现了他裤裆里的那只小袋。

有天中午,喂罢了猪,他搬乘凉床躺倒在树荫下睡瞌睡。懵懵懂懂的,忽听得猪圈里有响动。他一机灵睁开了眼,看见一个人俯下身子,双手从猪食盆中捧起一捧猪食往嘴里送。剃头佬心下酸酸的,娘的,人嘴吃猪食,还是偷的!一想到偷,他下意识地摸了摸裤裆。心中暗忖:我若把这人抓住,送到队长那里,岂不就洗了我的清白?

他一骨碌爬起来,把住猪场大门,大吼一声:"狗日的,你竟敢偷猪食。"

他满以为那人会一下子窜过来,夺路逃走,因此做了搏斗的准备。谁知那人听这一听喊,头不抬,脸不掉,大口大口地吃得更猛更快了。张大嘴连忙赶过去,抓住那人的衣领一扭。由于用力过猛,那人两手一擦,猪食落了一身。

"怎么,是你?柳闷子?"

张大嘴吃了一惊。这柳闷子是本小队人,前年死了娘,去年父亲开山造田,放炮不小心被炸死了。一个姐姐出嫁了。剩得他一个孤儿,读完初中就回家种田。

"柳闷子,你未必是饿牢里放出来的?"张大嘴虽是高门大嗓地问,心中却有些凄然。

柳闷子好不容易抢着又哽下了一口猪食,乞求地说:"大嘴叔,求你莫叫喊,让我吃饱,我给你做儿子好不?"

这柳闷子从小就生了一头癞疮,这时太阳一晒,恶腥熏人,张大嘴倒退一步,说:

"那边锅里,煮的有给猪娘发奶的豆粉糊糊,你去舀着吃饱。"

柳闷子二话不说。跑到那口锅前,拿起一把水瓢,舀了一瓢豆粉糊糊,连喝带舔,不一会儿就打起了饱嗝。张大嘴站在他跟前,悻悻地问:

"吃饱了?"

"吃饱了。"柳闷子不好意思地笑笑。

"跟我走吧。"张大嘴扯住了柳闷子的手。

"哪里去呀?"柳闷子问。

"上队长家去。"

"到那里去做么事?"柳闷子紧张了。

"你偷吃猪食,不去向队长说清楚,将来别人讹我,我找谁辩冤去?"

"大嘴叔,放了我吧。"柳闷子央求道,"真的,如果你不嫌弃,我就给你当儿子。"

"哪个要你这样三只手的儿子,"张大嘴咆哮起来,"我不是糯米菩萨,叫你三句好话,就把裤子脱了把你。今天,我要抓抓你的阶级斗争!"

张大嘴把柳闷子扭送到了队长家里,正碰上县里下来的驻队干部,好家伙,豆腐一眨眼变成了肉价。驻队干部早就认为官岭街偷盗成风,只愁抓不到典型,这回拎出个柳闷子,正好惩一儆百。驻队干部当即拍板决定,让柳闷子挂上"偷吃猪食的坏分子"的大木牌,押送各小队游斗。

才游斗三个小队,柳闷子就忍受不了。肚子里饿,脸面上丑。觉得活着实在没得么事意思。一天夜里,他朝屋梁上悬了根绳子,把自己挂上去了。脚刚刚蹬开椅子,绳子刚刚勒紧了脖子,门就被踢开。又是这个张大嘴,一脚从门外跳进来,砍断绳子,救下了柳闷子。打从柳闷子开始游斗,张大嘴心中就像压上了个秤砣,沉甸甸地不好过。他本只想把柳闷子交到队长那里,借此掩盖自己的偷盗行为,哪想到茅草窠里跳出个李逵来,驻队干部要如此这般地整活人。今夜,他怀中揣了几个麦麸粑,想偷偷来向柳闷子赔个不是,不想正碰上柳闷子寻短见。

"柳闷子,你今年多大了?"张大嘴坐在椅子上,气喘吁吁地问。

"十八岁了。"柳闷子躺在床上,气息奄奄地答。

"当今过日子,脸皮要厚,这点小事就要吊颈,都这样,官岭街上就没得人了。"

柳闷子不回答,却接过张大嘴递过来的麦麸粑,大口大口的吞咽。

"柳闷子,我……"张大嘴有口难言。

柳闷子讽刺他:"大嘴叔,翻眼睛强盗是你,闭眼睛佛也是你。"

两人正说着,门外很威严地咳了一声,驻队干部进了来,他一眼瞥见张大嘴,就怀疑地问:"你在这里干什么?"

张大嘴慌了神,随口就答:"柳闷子扯绳子吊颈,我把他解下来了。"

"哦！柳闷子,你想畏罪自杀?"驻队干部厉声喝问,回头又对张大嘴说,"你是见证人,明天批斗会,你发言。"

"我,我说么事?"张大嘴结结巴巴地问。

"两件事都是你检举揭发的,你说,你该说些么事?"

张大嘴自认霉气,回到家来,翻来覆去想了半夜,觉得柳闷子得罪得起,驻队干部得罪不起,第二天的批斗会,他的发言恶狠狠的,只差拳头没落到柳闷子的身上。

三

柳闷子很坦然地坐到了理发椅上,张大嘴手捏着理发推子,愣着神儿,不知如何下手,柳闷子一头的癞疮虽然早就好完全了。但头毕竟光得像鱼泡,柳闷子坐了会儿,见张大嘴还不动手,就回过头来,讥笑着说:

"大嘴叔,你刚才还夸海口,你有五百年相传的手艺,见头就剃,怎么这会儿成了无嘴葫芦,话都闷成屁从底下放了?"

张大嘴不堪受辱,挥舞着推子,抢白道:

"哪个说我不会,你只要肯剃这个头,我就能剃。"

"好!"

柳闷子拍了一下扶手,重新坐端正,喜模喜样地说:

"来,给我剃个分头。"

张大嘴绕着椅子走了两转,眼珠差点落到柳闷子的头发上。却是无从下手。柳闷子声色不露,又问:

"怎么,分头不会剃吧,那就给我剃个平顶吧。"

张大嘴大张着嘴,不知怎么回答。屋子里坐着的人都哧哧地笑着,饶有兴趣地看着这场好戏。柳闷子点燃一支烟,抽了半截,还不见动静,便又开始奚落起来:

"大嘴叔,我看你只有嘴上功夫,见头就剃,我这头你为何就剃不下来?"

张大嘴垮下了脸气呼呼地问:

"闷子,你究竟想么样?"

柳闷子摸了摸光脑壳,笑嘻嘻地反问:

"你说我想么样呢?"

张大嘴回答不上来,一屁股坐回到竹椅上,恨不得把自己的脸皮揪下一把来。

四

柳闷子那次挨了批斗后不久,就突然失踪了。一走七八年没有音讯,人们都猜想他已不可能活在人世了。谁知在前年夏天,他却又突然回到了官岭街。一头的癫疮好了,人也有了精神气儿。不像先前那样老鼠胆子,怕鼻子掉下来把鸡巴咬了。打从他回来后,官岭街上,狗叼泼了米汤,也有他一份子。张大嘴本来对他怀有歉意,见他变成这样,由不得又在剃头铺里骂他:"哼,人五人六的,像么个东西,一刀怕鼻子割了,不知道哪面朝前。"

可是,就是这个人五人六的柳闷子,闲耍了一年。去年夏天,他忽然贴出告示,大量收购荒蒿、马料草和野菊花,这些杂草,满山遍野都是,猪不吃,牛不啃,作柴烧还没得火焰,柳闷子收去何用？官岭街上的人们,都以为柳闷子患了疯魔症,谁都不想搭理这件事。告示贴了三天,没得一个人割荒草来卖。柳闷子急了,操起一面锣,沿街来回叫嚷了几回。你道他怎么叫的？那才真是些天话呢,他说：

"喂——各家各户听清,我柳闷子出外闯了几年江湖,学有绝技在身,我想带乡亲们走共同致富之路,大量收购荒蒿、马料草和野菊花。蛤蟆不是飞的,牛皮不是吹的,这些荒草到了我的手中,都能变成钞票。乡亲们来卖草,我一律现钱交易,谁想发财,谁就来卖荒草啰——"

哐！哐！哐！

"谁想发财,谁就来卖荒草啰——"

听着柳闷子上街响到下街的锣声、叫嚷声,张大嘴差一点笑破了尿泡。他对周围人说：

"你们听听,这个二流子,狗过门槛嘴向前。做五不红,做六不黑的一个花和尚,竟然口出狂言,要带我们共同致富,哼,真是麻雀吃蚕豆,不摸摸自己有几大个屁眼！"

骂归骂,张大嘴的心中还是狐疑,这小东西,究竟要收这些荒草作甚？他哪有现钱来收草？却有人告诉他,柳闷子已经摆出了一沓钞票,也真有人挑着荒草去换了他的现钱。

交易一上手,人们就相信这是真的了。霎时间,家家男女老少都一起上山挥镰割草。这些猪不吃、牛不啃的草类,竟然都在柳闷子那儿变成了现钱。剃头佬开头还沉得住气,认为柳闷子在外游荡几年发了一笔财,有人亲眼见他从银行营业所里提取了存款。剃头佬这才后悔起来,现钱不抓,不是行家,他在剃头铺门上贴了一张写有"有要紧事,关门三天"的安民告示,带着妻儿老小,勇猛地加入了割草的队伍。

张大嘴认为割草卖是捡泡钱,前几天的泡钱没捡到,他觉得吃了大亏。今天捆草的时候,他偷偷往草把子里塞进几个大石头。挑下山来过秤,柳闷子居然没有发觉,张大嘴心中好不高兴,娘的,不怕你柳闷子财大气粗,你在河里摸,我在你箩里摸,老子弄几块石头,也能在你这里卖出钱来。

第二天,他如法炮制。过秤的时候,柳闷子忽然打开草捆,几块石头暴露在光天化日之下了。

"大嘴叔,我只收荒草,不收烂石头。"柳闷子冷冷地说。

张大嘴的脸涨成了猪肝色,众目睽睽之下,他恨不得地下裂条缝钻进去。柳闷子斜睨着他,轻蔑地说:

"昨日你的草捆那么小,秤头却那么重,我就晓得里头有鬼,但我不忍心揭露你,你年纪一大把了,丢得起老脸?有钱能买鬼推磨,哪个不爱钱?但赚钱的路子要正。像你这样放下人脸,捡起狗脸地骗钱,哪个还敢和你打交道,你说!"

张大嘴遭受如此奚落,终于恼羞成怒,破口骂道:

"我就是要用石头换你的钱,你把我么样?狗头上长角,想充人,你莫在官岭街上充。哪个不晓得你是偷猪食吃的三只手?"

不揭这个伤疤犹可,一揭这个伤疤,柳闷子怒不可遏,要不是几个人上来及时把他扯住,张大嘴恐怕要被他打得鼻青脸肿了。

"张大嘴,你给我滚开!从今以后,你就是穷得青肠见白肠,也莫想得到我姓柳的一个子儿。"

张大嘴是刀子脸,豆腐胆。见柳闷子真的发了狠,他心里发怵,抬脚开溜了。走到大场边,他也回头丢下一句狠话:

"三十年河东,四十年河西,柳闷子,我俩走着看!"

走着看就走着看,柳闷子越看越兴旺,张大嘴却越看越败相。深山沟里的一个剃头铺子,能有几个人剃头?可是柳闷子却不同,收下了几万斤荒草后,他却在官岭街口办起了一个蚊香厂。把那些看似一钱不值的荒草晒干,碎成粉,配上这个药,那个药,居然变成了一箱箱销路很好的蚊香。这件事被张扬出去,柳闷子顿时变成了一个大名人。特别是去年,省委书记来山区视察,还专门接见了柳闷子。说柳闷子这是变废为宝,有效地开发了山区资源。这一下,柳闷子更是身价百倍,立即当上了省人民代表。县、区、乡都帮他撑腰,支持他扩大再生产。现在,官岭街上的一大半的年轻人,都成了柳闷子的蚊香厂的工人。

这一切,张大嘴看在眼里,怄在心里。人前人后,总免不了说几句柳闷子的坏话。柳闷子却是不与他一般见识,生怕旁人说他以财势压人。因此,他总是想方设法和张大嘴和好。去年过年,柳闷子大摆筵席,请官岭街各户主儿去坐坐,联络联络感情,各户主儿都去了,独他张大嘴不去。不去就不去,正月初一,柳闷子第一个跑到张大嘴家拜年。伸手不打上门客,张大嘴只好让座,请茶,上烟。

"大嘴叔,"柳闷子嘴巴甜甜地喊,"你是不是还生我的气?"

张大嘴不置可否地哼了一声。

柳闷子又说:"一条街上的人,低头不见抬头见。何必搞得一个嘴对东,一个嘴对西的,上次我的话说狠了,我来认个错好不?"

张大嘴心里略微好受了一点,但他却还是不肯借梯下楼,悻悻地说:

"过去的事,一风吹算了,今后,你走你的阳关道,我走我的独木桥,互不干涉。"

柳闷子笑了笑,宽宏地说:"大嘴叔,你的剃头铺确实赚不到钱,我的意思,是不是让凤仙到我的蚊香厂去上班,每个月拿得回来七八十块钱的工资。"

"凤仙?她不去。"张大嘴决断地回答。凤仙是他的女儿。

柳闷子见张大嘴态度倔强,也不勉强,坐在一堆,无话可说,柳闷子就告辞了。

从此,两人见面虽然点头打了招呼,但依然面和心不和,总也亲热不起来。

五

现在,剃头铺里冷了场,柳闷子坐在理发椅上,在安闲地等待。张大嘴坐在竹椅子上,神经质地鼓起嘴巴,吹着推子上的头毛渣子,旁边坐着的人也都默不作声。

静了一会儿,柳闷子便心不在焉地问:

"大嘴叔,我这头你真的不会剃吗?"

张大嘴记起往事,明白柳闷子这又是故意出他的洋相,心中火气又升了起来,他白了柳闷子一眼,没好气地说:

"天底下要都是你这种头,剃头佬伯都要喝西北风了。"

"物以稀为贵嘛,"柳闷子自嘲地说,"人们都说,癞痢护头,麻子护脸。我柳闷子就不护。有人说我的头,是气落了毛的鸡屁股。我说,鸡屁股就鸡屁股,这并不妨碍我当万元户,当蚊香厂的厂长,当省人民代表。"

张大嘴气他不过,又咒他:"你再有钱,总买不回一头头毛。"

"买不回就不买,有头毛的人,找得到媳妇,我这没得头毛的人,照样找得到媳妇。"

"这我相信。"张大嘴揶揄地说,"人上一百,种种色色,找女人,你有钱嘛。"

柳闷子一拍脑门子,说:"大嘴叔,听说新女婿上门,一定要剃个头,所以我才来找你。"

"你真的找到了?"张大嘴感到惊讶。

"真的找到了。"柳闷子得意地说。

"哪里的人家? 么样的姑娘?"张大嘴追问。

柳闷子搔了搔脑壳,笑呵呵地说:

"说穿了,你是我的岳父,我是你的女婿。"

张大嘴这一惊非同小可,大声喝道:

"你胡说!"

"这样的事我怎么敢胡说,"柳闷子认起真来,"你家凤仙,和我恋爱两年了。"

"你?"张大嘴朝屋里扯起嗓子大喊:

"凤仙!"

一个眉清目秀的姑娘从里屋走了出来,张大嘴问她:

"柳闷子说的是真的?"

"是真的。"凤仙脸色绯红,点头承认。

"岳父,你认不认我这个女婿?"柳闷子又紧接着追问了一句。

张大嘴失神地望了望柳闷子,又望了望女儿凤仙,一时不知道如何回答。

中国士大夫的山林之趣

一

二十世纪的九十年代初,大约有两年时间,我闭门读书,足不出户。偶尔出游数日,也必定是回老家的深山里,听泉沥沥,听鸟嘤嘤,在世俗中最易受到伤害的诗人,在山林里,却能得到天籁之乐,有一次兴尽之余,得诗一首:

风起竹邀花扫石,寒来云为客添衣。
禅家活得无拘碍,尽日南山一局棋。

如果不是置身山林,怎么能获得这种飘飘欲仙的生活?不才以"禅家"自谓,初始,的确如传统文人,属"不得志而逃于禅者"。尔后,在经历了许多历练之后,真正认识到禅是养心蓄气的"不二法门",便成为一种自觉了。游历天下佛教名山巨刹,寻觅往昔高僧大德的遗踪,便成为我耽于山林的一种方式。去年,我二游天台山,参拜了一千四百年前陈隋之际的"智者大师"智的肉身塔以及寒山遁隐的山林后,回到寓所,微醺之际又吟出一律:

我本江城士大夫，琼台又到总踟蹰。
昔年秋暮看红叶，此日春深听鹧鸪。
霁月初升钟磬远，樵风暂歇老龙孤。
自从遁去寒山子，谁发清歌对碧芜？

不知不觉，我已经以士大夫自居了。在经历了"五四"运动以及"打倒孔家店"等尽破传统的劫数之后，却自称自己是士大夫，是不是有不合时宜的"遗老"做派？但是，在这物欲横流、金钱至上的当今之世，我实在找不到一个比"士大夫"更合适的词汇，来概括我当下的生活状态。士大夫用之于当今，很难找到一个对应的词汇。若强加解释，应允为知识分子与中产阶级的结合体。属于既有恒产又有恒心的人，他们爱国不吝此头、爱己擅长风月。操守与狂诞齐美，忧患与享乐并重。因此即便是放在世界文明的框架里，中国古代士大夫的精神生活，也必定是像布达拉宫中的夜明珠一样闪射出璀璨的光芒。倚松傲啸，对月烹茶；鸡声野店，细雨骑驴——这种种超然世外的山林生活，谁又能说不是士大夫精神生活的重要内容？

二

耶稣、释迦牟尼这样伟大的宗教领袖，以及孔子、老子、亚里士多德、柏拉图这样杰出的圣人，差不多都诞生在公元前那二三百年间，这真是一个奇怪的事情。这里面肯定包含了某种天机,只是我们人类的智力尚不能将它破译。正是这几位横空出世的智者,用他们创立的宗教与思想,给人类的生活指出了方向,一经确定,便很难变更。李白有诗"古来圣贤皆寂寞,唯有饮者留其名"。这是诗人的疯话,切不可当真。对圣贤,我历来充满崇敬,正是因为他们,人类才告别愚昧,社会生活才有了秩序。

几乎从一开始,东西方文化就表现出巨大的差异。对于如何入世,开创人类的事功,西方优于东方;对于如何出世,从自然万物中汲取精神生活的养料,东方则明显优于西方。治国者,采用西方的那一套,或许在聚敛财富、伸张国力上大有裨益;但若要治心,让一个人平和起来、优雅起来,东方文化则可起到事半功倍的效用。

中国上古的圣贤,把个人的修养看得非常重要。如果说儒家看重的是社稷,那么道家看重的却是生命。外儒内道,几乎成了中国士大夫的精神内涵。这绝不是互相抵牾的两张皮,而是共生互补的对立统一。用儒家建立治国平天下的事功,用道术涵养洞察幽微的心灵。让一个人在进取与退守之间,均能游刃有余。古人有言"达则兼济天下,穷则独善其身",很明显,前者属于儒家,后者亲于道术。怎样才能做到独善其身呢?索居陋巷,心远地偏,固然是一种选择,但歌哭于山峦之中,优游于林泉之下,则是一种更佳的选择。

中国古代文人的诗作,极写山林之趣的,几乎可以编纂成洋洋数巨册的山林诗史。说到诗,略说一点题外话,把写诗作为一种职业,用来谋生,这是当代的事。古代的诗人们,除了李白这样一个极为特别的例子,几乎没有一个是专职的。诗歌队伍中的佼佼者,既有帝王将相,也有野老优伶。他们写诗从来都不是为挣稿费,即便是写出洛阳纸贵的千古名篇,也只是获得一片啧啧称赞而已。到了唐代,虽然在科举考试中专门设了一个"博学鸿词科",为擅长写诗的士子开辟了一条出仕为官的途径,事实上看来,这也并非善举。用当今话讲,复合型人才不多。写诗当官都很优秀,只有王昌龄、白居易、元稹、柳宗元、高适、岑参等不多的几个。更多的诗人,如李白、杜甫、王维、李商隐、杜牧等,诗是再优秀不过的了,但官却当得滞碍。我指的不是官大官小的问题,而是从政的能力以及为官一任的绩效。扯远了,且打住,还是说山林。

第一个用诗歌的形式把山林写得非常美好,让人神往心仪的,是陶渊明。且看这一首:

> 少无适俗韵,性本爱丘山,
> 误落尘网中,一去三十年。
> 羁鸟恋旧林,池鱼思故渊,
> 开荒南野际,守拙归园田。
> 方宅十余亩,草屋八九间,
> 榆柳荫后檐,桃李罗堂前。
> 暧暧远人村,依依墟里烟,
> 狗吠深巷中,鸡鸣桑树巅。
> 户庭无尘杂,虚室有余闲,
> 久在樊笼里,复得返自然。

这是《归田园闲居》五首中的第一首,是陶渊明辞去彭泽县令回乡当农民之初写下的。他为我们画出的这一幅"农家乐",既是风景,也是风情。陶渊明当了十三年的官,一直在卑位,直到离开公职,月俸也仅为五斗米。他辞官的理由,冠冕堂皇的话是"不愿为五斗米折腰",乍一听,还以为陶先生器量狭小,是在和皇上闹意气要待遇,其实这理由站不住脚。陶先生若真是想弄钱,在县令位子上远比在农夫位子上容易,君不闻"三年清知府,十万雪花银"乎?陶先生纵然不贪,就是在日常酬酢中,也能得到不少实惠的。他真正的辞官理由,在上面这首诗中已表露无遗:"久在樊笼里,复得返自然。"

把官场比作樊笼,可见陶先生对权门利窦的痛恨。在离职归家的途中,他写下了《归去来辞》,说自己在官场是"心为形役",并表示"悟已往之不谏,知来者之可追"。在未来的日子里,他要追求什么呢?无非是对月饮酒、临流赋诗的山林生活,以及"采菊东篱下,悠然见南山"的那一份旷达与闲情。

三

中国的士大夫,为什么对山林情有独钟呢?这关系到整个士大夫阶层的生存状态及价值取向。明弘治年间,状元出身的罗伦在翰林院修撰任上,因反对当时的内阁首辅夺情而遭革职,回四川省永丰县家中闲住。事过境迁后,不少人替他打抱不平,交章呈奏皇上,要重新起用他。而且,的确有诏书到县,要他赴京履新。但这位罗状元偏不领圣恩,作了一

首诗回答皇上:

> 五柳先生归去来,芰荷衣上露漼漼。
> 不由天地不由我,无尽烟花无尽杯。
> 别样家风幽涧竹,一般春意隔墙梅。
> 老来只怕风涛险,懒下瞿塘滟滪堆。

仿效陶渊明归隐山林,穿上三闾大夫屈原所喜爱的荷衣,扶犁南亩,拄杖东山。饮酒饮茶在春秋序里,观人观物在竹梅之间。比起在京为官时"午门待漏寒威逼"的窘态,再看今日的"睡觉东窗日已红"的闲适,有琴书自娱而无冠裳之拘,这是多么大的乐趣! 年轻时的罗状元,才华横溢心雄万夫,将一种匡扶社稷的钓鳌之志携到京师,很想在官场上干出一番伟业。恃才傲俗,这是中国文人的通病。既然傲俗,自然要对官场的种种龌龊发表意见。如此一来,岂能不忤怒权贵? 于是,烟云缥缈的谪官之路上,一代一代,一程一程,走过了多少箫剑相随的才子? 罗状元便是其中一个。陶渊明把官场比作"樊笼",罗伦更是把官场比作长江瞿塘峡中的滟滪堆。这滟滪堆,在二十世纪五十年代被炸掉。如今三峡大坝建成,它更是成了一汪清水。可是,在此之前,所有长江上的船夫,都将滟滪堆视为鬼门关。这江心的几堆乱石,吞噬了多少过往的船旅。从某种意义说,滟滪堆是死亡的信号。罗伦把滟滪堆比作官场,这不能说是一个文人的变态心理,而是一个遭受挫折的官员的豁然醒悟。热衷于事功者,会认为这是逃避现实而施予冷眼,甚或讥为庸人。对此类消

语,另一位谪官,比罗伦稍后的江西吉水县的罗念庵,归田后屡召不赴,也写了一首诗:

独坐空庭一事无,秋风春雨自团蒲。
而今始解闲非偶,到得能闲几丈夫。

一般的中国人,眼中的大丈夫莫不都是顶天立地的伟岸男子,若不是"孤臣白发三千丈",便是"把栏干拍遍,无人会,英雄意"。但这位罗念庵,却认为大丈夫须得具备赋闲的胆识。坐在蒲团上享受春风秋雨,作为常人,是不难做到的事情,但作为经纶满腹的智者,的确需要道德上的勇气。不思钟鸣鼎食,也不当龙袖骄民,这要拒绝多少诱惑啊!

官场上的失意者,大都选择山林以颐养天年。这似乎已成规律。其实,即便是显宦,又何尝不把终老林下作为上善的选择。春秋时的范蠡,辞去越国丞相之职,带着绝代佳人西施泛舟五湖,这是多么美丽的结局!我总觉得,李商隐的千古名句"永忆江湖归白发,欲回天地入扁舟"是因范蠡的启示而吟出。兹后,急流勇退的高官多得不胜枚举。还有一种为官者,既不显也不贬,只是觉得自己的学识与性格不适于在官场久待,索性也就寄情山水。唐代大诗人王维,便属于这一类,他有一首《酬张少府》的五律,单道这事:

晚年惟好静,万事不关心。
自顾无长策,空知返旧林。
松风吹解带,山月照弹琴。

君问穷通理,渔歌入浦深。

　　王维返回山林的理由,是因为他心中无治国驭民之长策。这也许是一句真话,唐史上虽然有他的列传,却并不记载他的政绩。尽管有这些佐证,我仍然觉得王维的话有"遁词"之嫌。他的问题不是没有长策,而是所有的心思都不在当官上头。古人有言:"志于功名者,富贵不足以累其心;志于道德者,功名不足以累其心。"可见,中国士大夫有蔑视富贵的传统。一味追求富贵,会遭到清流们的白眼。但是,追求功名,却是一般读书人的热衷。如果把读书人分为三类,则可以说是下等求富贵,中等求功名,上等求道德。普天之下的士子,以下等与中等居多,求道德者,则凤毛麟角。"君问穷道理,渔歌入浦深",这已是求道德的表现了。在何种样的境界中来思考道德的真谛呢?"松风吹解带,山月照弹琴",寥寥十个字,王维为我们勾画出宁静到极致、闲适到极致的山林之美。

四

　　如上所言,也许会给人一种错觉,所有为官者都喜欢山林。其实不是这样。唐人诗:"相逢尽道休官去,林下何曾见一人?"这巨大的反讽道出一个现实,为官之人虽然都道山林好,但真正愿意离开官场的人却是少之又少。

　　中国古代的官员,其主体都是读书人。中国古代的士大夫,其主体也是读书人。前些年,当"知识就是生产力"见诸报端并被惊为是一种历史观的进步时,我曾戏言,这观点古人早就提出过。"书中自有黄金屋,书中自有颜如玉",金钱美色,尽在书中。读书人作为人类文明建设的支柱,似应视为一个整体。但若究其人品操守与价值取向,分歧却是无法弥合的。岳飞与秦桧,这种势同水火的极端例子,在历史中并非个案。卑鄙扼杀高贵,终于在"文化革命"达到全盛。每遇人妖颠倒、指鹿为马的年代,士大夫作为社会良心的体现,都会站出来主持正义,维护道德。明晚期东林党人的出现,便足以说明问题。权力滋生腐败,权力更滋生丑恶,何况是不受监督与无法制约的权力。所以,在皇权统治下的士大夫,一方面有忠君报国的思想;另一方面,为了洁身自好,他们只能退隐山林。孔子言"仁者乐山,智者乐水",真不愧为圣人言。但这句话却是不能演绎的。既然宽厚仁慈与充满智慧的人乐山乐水,那么乐于官场的人又算哪回事呢?这只能说,士大夫即便为官,不能过醉月餐霞的山林生活,心中也必定要存山林的旨趣。胸中有丘壑,坐地成神仙。可悲的是,太多的为官之人,胸中全都被眼前的利益填满,哪里还会有丘壑呢?

中国文人喜欢讲一句话:"居庙堂之高,则忧其民;处江湖之远,则忧其君。"应该说,这是一种可贵的品格,所谓忧患意识是也。身在权力之中,常告诫自己要权力为民所用;身在江湖里,则担心统驭万民的帝王决策不慎而招民怨。有这种想法的人,属于"慨然以天下为己任者"。治国事者,应重仁轻术。过于苛严,也许能提升执政能力,但终究还是会国运衰败。怎样才能做到仁呢?方法只有一个,就是"法自然"。生长万物的大地是最宽厚无私的。《易经》讲大地"厚德载物",这厚德即是仁。所以说,中国士大夫向往山林,是在精神上追求"仁"的表现,是一种崇高的价值取向。

庙堂与江湖,城市与山林,这都是截然不同的两种生活场景,反映到具体的某一个人,亦是两种截然相反的生活状态。有志于事功者,无不想在宏大的权力庙堂里觅到一个位置。另一部分士大夫,则躲避庙堂与城市而置身杂树交花的山林。这些人又可分为两种:一种是在庙堂中吃到了苦头而豁然醒悟的,前面提到的陶渊明、罗伦等当属此类;另一种是天生的厌世派,如庄子。隐居山林便成了他们逃避红尘的最佳选择。后者,常被人视为隐士。在中国的士大夫中,隐士是大家尊崇的对象。最著名的隐士,除了庄子,莫过于隐居柴桑的陶渊明和住在富春江钓台上的严子陵了。历代诗文中,极赞山林之美的,多不胜数。但也有个别的例外,如传为西汉淮南王刘安门客的淮南小山,就写过一篇《招隐士》的小赋,把山林描画成"虎豹斗兮熊罴咆,禽兽骇兮亡其曹"的恐怖地狱,乃至发出了"王孙兮归来。山中兮不可以久留"的呼号。由此可见,作者不是那种深自谦抑的道德修养者,他愿意步入庙堂,在那里,寻求与君王风云际会的机遇。与《招隐士》迥然相异的,另有一篇《北山移文》,骂的是那种假隐士,这两篇文章收在《古文观止》中,这里不再赘述。

庙堂与事功,山林与道德,允为形式内容的统一。一个人,可以先庙堂而后山林,也可以先山林而后庙堂。既可以身在庙堂而心在山林,也可以身在山林而心在庙堂。每个人的境遇与学养不同,追求也就不同。孰优孰劣,因事而论。

当今之世,士大夫作为一个阶层,已不复存在,但热爱山林的读书人,却仍不在少数。现代生活,决定了他们对山林只能是向往或者短暂的亲近,长久隐居在那里,已成为不可能的事。结束本文时,我忍不住还要引用王维的《竹里馆》一诗:

> 独坐幽篁里,弹琴复长啸。
> 深林人不知,明月来相照。

王维这首诗,写自他的辋川别墅。这辋川,离当时的都城长安不远。长安即是今日的西安。我到西安数次,却是无法找到这个比之陶渊明的桃花源更令人神往的地方。不是没有辋川这个地名,而是光秃秃的黄土地上,再没有可供诗人流连的茂林修竹。辋川竟只能存活在唐代的诗歌里,对于我们后来者,这简直是一种虐待。

苏舜卿与沧浪亭

一

苏州园林中,沧浪亭并不算最好的。拙政园、狮子林的名气,都在它之上。但我三过苏州,曾三游沧浪亭。徘徊其间,对绿水丘山、古木修竹,我的心情总有一些落寞。这并不是因为我不喜欢这里的园林之趣。初到苏州,我产生的最强烈印象是,这座城市是最适合文人居住的地方。园林酒肆,水巷人家、处处都渗透着东方文化的圆融。那我落寞的心情又何以产生呢?

我最早知道沧浪亭,是通过一首名为《沧浪亭》的诗:

> 一径抱幽山,居然城市间。
> 高轩面曲水,修竹慰愁颜。
> 迹与豺狼远,心随鱼鸟闲。
> 吾甘老此境,无暇事机关。

诗作者是北宋早期的文人苏舜卿。他与梅尧臣齐名,世称"苏梅"。这沧浪亭,便是苏舜卿花钱构筑的私家园林。国内所存古诗人的宅邸而擅园林之胜的,一是成都的杜甫草堂;二是苏州的这一处沧浪亭。杜甫草堂现在的规模,已远不是当年杜甫的蜗居了,是后人为纪念诗圣而不断经营的结果。而沧浪亭一经建成便有园林的格局,这从苏舜卿的诗文中可以印证。

当今之世,诗人是最贫穷的一群,几近文丐。古诗人的日子好过一些,因为他们并不把写诗作为职业。他们多半都是官员,有固定的俸禄。所以,古诗人中,虽然有杜甫、杜荀鹤这样的贫穷者,大部分诗人,都过着赏花吟月的贵族生活。但是,能够建造私家园林者,却又是屈指可数的了。

那么,苏舜卿究竟是在怎样的情况下,能够建造起这座沧浪亭呢?

二

苏舜卿,字子美,四川中江县人,曾祖苏协随孟蜀降宋后,授光禄寺丞,知开封府兵曹事,举家便迁到了开封。祖父苏易简,父苏耆,皆进士出身的官员。也都是名噪一时的文人,都有文集刊世。开封乃宋朝的首都。苏耆当过开封县令,这职位相当于今天的北京市市长。苏舜卿生长在这样一个官宦世家中,不知饥馁冻饿为何物。且从小浸淫典籍、浏览书乡,是一个典型的贵族子弟。

苏舜卿所处的时代,正处于宋朝的上升期。除契丹的入侵使北边屡有战事外,国内基本稳定。但朝廷内革新与守旧两派的斗争,却须臾没有停息。苏舜卿二十二岁因父荫入仕，当了一个太庙斋郎的小官。当年，因玉清宫毁于大火，皇上想修复，苏舜卿便向当朝的仁宗皇帝献上了一篇《火疏》，反对修复。内中有这样一段：

> 楼观万叠，数刻而尽，诚非慢于御备，乃上天之深戒也。陛下当降服减膳，避正寝，责躬罪己，下哀痛之诏，罢非业之作，拯失职之民。在辅弼，无裨国体者去之；居左右，窃弄权威者去之。精心念政刑之失，虚怀收刍荛之言，庶几灾变以答天意。

二十二岁，从今人的角度看，还是一个乳臭未干的毛孩子，可是偏偏不知天高地厚，竟敢教训起皇帝来。这种"好为帝者师"的举动，一方面说明苏舜卿的幼稚无知，一味地恃才傲物，只想出风头，而不知人情的凶险；另一方面说明当时的士风还算健康，君臣之间的关系也还比较宽松。不然，这样高标准的"毒草"是绝对不可能出笼的。即便出笼，其下场之悲惨也是可以预料的。苏舜卿没有因为这篇《火疏》受到任何打击，五年后，他反而顺利地考中进士。说明仁宗当时的政治还算清明。

兹后，苏舜卿还给皇帝上过《乞纳谏书》和《诣甄疏》。文笔更加疏狂，批评的口气也更加严厉。特别是后一疏，甚至指名道姓斥责皇上跟前的一些近臣，尸位素餐，虚庸邪谄。皇上一天到晚和艺人混在一起，歌舞享乐，心志荒唐，政事不亲。这样的批评，不要说用在皇帝与辅臣身上，就是一般的人，恐怕也很难接受。

写《诣匦疏》时，苏舜卿已经三十一岁了。居丧期刚满回到开封。如果说九年前写《火疏》，是因为年轻而不谙世事。那么现在则说明他的性格的偏执，也可以说是可爱。疾恶如仇，勇于任事。这种性格有助于艺术的发展，但对于官场，却是一个不和谐音。人情练达即文章，说穿了，这练达即是滑头。说起来虽不好听，但却实用得很。在中国，混到高官位子上的，有几个不是老滑头？

然而有趣的是，这篇毒草抛出后三个月，苏舜卿还照例补了一个长垣知县。十年间上三疏，抨击时政，火药味很浓，但并没有影响他的仕途。这可能给他造成一种错觉，即"造反可以升官"，正义可以战胜邪恶。因此助长了他的狂放性格的发展，以致酿成最终的悲剧。

苏舜卿二十三岁结婚，娶郑氏为妻。五年后郑氏病故，旋即父丧，去官守孝，两年丁忧期满再度入仕。宰相杜衍欣赏他的才华，知道他丧妻，便把女儿嫁给了他。这一来，苏舜卿成了宰相的快婿，更是身价百倍。杜衍与范仲淹是政友，都是朝中的革新派。范仲淹于庆历三年即1043年入阁主政，任枢密副使，枢密使即杜衍。革新派人物相继掌握朝中大权。第二年，由范仲淹推荐，三十七岁的苏舜卿升任集贤校理，监进奏院。由此，苏舜卿进入"高官"的行列，其时他正当盛年，本可以凭借这一崭新的舞台，施展他的政治抱负。谁知由于自己的行为不检，被一直寻机反扑的守旧派抓住把柄，而导致了一场惊心动魄的灾祸。

当时京师的俗例，各衙门春秋赛神，本衙门官员要聚在一起吃喝一顿。这酒饭钱由到会的官员们凑份子。也有的把本衙门的一些破烂清理卖掉,换一些碎钱买一顿吃喝。苏舜卿初当上京官,自然不肯放弃与同僚们相聚一乐的机会。他也让人把本司的一些拆封的废纸卖掉。钱不足,参加宴会的人又各出一些钱来助席。先是请来一班优伶歌舞助饮。喝到高兴时,苏舜卿便命令撤去优伶,让本司的吏员也走开,只留下一帮朋友。这时,苏舜卿召来两军女妓,狎邪宴乐。是夜尽欢而散。

邀饮与狎游,这在宋朝的官场中,本是常事。怎奈苏舜卿是政治漩涡中人。他岳父是当朝宰相,范仲淹和富弼为其副手,三人共理朝政,都是革新派。一些利益受到侵害的守旧派官员,一直在伺机反扑。苏舜卿本是京城名人,所邀饮者的十几个朋友,皆一时名士。因此反对派很快就知道了这件事。于是由御史王拱辰、刘元瑜上本皇上,弹奏其事。仁宗皇帝肯定记得这个上《诣甄疏》的苏舜卿,也肯定没有好感。于是下令把苏舜卿抓起来,枷掠严讯,过了两个月的牢狱生活。结案,判苏舜卿监主自盗,减死一等科断,除官为民。

监主自盗,指的是苏舜卿把公家卖废纸的钱用来招待同僚喝酒。这么一点点事,差点掉了脑袋,可见处罚之严。今天,各单位卖旧报纸打牙祭,已是司空见惯的事儿,谁也不会想到这是侵吞公家财物。可是,宋代的苏舜卿,做官做到了正部级,却因为这么一丁点小事儿被革职为民,这恐怕不能简单地用"欲加之罪,何患无辞"来解释。一方面,它说明政治斗争的险恶,抓住一点过错,把政治对手搞掉。既落得一个惩治腐败的好名声,又达到了剪除异己的目的,何乐而不为？另一方面，也说明宋朝吏治之严。如果法律上无章可循，卖废纸也绝不会定下一个"监主自盗"的罪名。至于这法律实施的普遍程度，则又是另外一回事了。

庆历四年（1044年）的秋天，宋朝首都开封发生的最大事件，莫过于苏舜卿一案了。这一顿酒，不仅使他的命运产生逆转，从此离开宦海，一蹶不振。更使得改革集团受到重挫，蓄势待发的改革力量顷刻间几乎崩溃。史载"同会者十余皆连坐斥退，名士一时俱空"。这些名士，都是改革派的重要人物。到了第二年正月，改革派的三个领军人物俱被贬出京城，杜衍知兖州，范仲淹知汾州，富弼知郓州。此事的始作俑者王拱辰与刘元瑜相庆说"诸辈为我一网打尽矣！"

历史，留下了一段不可修复的遗恨。

三

春风奈别何，一棹逐惊波。
去国丹心折，流年白发多。
脱身离网罟，含笑入烟萝。
穷达皆常事，难忘对酒歌。

这首《离京后作》，是苏舜卿在庆历五年（1045年）春离开开封南下吴中的旅途上写下的。表述了他劫难后的痛苦心情和有些勉强的自我安慰。两个月的牢狱生活，使他开始冷静下来，在狱中他只写过一首诗，他的一贯昂扬的情绪急转直下，变得颓废了。

诗是这样写的：

> 自嗟疏野性，不晓世途艰。
> 仰首羡飞鸟，冥心思故山。
> 刚来投密网，谁复为攀颜。
> 寄语高安素，今思日往还。
>
> 《诏狱中怀蓝田高先生》

大凡少年得志者，没有坎坷生活的经历，一旦遇到劫难，由于缺乏经验和心理承受能力，骤然间便会不知所措。由豪气干云到万念俱灰，由心存社稷到寄情田园，这种变化应在情理之中。

离开气象森严的京城，行船在草长莺飞的江南，对于疗治心灵的创伤，大有裨益。一路行来，下淮亭，上寿阳，过泗水，宿丹阳，面对娇红嫩碧，霏霏烟雨，苏舜卿的心情好多了。一个多月的行程，他写了十几首诗。对于创作态度比较严谨的他，这数量已是相当的可观。诗中渗透了挣脱罗网、回归自由的那种轻松感。患难见真情。这一趟南行，他的弟弟子履一直陪伴左右。到了苏州，子履要回开封，他写了一首《送子履》：

> 一舸风前五两飞，南迁今去别慈闱。
> 人生多难古如此，吾道能全世所稀。
> 幸有江山聊助思，莫随鱼鸟便忘归。
> 君亲恩大须营报，学取三春寸草微。

诗是写给弟弟的,但感情所系,却在高堂老母。忠臣既不能做,则孝子万万不可不当。他提醒自己,不可贪恋江南的鱼鸟,而忘却自己的人子之义。他还想回去侍奉住在京城的白发母亲。

但是,诗归诗。苏舜卿此次南迁,一直到死,再也没有回到既令他梦魂牵绕,又让他黯然神伤的京城了。

四

史载:苏舜卿(庆历五年)四月,来吴中,始居回车院,盛夏蒸燠,不能出气,乃以四万钱购郡学旁弃地,吴越时钱氏近戚中吴节度使孙承佑之旧馆也。葺为园。

这园,就是沧浪亭。

孙氏旧馆历经百年风雨,早已沦为弃地。苏舜卿花四万块钱买下,再购置花、木、砖、石,造一座私家园林。从此隐居于此,读书注《易》,吟诗会友,过了几年相对安定的生活。

蒙难之前,苏舜卿到过苏州,曾感叹"无穷好景无缘住,旅櫂区区暮亦行"。他现在终于可以在这里颐养天年了。购地的当年,就建好园邸并搬进去住下来,只不过半年时间。从这一点看,最早的沧浪亭,绝没有今日这么宏大的规模。建亭之时,苏舜卿正在落魄之中,不可能有人为其助建。四代为官,苏舜卿的家底应该还是殷实的,但毕竟不是巨富。所以不可能大兴土木。从他自撰的《沧浪亭记》来看,他仅仅只是修筑了一个亭子。至于竹、水、丘、林,则是孙氏旧馆的弃物,略加修葺即可。

初到苏州时,苏舜卿的情绪并不稳定,他甚至想离开吴中北归,有他的《秋怀》诗为证:

年华冉冉催人老,风物萧萧又变秋。
家在凤皇城阙下,江山何事苦相留。

这是他当年秋天登苏州城的阊门而作,题在城门的墙壁上。在诗旁,他又书了一行小字:"江山留人也?人留江山也?"江山留人而赵宋的社稷不留。同在这一年,同样遭到贬斥的滕子京,在洞庭湖边的巴陵重修了岳阳楼。被贬汾州的范仲淹为其题写了《重修岳阳楼记》。庆历八年(1048年)的京城政变,为中国历史留下两处名胜与一篇千古传颂的美文。这倒真是应了那一句老话:江山不幸诗人幸。然而诗人还是不幸的,在三十七岁的盛年,苏舜卿不得不过起"狎鸥翁"的闲士生活。对于一个以天下为己任的诗人来说,这该是多么大的折磨!他的岳父杜衍,虽然也在谪任之所,但毕竟是一个风雨不惊的官场老手。这位卸任宰相,从远在北方的兖州寄诗来安慰沉沦在颓废中不能自拔的女婿。苏舜卿回答岳父:"易毁唯迁客,难谙是俗情。愁多怯秋夜,病久厌人生。"他仍在絮叨自己的愁和病。从这一点看,他只能当一名易感的诗人,他缺乏政治家的那种从容和忍耐。

好在苏州是一个最适合文人居住的地方,好在沧浪亭及时建造起来,苏舜卿受伤的心得到暂时的慰藉。在苏集中,

诗题冠以沧浪亭者,大约有六首,第一首是《沧浪怀贯之》:

> 沧浪独步亦无踪,聊上危台四望中。
> 秋色入林红黯澹,日光穿竹翠玲珑。
> 酒徒漂落风前燕,诗社凋零霜后桐。
> 君又暂来还径往,醉吟谁复伴衰翁。

由于苏舜卿的才华和特殊的地位,在京城时,他成了交际的中心,每日呼朋引类,名士往来,有酒有歌,有诗有舞。比起开封来,苏州虽然也是吴侬软语的富贵之乡,但毕竟淡泊得多。而且,更重要的,他不再处在社交的中心位置,他已经丧失了官场酬酢的优越感。所以,当老友贯之前来看望他,令他激动不已。贯之走后,他便有了这首伤感的诗。三十八岁的苏舜卿,已经从心理上称自己是一个"衰翁"了。

除了从书信上,他还保持与欧阳修、范仲淹、滕子京、梅尧臣等一帮旧友的联系外,在苏州,他的新交,则多半是吴中的文士或出家人,他们在一起吟诗唱和,研究书艺,品味琴韵,或探讨佛道玄旨。除诗文外,苏舜卿还擅书法、善弹琴,作为文人的看家本领,他似乎一样不缺。虽然官场中人都害怕同他往来,但一般的文人士子,都还仰慕他的名声,而乐得与他交往。他与这一帮地方上的名士在一起诗酒流连。渐渐地也就忘了开封的旧事。

这时,他在开封时的好友,如今尚在官场的韩维,来信指责他"世居京师,而去离都下,隔绝亲友"。他回了一信为自己辩护。这封信在他的文集和宋史《苏舜卿传》中皆有载,只是两者有些出入,但大致相似:即困居吴中,是不得已而为之。至于目前的生活,他在信中说:"……耳目清旷,不设机关以待人,心安闲而体舒放;三商而眠,高春而起,静院明窗之下,罗列图史琴尊,以自愉悦;逾月不迹公门,有兴则泛小舟出盘阊,吟啸览古于江山之间;渚茶野酿,足以消忧;莼鲈稻蟹,足以适口;又多高僧隐君子,佛庙胜绝;家有园林,珍花奇石,曲池高台,鱼鸟留连,不觉日暮。"

这是一个十足的闲人。由于"迹与豺狼远"而"不设机关",苏舜卿渐渐习惯了这种与官场无涉的文人生活,从文中还约略可以推测,住进沧浪亭后,苏舜卿一直没有停止扩建工作。"珍花奇石,曲池高台",这些,都是后来添置构筑的。

在沧浪亭住了三年多,到庆历八年(1048年)春,由于韩维的上书,苏舜卿复官为湖州长史。但他并没有到任,这年的十二月,他病逝于沧浪亭中,年仅四十一岁。

五

苏舜卿少年得志,中年置身于权力的漩涡,是仁宗一朝名倾朝野的诗人,但他在政治上并无建树。虽然他热衷于改革,抨击时政不遗余力,但因不拘小节而引祸上身。在中国古代,由诗人而入官者,像韩愈、柳宗元、白居易、欧阳修、苏东坡等,身后留名,不是因为政绩而是他的诗章。当然也有例外,像高适、晏殊、王安石、范仲淹生前就已政声卓著。清谈误国,不幸的是,清谈恰恰是中国文人的通病。把文人习气带到官场,这官肯定就做不好。

今天,客观地评价苏舜卿,他在历史上最大的功绩,莫过于修了一座沧浪亭。他死后,沧浪亭屡易其主。宋绍兴初年,沧浪亭为抗金名将韩世忠所得,改为"韩园",进行了一次大规模的扩建。元代废为僧居。到了清康熙年间,宋荦任吴中巡抚,寻访苏氏遗迹,已是灰飞烟灭。于是再度倡导重修。兹后又屡毁屡修。现在的沧浪亭,是清同治十二年(1873年)苏州巡抚张树声修筑的。

徘徊在沧浪亭中,我感叹苏舜卿的不幸。同时,又庆幸他终于觅得沧浪亭这一块宝地以寄托晚年的孤踪。苏舜卿写的《沧浪亭记》,如今尚刻在沧浪亭大门内的碑石厅内,驻足其下,我品味以下这一段:

> ……形骸既适则神不烦,观听无邪则道以明,返思向之汨汨荣辱之场,日与锱铢利害相磨戛,隔此真趣,不亦鄙哉!

从中可以看出,苏舜卿在沧浪亭,找到了自己人生的位置。他不适合官场,他无法适应那种尔虞我诈的权力斗争。可惜他醒悟得太迟。

天台山上说寒山

一

今年的暮春,我和几个朋友从杭州出发,专程游了一趟天台山。

位于浙东的这一座名山,其出名的原因乃在于佛教。梁朝时,有一个名叫智𫖮的人,深厌家狱,于是出了家。这智𫖮出身于望族,父亲做过梁朝益阳候。智出家投身到当时名满江南的大和尚慧思门下,学习心观。这智𫖮是绝顶聪明的人,他继承师傅衣钵学问,很快建立了自己的威信。加之他原来的社会地位就很高,自梁朝到陈朝到隋朝,江南士族以及朝中大臣,都争相与他交往,他们中的很多人都成了他的学徒。在陈朝时,智𫖮就住进了天台山,创立了佛教的天台宗。陈宣帝割始丰县的租税给智仁𫖮养徒。隋灭陈,隋文帝又下诏问候。晋王杨广也称智𫖮为师,尊他为"智者大师"。政治上的显赫声势,使智𫖮成了历史上有名的富贵和尚,也使天台宗的发展得到有力的保障。

天台宗以调和尖锐对立的各派为宗旨,提倡止观,观即是慧,定慧双修,可以见佛性,入涅槃。修习止观的方法,实际上就是气功的一种。天台宗所依据的佛门经典,主要是法华经。

天台山的出名,是因为智顗的缘故,这是不用争论的。一进天台山,我即拜谒了智者大师的厝骨塔。它静卧在绿树葱茏的半坡上,享受着永久的冲和与宁静。我甚至幻觉到厝骨塔的纪念碑变成了智者大师本人,结跏跌坐在那间木制的亭子里,往外散发着那种幽玄的绵绵无尽的佛的旨趣。

尽管我尊敬智顗,但是,必须坦白地说,我此行天台山的目的,却是为了造访另一个人的遗踪。这个人往来于天地之间,自认为悟到了自身最真实的存在。他便是唐代有名的诗僧寒山。

二

> 寒山有裸虫,身白而头黑。
> 手把两卷书,一道将一德。
> 住不安釜灶,行不赍衣裓。
> 常持智慧剑,拟破烦恼贼。

读到这首诗,等于读到了寒山自画像。他称自己为"裸虫",我看是再贴切不过了。

在中国佛教史上,寒山是一个特殊的人物。人们一般把他和拾得并题。这两人都获得"诗僧"的称号。天台山国清寺和苏州的寒山寺,都设有专门的寒拾殿供奉香火。

关于寒山的生平记载,历史典籍中少之又少。稍稍全面一点且可信的,是晚唐时期担任过台州刺史的闾丘胤的撰述。在他的《天台三圣诗集序并赞》一文中,让我们对寒山有一个大致的了解。寒山隐居在天台山的寒山岩,自号寒山子。他常常戴着一顶桦树皮制成的帽子,脚上趿着一双木屐,穿着一件不能遮体的破布衫,给人的印象疯疯癫癫。他偶尔来国清寺,寺中的伙夫拾得,是他的朋友。拾得常把一些残饭菜渣收贮在一只竹筒内,寒山一来,取了这只竹筒就回到深山。他每次来国清寺,总在长廊徐行,叫唤快活,独言独笑。庙里的僧人打架闹事,他站在一旁鼓掌,呵呵大笑。

闾丘胤上任之初,慕名到国清寺中造访,在寺中厨房见到了寒山与拾得。这位刺史大人,躬身礼拜,惹得寒山与拾得一场疯笑,扬长而去。寺中的僧众,一向不把寒山与拾得放在眼里,认为这是傻子两个,疯人一双。见新任的州官对其礼拜,莫不感到惊讶。大概就因为这一礼拜,僧人们才开始对寒山、拾得另眼相看了。也就是因为这一拜,不但寒山,就连拾得也不肯住寺了。闾丘胤命令国清寺僧众带着他制赠的净衣与香药,上山去找寒山与拾得,希望他们结束岩穴生活,住到国清寺接受他的供养。僧众分头上山寻找,一拨人在寒岩找到了寒山。寒山看到人来,大声叫道:"贼!贼!"跑进岩穴中不出来。从此,人们再也找不到寒山与拾得的踪影。

闾丘胤见供养无望,便命令僧众在寒山活动过的地方寻访寒山的诗作。于是,在竹木石壁间,在村野人家的厅壁,找到了寒山的三百多首诗作。闾丘胤编成一集《寒山诗》,留传至今。《全唐诗》收有《寒山诗》一卷,也是采自闾丘胤的辑录。

三

细读寒山的诗集,从诗中寻访他生命的轨迹。我们不难看出,寒山是一个中国式的隐士与佛门行脚僧的结合体。

举他的几首诗为例:

忆昔遇逢处,人间逐胜游。
乐山登万仞,爱水泛千舟。
送客琵琶谷,携琴鹦鹉洲。
焉知松树下,抱膝冷飕飕。

闲自访高僧,烟山万万层。
师亲指归路,月挂一轮灯。

眼前不识是何秋,一笑黄花百不忧。
坐到忘形人境寂,风吹桐叶响床头。

高高峰顶上,四顾极无边。
独坐无人知,孤月照寒泉。
泉中且无月,月自在青天。
吟此一曲歌,歌终不是禅。

从寒山诗中透露的一些信息得知,他不像智𫖮那样出身名门望族,能凭借强大的政治势力来实现自己的佛教理想,他是一个农家子弟,陕西咸阳人,大致生活在公元734年至871年之间。从小读书,多次应举不弟。于仕途无望之后,便四处漫游。三十岁出头,跑到天台山中隐居,过着栖岩食果的近似于野人的生活。

他三十而立的年龄,也正是安史之乱,唐代由盛转衰的转折点。以京畿为中心的北方多年战乱,引起人口的大规模流动。江淮、闽浙、岭南、四川相继成为流民的世外桃源。这一时期,也正是禅宗在中国兴盛,六祖慧能的"南宗禅"大兴于天下的时候。由于流民的加入,南方禅众骤增,佛教的中心也随之南移。寒山迁隐天台山,正是在这样一种背景下。

寒山虽是佛教中人,但他并未真正地剃度出家。所以,沙门中人并不给他冠以"大师"或"禅师"的名号,而称之为寒山大士。

说寒山是隐士,是因为他不但栖于岩穴,且连姓名也隐去了;说他是行脚僧,是因为他一衣一钵,完全摆脱了物质生活的追求,往来于深山绝壑,于自然中体味佛家的真谛。

唐朝初期,是游侠的时代。在江南的雨夜或者塞外的风沙中,常常看到那些仗剑走天涯的壮士。而进入到唐代的中期,在中国的疆域辽阔的土地上,游侠渐渐地少了而行脚僧却大行其道。在佛教中,行脚的意义乃在于弘扬佛法,参投名师,契悟心印。禅宗的重要文献《传灯录》实际上就是关于行脚僧的记述。

伟大的禅师赵州八十岁时仍在行脚,这位老人头戴斗笠,脚踏草鞋,几乎走遍了江南及中原地区所有重要的寺院,据《五灯会元》记载,他曾游历天台山,在崎岖的山路上碰到了寒山。寒山指着路上牛的脚印问赵州:"上座还认得牛么?"赵州说:"不认识。"寒山指着牛的脚印说:"此是五百罗汉游山。"赵州问:"既是五百罗汉游山,为什么却成了牛?"寒山说:"苍天,苍天!"赵州呵呵大笑。寒山问:"笑什么?"赵州说:"苍天,苍天!"寒山说:"这厮竟然有大人之作。"

佛教典籍中记载寒山的比较可信的佛事活动,仅此一例。赵州从谂和尚,是禅宗六祖慧能的五世门生,唐代中晚期最优秀的禅师之一。他一生创下的禅门公案最多。禅文献中说他"师之玄言,布于天下。时谓赵州门风,皆悚然信伏"。他在佛门中的地位和影响,在当时都要高出寒山许多。尽管如此,寒山对他一点也不敬畏,反而要和他斗一斗禅家的机锋。从这一点看,寒山已经舍弃了隐士的风范而进入到行脚僧的行列了。

在天台山的石梁瀑布之下,有一座古方广寺。寺中根据上述那一则公案雕了五百尊游山的罗汉。我徘徊其中,想象当年在路上相逢的寒山和赵州,那时的天台山,没有现在这么多的游人。林间的道路也没有今天这么平坦。但是,参天的古树肯定比今天茂密。摇曳多姿的山花以及悠悠忽忽的鸟鸣也远比今天丰富和清纯。在这样一种如诗如画的背景下,戴着竹篾斗笠的赵州和戴着桦树皮帽子的寒山相遇了。他们既不喜悦,也不惊奇,当然更谈不上激动和感叹。他们只是彼此用"心"来照耀。其中可能会有一些温馨,一些调侃。于是,上面引述的那一段对话便产生了。

对话中,赵州毕竟激动得呵呵大笑,寒山毕竟感叹对方

"智慧剑"的锋利。这一对行脚僧,走遍千山万水,造访了一座又一座寺庙,拜谒了一个又一个心灵。"躯体"的行脚其实质的意义在于"心"的行脚。那一日的天台山,无疑成为他们两人精神的峰巅。寒山大呼"苍天,苍天!"是因为天上有一轮月,他在诗中多次指喻明月是指点迷途的"心灯"。赵州大呼"苍天,苍天!"是他洞晓寒山的心旨,通过这一声呐喊让彼此已经融合的精神得到淋漓尽致的发挥。罗汉与牛,这本是毫无关涉的两件事,在他们眼中,其"行脚"的意义是一致的,都处在生命的原始状态之中,都有着无"心"可用的闲情。生命之难得,就在于这个"闲"字。

相逢相别,对于寒山与赵州来说,都是极其自然的事。除了这段对话之外,他们相逢时还有一些什么活动,已经无从知晓了。对于寒山来说,应该说与赵州的相逢是一件重要的事,但喜欢写诗的他却没有为此写一首诗。这只能说明寒山不是正统意义上的诗人。诗之于他犹如棒喝之于赵州,是参禅消妄的手段。生离死别、伤春悲秋这些最能引发诗人情愫的事物,已不能干扰寒山已经过惯了的那种超自我的生活。

四

但寒山毕竟属于那种"不得志而逃于禅"的落魄书生。尽管隐居天台山并皈依佛,对隐居前俗世生活的回忆仍不免激起他感情的涟漪。

回忆家中的田园生活,他写道:

> 茅栋野人居,门前车马疏。
> 林幽偏聚鸟,溪阔本藏鱼。
> 山果携儿摘,皋田共妇锄。
> 家中何所有,唯有一床书。

一个耕读自娱的乡村知识分子,过着与世无争的生活。若不是安史之乱,我怀疑寒山是否舍得出家。

虽然绝意仕途,寒山身处幽岩,有时仍不免系国于心:

> 国以人为本,犹如树因地。
> 地厚树扶疏,地薄树憔悴。
> 不得露其根,枝枯子先坠。
> 决陂以取鱼,是求一期利。

中国传统士人的忧患意识,并没有在他心中消磨殆尽。对于一个红尘中人,抛开利禄功名,最折磨人的,莫过于国事和家事。寒山虽然采取了决绝的态度,但仍不免有梦魂牵绕的时候:

> 昨夜梦还家,见妇机中织。
> 驻梭若有思,擎梭似无力。
> 呼之回面视,况复不相识。
> 应是别多年,鬓毛非旧色。

梦中还乡探视妻子,苦捱度日的妻子已经不认识他了。这种凄凉真是难与人言!除了国家的频年战乱而导致仕途无望,兄弟与妻子的不容,也是寒山出家的原因:

> 少小带经锄,本将兄共居。
> 缘遭他辈责,剩被自妻疏。
> 抛绝红尘境,常游好阅书。
> 谁能借斗水,活取辙中鱼。

这首诗可视作是寒山对世俗生活的抗诉。家庭是避难的港湾,亲情是归乡的小路。然而,兄弟反目,妻子不容,让寒山真正尝到了国破家亡的苦楚。哀莫大于心死,在三十而立的年龄,寒山的生命历程产生了逆转。

关于三十岁之前的生活,寒山在另一首诗中有所表述:

> 出生三十年,尝游千万里。
> 行江青草合,入塞红尘起。
> 炼药空求仙,读书兼咏史。
> 今日归寒山,枕流兼洗耳。

看得出,年轻的寒山有着强烈的游侠习气,并且像李白那样迷恋于道教。求仙炼药,壮游万里。这样的举动,必然是抛家不顾,不但不能养家,还得家中供应他的川资。这就导致他的亲情疏远,最终不得不弃家出走。

一般的人,内心往往是不坚定的,尽管社会生活一再地折磨他,他仍然不能舍弃,甚至逆来顺受。这些人,没有自己的世界,也就是说失去了自我。尊严、人格、天真与自由,对于他们来说,变成了遥远而又陌生的概念。心灵任人宰割,最终导致自欺欺人,把屈辱当作幸福,不求性灵,只求苟安。

失去自我的生活是悲哀的,但仅仅知道自我的位置仍然不够。英国著名的哲学家罗素说人与生俱来就有三大敌人:自然、他人与自我。我认为,这三大敌人中最难战胜的便是"自我"。明代王阳明说过"破山中贼易,破心中贼难",也是同一个道理。《尚书》说"自作孽,不可活",更是一针见血地指出了问题的根本。芸芸众生,每一个人都有一个"心贼",它如影随形陪侍着你,偷走你的善良和天真,让你成为欲望的奴隶,而渐渐忘却自己存在的理由。一个人既成了迷途不返的浪子,那他就再也不可能在名、利之外,找到另一种超越自我的生活空间。

五

三十岁的寒山,最终战胜了自我,在葱岭嵯峨的天台山中,拓展出一片超自我的生活空间。从功利观点来看,寒山的行为并不足取,他主动放弃了本该由他承担的赡养老婆与孩子的责任,他甚至不愿意自食其力,而甘愿沦落成一个靠乞讨为生的"裸虫"。对于功能性的社会生活而言,这只"裸虫"毫无意义。我们的社会希望每一个人都能承担属于他的责任,反之,则要遭到公众舆论的唾弃。

但是,寒山虽然放弃了一家之主和忧患书生的责任,但他却承担了破除"心贼"的责任。比之前者,我认为这一责任更为重要。

当我在天台山中信步漫游的时候,我的眼前常常掠过寒山的身影。在琤琤淙淙的流泉中,他像老牛一样啜饮;在阒无人迹的深林,他像猿猴一样攀越树枝采摘野果;在清辉朗照的月夜,他卧于荒草,像一条冬眠的蛇;偶尔,他虎豹一般披发长啸,或者,他步入荒村,乘兴把自己的新作,书上农户人家的板壁。

想象不是历史,但缺乏想象的历史,也不能给后人留下指导的意义。寒山的生活空间是有限的,但他的想象空间却是无限的。三十岁后,他生命存在的唯一理由就是手持一柄"智慧剑",破除心中的"烦恼贼"。从趋名逐利的士子生涯解脱出来,成为一名与"自我"搏斗的禅师。这种角色的转换,是寒山的觉醒。

彻悟了的寒山,终于卸去了"人生"的负担,在天台山的幽岩绝壑中,尽情享受着生的乐趣。风霜雨雪、春夏秋冬,一切自然界的现象,都成了滋养他心灵的维他命。一个人如果真能做到"无所用心",那他就进入了佛的涅槃之境。

在常人看来,寒山是在作践自己。他可以抛家别室,但至少应该住进寺院,当一个循规蹈矩的出家人。他独居悬岩,既摒弃了世俗生活,又不受寺院生活的羁绊。这种非凡非圣、非僧非俗的生活,很难为旁人接受。难怪当时天台山中的人,包括国清寺的和尚,都认为寒山是一个"疯癫汉"。

对于世人的误解,寒山并不介意。他反而对世人的执迷不悟感到惋惜。他写过一首诗:

时人见寒山,各谓是风颠。
貌不起人目,身唯布裘缠。
我语他不会,他语我不言。
为报往来者,可来向寒山。

寒山的生存方式,无论对于世俗还是僧众,都是一种叛逆。在世人能够理解的僧俗两种生活之外,他开创了第三种生活,像僧又不像僧,像俗又不像俗。寒山也自嘲这种生存方式为"裸虫"。我们知道,从古至今,智慧超群者,在他们生前,都会受到程度不同的误解。这是因为人们都生活在某种约定俗成的规律中。读书人走入仕途,出家人住进寺院奉佛念经,这就是生活的归纳,最终形成规律而让一代又一代人遵循。寒山偏偏不遵循这些规律,所以,世人称他为"疯癫汉"便是情理中的事了。

寒山总是试图与人们沟通,让别人理解他的生存方式,是断除烦恼的最好方法。但是,看来他的努力是徒劳的:

多少天台人,不识寒山子。
莫知真意度,唤作闲言语。

寒山一直生活在深深的误解之中。僧俗两众,都不能理解他的"真意度"。不被人理解是一种痛苦,虽圣人亦在所难免。孔子"惶惶如丧家之犬"去游说各国,希望那些国君能接纳他的"仁"与"礼",但最终也只能发出"吾不复梦见周公"的哀叹。寒山也想通过自己的生存方式让世人明白怎样才能断除"烦恼",但得到的回报是讥讽与鄙夷。寒山明白,这种隔阂的产生在于心灵的无法沟通。他写道:

> 人问寒山道,寒山路不通。
> 夏天冰未释,日出雾朦胧。
> 似我何由届,与君心不同。
> 君心若似我,还得到其中。

他明白地告诉世人,他与他们的差异在于"心",他是一颗"自然心"、"佛心",因此他处在生命的本来状态。而世人的心是"烦恼心"、"名利心",因而成了虚妄世界的浪子。为了让世人理解什么是"心",他打了一个生动的比喻:

> 众星罗列夜明深,岩点孤灯月未沉。
> 圆满光华不磨莹,挂在青天是我心。

心如青天的明月。阴晴圆缺,是月在不同情况下的不同表象。雨夜没有月光但月仍在青天,月如蛾眉但光芒不减。外界的影响只是虚妄,明月永远是不腐不败的光辉。这一首语言平易却意味深长的禅诗,今天读来,仍能引起我们的出尘拔俗的遐想。

诗境通禅境,但诗境非人境。生活在诗境与禅境中的寒山,从自己的"心"中看到了生命的真谛,但心灯不能照人。别人若想理解寒山的生活,首先他必须找到自己的"心",从自己的"心"中了现寒山。这比追名逐利更为艰难。因此,世人无法走近寒山。闾丘胤是上流社会中第一个尊重寒山的人。但是,他仍只是用世俗的观点来对待寒山。他认为寒山栖隐岩穴是因为无人供养,于是让人带着制好的衣服和香药上山去寻找寒山,让他住进国清寺接受供养。寒山觉得他再次被人误解。他早就抛弃了世俗的苦乐观,偏偏世人仍以这种苦乐观来衡量他的生活。用佛家的观点看,众生的执迷不悟,其因在"心贼"。因此,当闾丘胤派来的人找到寒山时,他便大声疾呼:"贼!贼!"

我不知道寻找的人是否理解寒山的呼喊。"贼",是他留给世间的最后一个字。

六

毋庸讳言,世俗生活是人类的主流生活,对权力与金钱的渴望,是人类进步的原始动力。看过木偶戏的人都知道,木偶的一举一动,都受到线的控制。我们社会中的每一个人,说到底都是一只只木偶。权力、金钱、地位、爱情等一条又一条线,牵引着这一只只木偶。他们在舞台上扮演的角色都由这一根根线来支配。由于人类生活的特性,导致人类产生两种智者:一种是教你如何融入世俗,推动人类文明的发展;一种是教你如何弃绝世俗,探寻生命存在的真正意义。前者导致政治,后者导致宗教。二十世纪来,传统的宗教影响力渐渐减弱,一些新的宗教派别的产生,往往误导世人。它们或者与政府对抗,显示极度的破坏性;或者以自身的欲望为目的,充分张扬人类的自私与极端。我们虽然理解这些邪教的产生仍出于对政治的反动,但也可以看出宗教意识已深深地根植于人类的思维之中。人类永远无法改变自己的主流生活,宗教也永远只能是政治的补充。在修复人性、抑恶扬善等问题上,宗教可以弥补政治的功能性的不足。政治救世、宗教救心,这是政治与宗教并行不悖的理由。

没有剃度出家的寒山,只是不曾履行佛家规定的形式,但他的言行举动,已超过了一般的出家人。在当今这个时代看来,寒山栖隐的意义可能微不足道了。但我们可以从他身上,看到我们人类为寻求"心"的解放而做出的艰辛的努力。只要物欲还在泛滥,只要人们尚在名利场中醉生梦死,寒山存在的现实意义便不容抹杀。

寒山栖隐七十年后,尚有诗作问世,可见他活了一百多岁。"自从出家后,渐得养生趣。"养生的秘诀在于养心,寒山存世的三百多篇诗作,十之八九,都可以视为养心之作。

物质文明在于养身,精神文明在于养心。现代社会的悲剧是重在养身而轻于养心。长此下去,人类必然会沦为物质的奴隶,最终丧失生存的资格。

因为闾丘胤的惊扰,百岁老人寒山从此在天台山中失踪了。由于他的诗歌的流传,他的生命的光芒终于在历史的星空中迸发了出来。漫步在天台山中,看到一处处隐于森森古树中的肃穆的寺院,看到山间卷舒的白云和树叶上坠落的露珠,我总觉得寒山并没有离开我们。山间岩畔那些丛丛簇簇的野花,是他"心相"的表现:美丽而不炫耀,宁静而又活泼。

我再次吟诵起他的诗句:

自乐平生道,烟萝石洞间。
野情多放旷,长伴白云闲。
有路不通世,无心孰可攀。
石床孤夜坐,圆月上寒山。

运河是一段乡愁

一

那一年莺飞草长的三月,站在黄鹤楼上的我,忽然想起李白《送孟浩然之广陵》的诗句,对于"烟花三月下扬州"的意境非常推崇。于是忽发奇想,能否雇一条船,带上弦歌与美酒,从胭脂色的波浪上,遇埠则歇,对月而歌,半醉半醒地航行到扬州去呢?朋友也想体验一下唐人的闲情,自告奋勇地去寻找客船。帆船找不到,觅得一只机动的画舫也好。数日后,朋友沮丧地告诉我,偌大长江,找不到任何一只帆船与画舫。再者,扬州不在长江边上,即使雇到船只,也到不了瘦西湖边上那一片令李白痴迷的城郭。我这才意识到,千年前的优雅与浪漫,早已是沉湮的古典了。

这一种迷惘,我曾写进《烟花三月下扬州》那篇散文中。虽然失望一直在心中发酵,但也存着疑惑,为何古人可以从长江进入扬州呢?我记得瓜洲古渡是运河与长江的接口。如今,瓜洲的二三星火,也沉入了历史的苍茫吗?

还有一次,大约是两年前吧,我访问河南永城县境内的华佗村,这里距亳州只有二十多公里,是汉丞相萧何的封地。村里一位老人告诉我,村中央曾是扬州通往洛阳的运河故道。农家砌房,经常从地下挖出一些残舵和铁锚,当然,也有一些断桅与腐朽的船板。老人让我看到了一个锈蚀的铁锚,我抚摸它,像抚摸一段戛然而止的历史。从村里走出来,无论是东望扬州还是西眺洛阳,我看不到浮在波浪上的舟樯。一望无际的青纱帐,不再允许一盏桅灯或者一朵渔火在这里作片刻的盘桓。

数年间,因各种机缘,我或者走在京杭大运河已经干涸的河床上,或者在它尚在流淌的河段上看夕阳下的浪影。淤塞与疏浚,开凿与废弃,辉煌与衰落,保护与开发,似乎它永远都有着诉说不尽的忧伤,展示不尽的画卷。站在杭州的拱宸桥上,我希望看到从烟波深处摇来的乌篷船;在无锡城中的清名桥上,我披着烟雨蒙蒙的春雨,思忖着,为何脚下的流水,再也不能流到幽燕之地,在通州燃灯佛舍利塔的身旁,听一听京韵大鼓,洗一洗北国的胭脂呢?

崛起于历史,必示寂于历史。寒山寺夜半的禅钟依旧,但客船不再;扬州仍不缺三月的烟花,但迎送游子的布帆,早已消失在水远山重的前朝。

难道,那一条流动着繁华与锦绣的人造的动脉,只能在屡遭虫蛀的线装书中寻找吗?

二

如果在历史的版图上寻找中国古代文明最伟大的标识,则应该首推长城与运河。它们一个傲然矗立,一个悄然流淌;一个横贯东西,一个牵引南北;一个伴着铁马金戈,一个浸于桨声灯影。一个静态的阳刚,一个动感的阴柔。比拟于人,它们应该是一对夫妻。一个冷峻,一个灿烂;一个征伐,一个孕育。相伴而生啊千年厮守,在它们的结合中,诞生了一个又一个强大的王朝。

但是,在今天,在世人的文明谱系里,长城却是要比运河的名气响亮得多。长城上的雉堞与砖堡,至今仍让世界迷恋;而运河里的船队与波浪,却已经退出人们的视线。

作为中国人对生活的一种表达方式,运河早于长城。在公元前的五世纪,当人类虔诚的心智尚处于神话的年代,一个诸侯国的国君在他统治的疆土的北方,决定挖掘一条河渠以运输战争的粮草。这个国君叫夫差,这条河渠叫邗沟。六年前,我到扬州,专程造访邗沟。多么瘦弱的一条水沟啊,在水脉旺盛的扬州,它显得过于寒碜。它现在的样子,不要说运送粮草,就是采莲船也无法通过。但我知道,这不是历史的原貌。公元前486年就已经通行的人工河,应该是一条动脉而不会是一条毛细血管。两千多年历史的变迁,我们早已习惯了沧桑之后的陌生感。被截断或者淤塞的辉煌,只能让我们亲近古人理想的碎片。

河流死去的显著特征便是消失了桨声帆影。这有点像沙漠上的胡杨,它保留了生长的姿态,但再也不能用绿色哺育大地。幸亏运河并没有完全死去,还没有变成仅仅只是供人景仰的舍利。

尽管邗沟衰败,但运河的历史毕竟从它开始。自夫差之后,多少代帝王都在进行着开掘运河的接力赛。到1293年,在一位统治中国的蒙古皇帝的手上，自杭州到北京的运河才全线贯通。运河前后修筑的时间大约一千八百年，它的总长度也大约是一千八百公里。时间的长度就是运河的长度。这不是巧合，这是中国呈现给人类的奇迹。

说来奇怪，一条京杭大运河，少说也与几十位皇帝有关。但在民间影响最大的，莫过于吴王夫差与隋炀帝杨广。两人对运河的贡献最大，但两人都是昏君。杨广自洛阳乘着锦舟从运河来到扬州，最后横死在那里。我到扬州，专门去雷塘看了他的坟墓，并吟了四句：

杨花凋败李花香，地下谁能说短长。
铁马锦帆皆过尽，夕阳无语下雷塘。

秦始皇暴虐，但没有他便没有长城。隋炀帝荒淫，但是他让南方的运河流向了北国。仅限于道德，我们便无法客观地评价历史上的功过是非。运河是一部大书，我们在任何一个朝代、任何一种环境下阅读它，都会有不同的感受、不同的感慨。

三

有人问我，可以说"运河文明"这四个字吗？回答这个问题之前，我想引用拙著长篇历史小说《张居正》第三卷第二十七回明神宗朱翊钧对小太监说的一段话：

淮、扬一带,扬州、仪真、泰兴、通州、如皋、海门地势高,湖水不侵。泰州、高邮、兴化、宝应,盐城五郡如釜底,湖水常常泛滥,所幸有一道漕堤为之屏障。此堤始筑于宋天禧年间转运使张纶。循汉代扬州牧陈登故迹,就中筑堤界水。堤以西汇而成湖,以受天长、凤阳诸水脉,过瓜洲、仪真以通于江,为南北通衢;堤以东画疆为田,因田为沟,五州县共称沃壤。南起邵伯,北抵宝应,盖三百四十里而遥。原未有闸也,隆庆六年,水堤决,乃就堤建闸。你们记住这建闸的谕旨,是朕登基后亲自签发的。兹后两年间,建闸三十六座,耗费金钱数万计……

说这一段话的时候,明神宗十六岁。他并不是在讲一段地理常识,而是在述说自己的治国方略。在明代,有江南三大政之说。这三大政是漕政、河政、盐政。明神宗所说的"漕堤"即运河的堤岸。在明代,运河亦称为漕河。江南三大政中,河政与漕政都与运河有关。明神宗十岁登基,在兹后两年内,由首辅张居正主持,在淮、扬一带运河中修建了三十六道闸口。在财政几近崩溃的万历初期,这不能不说是一种迫不得已的选择。

在明代,几乎一多半的工部尚书,都是水利专家出身。列于朝廷财政预算的河道治理经费,仅限于长江、黄河、淮河与运河四条。由此可见,运河对于一个庞大帝国的重要性。

在沟通京杭的长达一千八百年的开掘过程中,运河从来就是国家工程。在明代,特别是永乐皇帝迁都北京之后,运河达到了全盛。永乐十二年(1414年),由东南即现在的长江三角洲地带通过运河运往北京的漕粮从过去的四十万石左右升至二百六十万石,从此成为大明帝国沟通南北的运输干线。运输物资的数量与种类不断增加,一条运河供养了帝国的首都与辽阔的北国。

从隋代开始,这一条贯穿了唐、宋、元、明、清几个庞大王朝的交通动脉,沟通了海河、黄河、淮河、长江、钱塘江五大水系,串连起数十座湖泊。济宁、淮安、扬州等十几座繁华的都市也因它应运而生。在漫长的中世纪,特别是明朝,中国有一支特别的军队名叫漕军,在运河全线,这支部队的数量高达三十万人。因为一条河流而诞生一支军队,或者说一个兵种,这也是运河独有的人文风景,在世界上也是独此一家。

"文明"一词,据我理解,是人类某一种带有鲜明特色的生存方式。它涵盖了文化、经济、制度、风俗各个方面。如果以此来推断,运河文明的说法是可以成立的。因为这一条地球上最伟大的人造河流,在一千多年的历史时段中,对中国的经济史、水利史、交通史、城市史、科技史、军事史、财政史等等方面,均有深刻的影响与巨大的改变。

相比之下,地球上另外两条运河,即连接地中海与红海、联通亚洲与非洲的苏伊士运河,连接大西洋与太平洋的巴拿马运河,虽然因战略地位的重要,也起到了重组世界的作用。但其意义,主要彰显在经济与军事两个方面。且因它们的年龄与长度都比中国古代的京杭大运河小得多。苏伊士运河长度只有一百六十八公里,1896年正式通航;巴拿马运河长度为八十二公里,1914年通航。一个文明的发育与成长,需要漫长的时间与广袤的地域作为先决条件。从这两点上来说,苏伊士运河与巴拿马运河都无法同京杭大运河相比。

无可否认,运河文明是中华文明的一个组成部分,是一个伟大文明体系中的灿烂章节。在这个章节中,我们曾经感受到时代的变迁、风俗的衍生与生活的愉悦。

四

小时候曾读杜牧的《江南春绝句》:

千里莺啼绿映红,水村山郭酒旗风。
南朝四百八十寺,多少楼台烟雨中。

我一直对这首诗中表述的江南风光表示了极大的向往。杜牧在扬州十年,他眼中的山环水绕之胜景,便是对运河流域的生动写照。后来,我又读到张祜的《金陵渡》:

金陵津渡小山楼,一宿行人自可愁。
潮落夜江斜月里,两三星火是瓜洲。

瓜洲古渡曾是运河最繁忙也是最繁华的渡口,在张祜的笔下,瓜洲充满恬淡的诗意以及舟客羁旅的忧愁。

古代不少诗人,都为运河写下脍炙人口的诗句。明朝初年的东里先生,是唯一一个为我们留下运河行旅组诗的人。

东里先生名叫杨士奇,是永乐皇帝深为倚重的大学士、内阁辅臣。永乐十八年(1420年),朱棣决定迁都北京,杨士奇与僚属一起踏上迁都之路。一路上,他乘坐官船,尽情欣赏运河两岸的风光,写了六首诗。在《早至仪真》一诗中,他写道:

> 白沙岸头秋气清,仪真郭里早潮生。
> 五云北望金台路,此是朝天第一程。

最后一首《花园望北京》,杨士奇是这样表达心情的:

> 黄金官阙望都门,预喜明朝谒圣君。
> 万岁山高腾王气,五云天上焕龙文。

迁都,是影响明朝国运的一件大事。从历史结果来看,朱棣迁都是英明之举。但离开花团锦簇的江南而来到风雪弥漫的北国定居,对依恋莺飞草长、锦衣玉食的官宦来讲,毕竟不是一件快乐的事。因此,围绕迁都一事,曾在永乐朝廷中引起激烈的争论,甚至可以说是一场政治危机。作为朝中最为显赫的文臣,杨士奇拥护永乐皇帝的迁都主张。所以,在他的运河组诗中,我们读不到忧愁,看到的是一种迁往乐土的喜悦。

应该说,杨士奇的心情,也是运河的心情。一个国家的首都,必定是这个国家的政治、经济与文化中心。在元代,京杭大运河的开通,是为了将东南丰饶的物资运往大都(北京)。朱元璋建立明朝之后,废弃了北京而建都南京,京杭大运河便迅速地衰落。设想一下,如果朱棣没有把首都迁往北京,恐怕不到明代中叶,运河便会因无人管理而淤塞废弃。此前北京曾两度建都,但因都是北方少数民族的政权,他们的生活习惯以及物用之需,对南方的依靠还不算太大。但自朱棣迁都之后,北京便有了第一个以汉人士族为主的统治集团。作为帝国的统治者,他们将江南的生活习惯与民情风俗带到北京。为了满足汉人士族的需要,必须有大批江南的物产运到北京。因此,明代的运河,发挥的效益最大。它的繁忙程度,远远超过长江、黄河与淮河。为了增强通航与运输能力,明朝廷投入了大量的物力与人力。可以说,没有任何一个朝代,像明朝那样将运河当成不可替代的生命河。

五

运河最灿烂的年代在明朝,它急剧地衰败则是近一个世纪的事。因为公路、铁路以及航空的诞生,水上交通特别是内河的航运已经日见式微。曾是农业文明的骄傲忽然间变成了工业文明的弃儿。运河不再成为国家的动脉。这导致运河功能的退化,也是淡出我们生活的重要原因。

当年,从杭州乘船沿运河到北京,少说也得一个多月。今天,连接两座城市的铁路与高速公路,都只需十个小时左右的车程。若是乘坐飞机,更是缩短至两个小时之内。科技发展导致交通利器的产生,同时也使人们的心智产生极大的变化。古时候,一个月的水上旅行,与帆桨为伍,与鸥鹭相亲,以两岸的风光养眼,以河上的波涛养心,该是多么惬意的乐事啊！但在今天,每一个人似乎都在日理万机,优哉游哉的生活他们再也无福消受。生活方式的改变,让运河的诗意退出了我们的心灵。

近几年,一些有识之士一直在大力呼吁抢救运河,并争取将运河申报成世界文化遗产。听到这种越来越强烈的声音,我且喜且忧。喜的是运河的知音还在,他们的举动绝非是敝帚自珍,而是对已经逝去的一种生活方式的珍惜与肯定。忧的是一条活生生的运河,竟成了一份遗产。谁都知道,大凡成为遗产的东西,都是文化的孑遗。它们不再属于生活,而是属于历史;不再属于享用,而是属于凭吊。

任何时候,提到"遗产"两个字,不知为何,我就会莫名地生起乡愁。精神故乡的迷失,让现代的人们乡愁越来越浓。这乡愁不是怀旧,而是反省。我很想回到六百年前,像东里先生那样,雇一条客船,从杭州航行到北京。但我知道,这只能是一厢情愿。

醉里挑灯看剑

一

小时候,无论是听鼓书艺人的《说岳全传》,还是在课堂上听老师讲授宋朝的历史。一些"敌人"的名字,如完颜阿骨打、吴乞买、金兀术、完颜亮等,莫不在我心中激起强烈的民族仇恨;而另一些人,如岳飞、李纲、宗泽、韩世忠等等,又成了我们深为景仰的民族英雄。这种理念一旦形成,便直接影响了我们对历史的把握。人到中年涉世日深之后,我已从理智上认识到中国的历史不仅仅只是汉人的历史,它同时也是匈奴人、鲜卑人、契丹人、蒙古人、女真人、藏族人以及为数众多的少数民族的历史。同时,我还意识到那些活在传说中或书本上的英雄与恶魔,只能是道德上的判断,而不应该成为历史中的定义。创造历史的人,不一定是道德上的圣人,更不会是优雅的绅士。道理虽然都懂了,但是在感情上,或者说在潜意识中,我依然存在着强烈的汉人优越感。这种孤芳自赏的心态,直到三年前才有了彻底的改变。

2003年8月,我应阿城市人民政府的邀请,去那里参加"纪念大金国建国888周年笔会",这是我第一次亲临白山黑水环绕下的土地。此前,我对哈尔滨近郊的阿城,并没有太多了解。这座小城市,无论是风景、饮食、建筑与民俗,几乎都没有什么特色。从旅游者的角度看,既无商业的狂欢,亦无山水的盛宴,因此不可能成为首选,更不可能成为大众旅游的目的地。但对于我,阿城却是一个不可不去的地方。理由只有一个:这里是大金国的诞生地。前面所说的完颜阿骨打、吴乞买、金兀术、完颜亮等人,都在这片土地上诞生。他们在这里创建并发展了大金国。这么个蕞尔小地,八百多年前,居然一度成为北部中国的政治中心,因此,我们没有任何理由可以小瞧它。

记得两年前的秋天,在一个秋风乍起的黄昏,我在邀请方人员的陪同下,来到会宁府皇城的遗址上漫步。夕阳欲坠,林雀啁啾,愈来愈朦胧的景致,对我的吊古心情起到了催化的作用,我在杂草间捡到了一块破损的瓦当,摩挲着它,诌了四句:

> 暂从瓦砾认辉煌,
> 神州此处又沧桑。
> 铁马金戈都过尽,
> 惟见昏鸦负夕阳。

是的,铁马金戈都成了云烟往事,从感伤的视野里,我只看到了败草累累的荒芜。正因为如此,我对在这片废墟上所发生过的兴衰变迁,产生了浓厚的兴趣。

二

公元1115年的正月初一,在大宋帝国的首都汴京——即今天的河南省开封市,同过往的一个半世纪一样,到处弥漫着节日的气氛。千家万户门上的春联,都贴满了"天增岁月人增寿"之类的祝福或"财源茂盛达三江"之类的愿望。无论是丝管悠扬的舞榭歌坊,还是笑语喧哗的青楼酒馆,到处都陶醉着大宋的子民。所有感官的享受,所有情绪的宣泄,使汴京城成为十二世纪初全世界最为奢侈的游宴地,最为亮丽的嘉年华。而这场嘉年华的缔造者,北宋的第八位皇帝赵佶,那时刻可能宿醉未醒,躺在重帘绣幕中的龙床上,搂香偎玉,大有将春梦进行到底的意味。他纵然醒来,也只不过是把新的一天转化为诗歌、绘画、书法和音乐。这位徽宗皇帝毕生的努力,是想将他统治的大宋王朝改造成崇拜艺术的国度,让他的子民生活在虚构的繁华与花样翻新的游戏中。所以说,在这一年的大年初一,如果一个欧洲人来到中国,他一定会觉得上帝是一个中国人,因为他过于偏爱生活在汴京的豪门贵族。

可是在同一天,在离汴京三千多公里的张广才岭下的一块平原上,就是前面说到的阿城,我们见到的是另一番景象,肃杀、辽阔,到处是深深的积雪以及厚厚的冰凌。一大早,数以千计的女真人骑着骏马驰出被暴雪封锁的山谷或被严冰冻得严严实实的阿什河,这些不同部落的首领们,代表着数十万的女真人前往阿什河畔一处土寨子——那里有几幢稍微像样一点的土坯房,里头住着他们心目中的偶像完颜阿骨打。

提到这个完颜阿骨打,我不得不多说几句。这是第一位以国家而不是以部落与族群的名义书写女真人历史的英雄。女真人世代居住在黑龙江、松花江、乌苏里江流域以及逶迤千里的长白山中。在公元前二千多年的虞舜时代,女真人就在这片土地上以狩猎的箭矢与石斧砍斫出生存的天地,并与中原地区建立联系。朝代不同,女真人的称谓也不同,商周时期,称其为肃慎;三国时期称其为挹娄;魏晋南北朝时,称其为勿吉;隋唐时称其为靺鞨。

兹后,靺鞨共有七个部落,在公元七世纪至十世纪之间三百多年,这些部落一直处在豪强的吞并与政权的更迭之中。靺鞨的粟末部落曾创建了渤海国,其后,又并入了更为强大的辽国的版图。契丹人与女真人同为游牧民族,都善于马背上用戈矛写出荡气回肠的史诗。契丹人建立辽国政权后,就一直对女真人存有高度的戒心。只有玫瑰才能理解另一朵玫瑰,在马背上夺取华北燕云十六州以及整个东北地区的契丹人,当然知道女真人完全有能力"以其人之道还治其人之身",因此他们强迫女真人做了两次大规模自东北向西南的迁徙。让女真人离开山林离开马背,在辽河平原上用犁铧而不是用刀枪来给生活重新定义。应该说,这种迁徙的确取到了分化作用。几十年后,留下的女真人与迁走的女真人便有了生熟之分。所谓生女真,就是指保留了本民族的习惯的白山黑水间的土著,而熟女真是指接受了辽与宋两种先进文化熏陶的迁徙到辽阳以南地区的女真人。

在当时的中国,并行存在着宋朝与辽朝两个相互对峙的政权。他们对女真人的族群表述,各有其定义。但女真人不接受外来民族对他们的行政式的区分。他们按姓氏,将自己划分为完颜部、温都部、乌古伦部、徒石烈部、蒲察部、徒单部、乌林答部、加古部等。女真人以部为氏,各氏都在自己的区域里发展。氏与地域结合,又会分出新的部落,像完颜氏,最后又发展成泰神忒保水完颜部、马纪岭保村完颜部、耶挞澜水完颜部等十二个部落。而完颜阿骨打所在的部落,称为按出虎水完颜部。《金史》记载该部落最早居住在一处名叫"姑里"的地方,据有关专家考证,这个姑里的大致范围在今黑龙江境内的牡丹江下游的西岸、马大屯之南,宁安市以北。辽代中叶,他们才迁到位于黑龙江省阿城市境内的按出虎水流域。"按出"是女真语"金"的意思,"虎"是女真语"河"的意思,按出虎水即金水河,这条金水河即今天的阿什河,八百多年前,这条河里盛产沙金。

虽然,生女真保留了本民族的特性,但他们也不得不接受辽朝的统治。辽朝的统治者耶律家族,经过了近百年的更易,其继任者不但放松了对女真人的警惕,更凭借着统治者的优越感对这些边鄙草民大肆掠夺,极尽奴役之能事,以致激起了生女真的强烈仇恨。虽然所有的宗教都在启迪人类的仁慈与友爱之心,但改变历史的契机往往还是仇恨。在与辽朝对抗的漫长岁月里,完颜部落的首领逐渐确定了自己在女真人中的领袖地位。完颜阿骨打的祖辈们团结起女真人各个部落的酋长,一起反抗辽朝统治者。但真正敢于采取大规模的军事行动,向辽朝的腹心地带进攻并取得战略性胜利的人,还是完颜阿骨打。

1115年正月初一,是完颜阿骨打亲自选定的建国的良辰。我猜想那天早上,当完颜阿骨打走出他的"额拉格尔"(即汉语居室的意思),与数千名拥护者见面时,他一定没有像辽国的天祚帝耶律延禧与宋朝的徽宗皇帝赵佶那样穿着昂贵的衮龙袍,而是穿着皮制的戎装。当然,他也没有巍峨的宫殿与高耸的丹陛。但是,他却有着在北风中猎猎作响的大旗与四蹄踏雪的骏马。他向支持他的女真族的勇士们宣布,女真人的国家诞生了,国号大金。

从那一刻起,当时的中国的辽阔版图上,主要出现了六个国号:一个是建都于汴京的宋,一个是建都于内蒙古赤峰市近郊的辽,一个是建于西北地区的西夏,一个是青藏高原的吐蕃,一个是地处云南的大理,还有就是这个建都于会宁府的大金。

三

相比于汴京与辽上京,这个位于会宁府的金大都实在是个地老天荒之地。既无层台累榭,参差楼宇,亦无锦帷绣幄,美人香草。因此,完颜阿骨打虽然建立了大金国,但在辽、宋看来,只不过是穷乡僻壤的几个蟊贼而已。一直在人们顶礼膜拜中生活的耶律延禧与赵佶,这次可以说是犯了致命的错误。正是这个被他们瞧不起的草莽英雄,却充当了这两个政权的掘墓人。

完颜阿骨打称他的政权为大金国,乃是因为他的部落生活在金水河畔。大金国成立的当年,被称之为金太祖的完颜阿骨打就带领女真铁骑亲自伐辽。他只有两万人的部队,面对数倍于自己的契丹人,他屡战屡胜。1123年,他病死于伐辽途中,可谓"出师未捷身先死",他的弟弟吴乞买继承皇位,是谓金太宗。他继续伐辽事业,十年之后,即1125年,女真军相继占领了辽国的上京(今内蒙古巴林左旗林东镇)、中京(今内蒙古宁城县大明城)、东京(今辽宁省辽阳市)、南京(今北京市)、西京(今山西省大同市)这五座城市,辽政权基本涣散。只剩一个天祚帝带着残兵败将逃往今内蒙古巴淖尔盟五原以东的沙漠地带,即便如此,女真军仍不放过。金大将完颜娄室率数万大军将沙漠中苦苦跋涉的天祚帝合围,并最终在山西应县境内的山谷中将其擒获。

这一天是1125年2月20日。

对契丹人来说,这是一个永远都不能忘记的日子。自李唐以降,"契丹"这两个字,几乎成了骁勇、横霸的代名词。在"天苍苍、野茫茫"的大草原上长大的契丹人,血管里流动的似乎都是火焰。他们在唐末之际,在长城内外穷形极相地炫耀着自己的武力,迫使后晋的小皇帝石敬瑭割让燕云十六州以求自保。赵匡胤开国之后,这燕云十六州一直没有收入大宋的版图。赵家皇帝建都于汴京,乃是不得已而为之。长城在契丹人的手上,华北在契丹人手上,近在咫尺的山西,成了宋与辽作战的主战场。虽然,一部《杨家将》,让我们对杨令公、佘太君这些抗辽英雄心生崇敬,但在漫长的一百多年的辽宋对峙中,宋朝实际上输多胜少。大宋的子民们,称辽兵为"虎狼之师",可见惧怕之深。可是,这样一个以征战为能事的民族,竟然惨败在女真人的手上,这是为什么呢?

这是为什么呢?

读过这一段历史的后人,相信都会发出这样的叩问。可能有人会说,这是野蛮战胜文明。这是文化优越论者的观点。客观地说,这观点有一定的道理,强盛的国力与先进的文化并没有必然的联系。中国的汉文化讲究"仁",讲求温文尔雅。这样一种文化观很难培养雄心万丈的勇士。一个民族的冒险精神,决定了一个民族的扩张能力。以汉文化为主的中华民族的文化,其特质是重文轻武,重享乐而轻冒险,重秩序而轻革新,重当下而轻未来。在和平年代,这种文化的缺陷还不容易发现。但是,设若遇到突发事件特别是遭遇战争时,这种文化立刻就会表现出它的脆弱性。毛泽东在他的不朽诗篇《沁园春·雪》中评述"秦皇汉武,略输文采;唐宗宋祖,稍逊风骚;一代天骄,成吉思汗,只识弯弓射大雕!"为什么这些开国之君都非文采之士、风骚之徒?因为创造历史的大人物,首先必备的素质绝不是吟风弄月的头巾气,而应该是"力拔山兮气盖世"的英雄气。

契丹人凭借这样的英雄气,统治了北方中国一百多年。当辽国的统治者蜕变为"重享乐而轻冒险"的优雅一族时,他们的优势立刻就丧失殆尽。玩文化他们玩不过汉人,玩剽悍又玩不过女真人,他们除了灭亡,还会有什么出路呢?

问题是,辽天祚帝耶律延禧的命运,同样在等待着宋徽宗赵佶。

四

且看这首词:

> 宫梅粉淡,岸柳金匀,皇州乍庆春回。凤阙端门,棚山彩建蓬莱。沉沉洞天向晚,宝舆还、花满钩台。轻烟里,算谁将金莲,陆地齐开。
>
> 触处声歌鼎沸,香鞯趁,雕轮隐隐轻雷。万家帘幕,千步锦绣相挨。银蟾皓月如昼,共乘欢、争忍归来。疏钟断,听行歌、犹在禁街。

赵佶的这首《声声慢》,字里行间渗透了奢华、渗透了脂粉、渗透了优雅,当然也渗透了令人痛心的腐朽。

中国历史中有两个诗人皇帝:一个是南唐后主李煜,一个就是这个北宋的赵佶。两人都有极高的才情,但也都腐朽透顶,昏庸透顶。他们写出的辞章都十分华丽,文采丰赡,道尽帝王的奢侈。但却找不到哪怕是只言片语来关心民生疾苦,社稷安危。就说这个赵佶,他是神宗的第十一个儿子,元符三年(1100)正月,年仅二十一岁的哲宗驾崩,赵佶凭借神宗夫人向太后的偏袒和支持,顺利地登上皇位。是年,他十八岁。

在神宗的十四个儿子中,赵佶完全谈不上优秀。比他有资格、有能力继承帝位的,大有人在。但是,唯独这个赵佶深得向太后的喜欢,因为他每天都按时到太后居处请安,极尽谦恭。女人本来就喜欢感情用事,何况还是一个年老的妇人。如果这个老妇人的影响所及仅限于家族,倒也罢了,问题是这个老妇人手中握有为国家挑选皇帝的权力,她的决定直接影响到国运的兴衰,社稷的安危,人民的福祉,这就太可怕了。当时的宰相章惇,虽然名声也不太好,但是个有见地的人,他是反对赵佶继位的,认为他"行为轻佻,不可以君天下",并提出了两个合适的人选。但向太后拒不采纳章惇的意见,执意让赵佶继承皇位。九百多年后的今天,来看向太后的这一决定,实在是大错特错!但又有什么办法呢?满朝文武中,有大智慧的人不少,有真见地的人也很多,但在中国的封建朝代,权力并不是根据智商的高低来分配的。一个昏聩的老妇人,这样轻率的对国家的前途与命运做出了决定。

徽宗赵佶的登位,是赵宋政权的一个分水岭,北宋王朝的辉煌,实际上在神宗执政的后期就已终止,激烈的党派之争,已使国势颓唐。徽宗继位,若有志于社稷,国事尚有可为之处。因为朝廷中还有一大批有志有识之士,只要用好他们,消弭党争,则国力仍可迅速提升。可悲的是,赵佶压根儿就不想当一个"中兴之主"。他一如既往地耽于享乐,沉浸在声色犬马中。他的身边聚集了众多的书家、画家、词家、道士、蹴鞠高手与青楼妓女。这些人整天陪侍左右,争相献技以邀宠。所以,赵佶的书法、绘画、诗词都技艺精湛。赵佶的另一个大爱好是嫖娼。尽管后宫佳丽如云、粉黛成山,这位风流皇帝仍喜欢"吃野食儿"。为了嫖娼方便,他竟然指示太监专门成立一个"行幸局",安排他的嫖娼事宜。当时,汴京城中有名的妓女,他都曾轻车简从、青衣小帽前往幽会。这些妓女中,名气最大的,莫过于李师师。他与李师师的云雨之欢,早已成为朝野间茶余饭后的谈资。

我一向认为,宰相无小事,皇帝无私事。赵佶的轻佻浮浪,对当时的政坛产生了极为恶劣的影响。由于皇帝的个人行为对整个社会起到了示范作用,十二世纪上半叶的汴京,实际上变成了名利场、奢华苑与歌舞地。一些正直的大臣相继遭贬去职,而以蔡京、童贯、高俅为代表的小人相继得宠并窃居高位。

当所有的英雄谢幕,一个时代的悲剧就开始了;当所有的小人登台,一个政权就意味着走进了坟墓。

徽宗赵佶登基后胡闹的二十几年,也正是完颜氏族建立的大金国励精图治、积极向外扩张的年代。此处纸醉金迷、春光乍短,彼处金戈铁马,杀机正涨;此处英雄气短,儿女情长,彼处挑灯看剑,沙场点兵。孰优孰劣,不言自明。应该说完颜氏在对待辽国的战争中屡屡得手,还是让徽宗有所警惕。怎奈他身边的亲信中,没有一个是运筹帷幄的国士。这帮人每出一策,国家就被动一步。到了1125年大金灭辽之后,徽宗想在两个"虏敌"之间玩平衡,意图"以虏制虏"的策略完全化为泡影。但他还存了一个侥幸心理,就是大金能够像辽那样,与北宋划地为界,他以每年大量的岁币向大金换取和平。但经过十多年战争洗礼的大金,早已不是偏安一隅的"草寇"了。灭辽的胜利助长了完颜氏入主中原的野心,他觊觎的不仅仅是宋朝的金银珠宝,更是宋朝的膏腴疆土。

在活捉辽天祚帝耶律延禧的十个月后,金太宗吴乞买下令进攻宋朝。金兵分两路向中原进发;西路以完颜宗翰为主帅，率兵六万，自云州下太原，兵逼洛阳；东路以完颜宗望为主帅，亦提六万劲旅，自平州入燕山，下真定。两路大军会师于洛阳城下，然后直捣汴京。

1125年12月，东西两路金兵同时向北宋统治的中原发起了进攻。

且说东路军统帅完颜宗望，本是金太祖完颜阿骨打的次子。他在随父出征的大大小小的数百次战斗中，从不离父王左右，多次创造以少胜多的奇迹。正是他穷追不舍，生擒了辽天祚帝，为辽朝的灭亡画上完美的句号。因此，他是大金国初年最为重要的将帅之一。此次他首征中原，一路上伐檀州、破蓟州、入燕山、攻保定、克真定、入邯郸。在1126年正月初二，当西路军统帅完颜宗翰开始围困大宋西部重镇太原时，完颜宗望的东路军已经渡过黄河，逼近汴京城下。

完颜宗望此次的长途奔袭，完全是孤军深入，应是用兵之大忌。斯时宋朝各路勤王之师，约有三十万之众，按理说完全可以合围金兵，予以全歼。可悲的是，宋兵虽多，但已久不习战，未临战阵，心先怯之。加之宋朝的当政者早已闻风丧胆，无法身先士卒，组织有效的抵抗。

就在大金国起兵进伐中原的1125年10月，徽宗赵佶每天收到城池失守的战报，便无时不在惊惧战栗之中。年底，他感到皇帝不好当，于是下诏传位给儿子赵桓（史称钦宗），自己当一个太上皇。1126年，是钦宗登基的靖康元年，才不过几天时间，大金国的铁骑就踹在了这位新皇帝的心窝上。

是年正月初三，听说金兵渡过黄河，徽宗连夜逃出都城。新登基的钦宗也想溜之大吉，当日凌晨已跨上马背，被主战的大臣李纲急速赶来，一把扯住马辔，才算没有走脱。

亏得这个李纲，组织十几万军民誓死保卫都城，与完颜宗望的部队展开恶战。一连几天，汴京城内外血流成河，双方都伤亡惨重。应该说，战局的发展对宋朝极为有利。守城的军民士气高昂，各路勤王之师又纷纷赶来。若再坚持几天，战局即可发生逆转，完颜宗望的东路军完全可以成为"瓮中之鳖"。但是，同父亲一样软弱无能的钦宗赵桓却派出使者到金营求和，这一下正中完颜宗望的下怀，他已看清战事发展下去对自己不利。于是同意议和，但提出了苛刻的条件。还没有等到元宵节，和谈已经议定：宋朝向大金纳贡黄金五百万两，白银五千万两；牛马各万匹、帛缎一百万匹；割让中山、太原、河间三镇；宋帝尊金帝为伯父……

二月初九，完颜宗望带着如此丰厚的战利品班师回朝。气得吐血的李纲请求钦宗，让他率十万军队尾随金兵，待机歼灭，被钦宗拒绝。

等到金兵从容渡过黄河，太上皇徽宗又车辇浩浩地回到汴京，与儿子钦宗弹冠相庆。充塞朝廷的投降派都纷纷上表，盛赞皇上的决策英明。只有李纲这样的英雄形单影只，一壁向隅，潸然泪下。

五

那年我访问阿城，除了参观金上都遗址，还参观了金太祖完颜阿骨打的陵寝。在陵前，我也诌了四句：

宋家天子能游戏，

汴京歌舞漏声迟。

如何不住长生殿，

却来此地著羊皮？

著羊皮之说，源于女真人的"牵羊礼"。汉家皇帝为何扯上"牵羊礼"，话又得从头说起。

金兵首次攻宋尝到甜头之后，益发激起了女真人入主中原的决心。女真人原以为疆域辽阔、物华天宝的宋朝兵强马壮，偶尔去那里骚扰骚扰，劫掠一些财物便是胜利。经过一次真正的较量，这才发现宋朝的强大只是虚有其表，银样镴枪头而已。怯懦的人会使对手产生更大的渴望，在山沟沟里产生的完颜家族，这些大字认不得一斗的政治家与军事家们，现在已经对赵宋皇朝的宝座垂涎三尺了。

第一次出兵回师半年之后，1126年8月14日，金太宗吴乞买下达了第二次伐宋的诏令。大军分为东、西两路，两位主帅仍然是完颜宗望与完颜宗翰。

西路军9月3日攻陷太原城。第一次伐宋时，西路军围攻太原二百八十多天而不克，此次攻陷后，完颜宗翰为报上次之仇，下令杀尽城中男女老少，烧毁所有房屋，仅仅三日，太原城变成了废墟。

太原是汴京西边最为重要的军事要塞，此城一破，等于摧毁了汴京的桥头堡。此后，大金西路军连克汾州、平阳、隆德等州府而入河南河阳、孟津、渡过黄河后摧毁洛阳，进击郑州，尔后气势汹汹扑奔汴京而来。

东路军在完颜宗望的统帅下,先于西路军于11月24日抵达汴京城下,切断了城内城外的一切交通。八天后,西路军赶来汇合,二十万铁骑给汴京打上了一道密不透风的铁箍。

大宋的皇都成了一座孤城。

一向直肠子的女真人现在也学会了计谋,他们一面攻城,一面和谈。在对待辽与金的问题上,宋朝廷中一直有主战主和两派。完全不具备雄才大略政治家素质的徽钦二帝,一直是主和派的首领。说穿了,主和派就是投降派。试想一想,一个统治中原的汉人皇帝,为了苟安,竟愿意喊女真人的皇帝为伯,这不要谈民族的气节,就连个人的尊严也完全不要了。在这样的儿皇帝的统治下,汉人的精神极度的矮化。李纲,宗泽这样的主战派反而被皇帝身边的小人视为妖魔,必欲除之而后快。

女真人把这一点看得很清楚。所以,他们决定以和谈为幌子,掩盖自己吞并中原的野心。果然,主政的钦宗上当了,他以"百姓困乏,无法供养数十万兵马于城下"为由,下旨遣散各地赶来的勤王之师。金兵一边和谈一边攻城,钦宗又听信小人之言起用一个叫郭京的妖道出任守城统帅,相信他训练的"北斗神兵"能驱散金军,化凶为吉。

统治者往往只需犯一个错误,历史就得重写,何况赵家皇帝在对待大金的问题上是一错再错,其结局难道还需要猜想吗?

当郭京训练的7777名"北斗神兵"一遇金兵的刀锋即刻就作鸟兽散,当各地的勤王之师有的撤退以求自保,有的被金兵击败。钦宗感到大势已去，立即表示求和，并亲自跑到金营向完颜宗望表达投降之意。完颜宗望再次向钦宗索要绢一千万匹，银五千万两等。钦宗一口答应，完颜宗望于是放他回宫筹措。

靖康二年，也就是1127年的正月，还没有等到过元宵节，金兵再次将钦宗逼到军营将其扣押，要其迅速交足所索的财物。国库空虚，仓促之间，哪里能筹措得到如此巨额的金银？但不用担心，大宋政权虽然在强虏面前手足无措，但掌控治下的臣民却是方法一套又一套。钦宗尽管在大金国主面前是"儿"，在老百姓面前仍然是"爹"。为了按时足额交纳罚款，大宋政权不惜使用国家暴力，派兵在汴京城中大肆搜刮金银。可怜了老百姓，一个月内，他们的金银几乎搜刮净尽。

金兵如数收到战争赔款后，于2月6日宣布废钦帝为庶人，并找来汴京府尹徐秉哲，要他按皇宫内侍开出的所有皇室成员的名单如数拘拿。这个徐秉哲，本是徽钦二帝信任的宠臣，可是如今为求自保，对女真人交办的这件事情特别卖力。他当即下令坊巷五家为保，不使名单上的人一个漏网。可怜赵宋的凤子龙孙，那些王爷侯爷后妃公主等等共三千余人被悉数拘拿，徐秉哲将他们全部移交给金兵。

四月初一，金军依然分东、西两路军从汴京撤退。徽、钦二帝及三千余名皇室人员作为俘虏随军出发。在浩浩荡荡的队伍中，亦有不少民夫赶着马车随同前进。这些马车上装满了金军掳掠来的金银财宝，以及宋朝历代所传的宫廷器物，包括法驾、车辂、礼器、卤簿、图书、珠宝、字画等等，按时人说法,是"两百余年府库积蓄为之一空"。

赵匡胤创立的北宋王朝,经历了一百六十八年的春雨秋风,至此画上了凄凉的句号。

六

经过将近一年的艰难跋涉,徽宗、钦宗这两个亡国之君,在金军的押送下,终于走到了位于阿城的金上京。

这是怎样的一年啊,昔日的王公贵族章服之侣、蒲柳之娇,如今都是蓬头垢面的囚犯。白天食不果腹,夜里卧于榛莽。走到离汴京只有数百里的邢台,徽宗的儿子、钦宗的弟弟燕王赵俣就被活活地饿死了。金兵找来一个喂马的槽子作为他的棺材入殓。看到儿子两只脚吊在槽子外面草草埋葬,徽宗哭道:"皇儿葬于斯,也算中原故土,为父却要成为异乡之鬼了。"

同行者闻此哀音,无不痛哭失声。

漫漫长途上,徽钦二帝有足够的时间反省自己的过去。没有了歌舞,没有了蹴鞠,他们的沮丧与痛苦,只能通过词作来体现。

徽宗赵佶的《眼儿媚》:

玉京曾忆昔繁华,万里帝王家。琼林玉殿,朝喧弦管,暮列笙琶。

花城人去今萧索,春梦绕胡沙。家山何处,忍听羌笛,吹彻梅花。

钦宗赵桓的《眼儿媚》：

> 宸传三百旧京华，仁孝自名家。一旦奸邪，倾天拆地，忍听琵琶。
>
> 如今在外多萧索，迤逦近胡沙。家邦万里，伶仃父子，向晓霜花。

父子二人的《眼儿媚》，显然是唱和之作。从词句来看，儿子的反省能力比之父亲稍稍强一点。他抱怨奸邪误国，虽然不错，但却将自己的责任推卸净尽，真可谓到死糊涂。

从汴京到会宁府，行程六千余里。这么远的路程，既无轿舆，亦无车马，对于赵家皇帝以及公子王孙如花美眷来讲，这是一次极为艰难和恐怖的旅行，既没有尊严，更没有欢乐。

然而被彻底剥夺尊严的事，却是在抵达金上京后发生。

大约是1128年的初夏，徽、钦二帝及其宗室随从来到金上京的第二天，金太宗吴乞买即下令让他们去祭拜金太祖完颜阿骨打的陵寝。他们不是作为皇帝而是作为战俘来到金太祖的陵园，女真人让徽、钦二帝脱下衣服，袒露上身，然后现宰两只绵羊，剥下血淋淋的羊皮披在两位皇帝的身上。让他们以这种极尽侮辱的装束，一步一叩首，绕着完颜阿骨打的坟墓转了三圈。第二天，两位皇帝又去乾元殿拜见金太宗吴乞买。在那散发着羊膻味的大殿里，吴乞买郑重地宣布，封徽宗为"昏德公"，钦宗为"重昏侯"，对这两位昏君，女真人极尽嘲笑之能事。

所有赵宋皇朝的宗室人员都目睹了这一场侮辱,所有的中原人都听说了这一场侮辱。

宋朝的历史,将这个事件定为"靖康之耻"。

七

"靖康耻,犹未雪。臣子恨,何时灭。"

这是抗金英雄岳飞所写的《满江红》中的名句。在北宋对契丹人的作战中,出了一群杨家将;在南宋对女真人的战争中,出了一支岳家军。在汉人书写的历史中,杨令公与岳飞,可谓是家喻户晓的民族英雄。产生这样的观点,乃是因为在过往的漫长岁月里,汉人将自己与中华民族等同,汉之外的所有民族,都是异端,都属于"生番"或者"夷狄"。汉人在这样一些族类面前,表现出天生的优越感。在现代人看来,族群与国民是两个概念,一个国家的公民可以由不同的族群组成。但在八百多年前,民族与国家是一个概念。汉人就是中国,中国就是汉人。所以,当女真人掳走了徽、钦二帝,汉人并不认为这是两个政治集团的角逐,而是当作"夷狄"乱华的国耻。

所以,1127年后,"靖康耻"成了汉民族的一道无法弥合的伤口,一提起这件事,多少人涕泪横流。但是,也有人表面痛苦,内心却藏着欢喜。

这个人就是赵构。

赵构是钦宗的弟弟,赵佶的第九个儿子,人称"九殿下",后封为康王。当二帝被掳之后的一个月,即1127年五月初一,赵构在今河南省商丘即位,史称宋高宗。

赵构比之父亲赵佶与哥哥赵桓,其"恐金症"是有过之而无不及,他虽一度任命李纲为宰相,让他拯救国难,与大金国作战。但几个月后,他又转而重用投降派汪伯彦、黄潜善之流,让他们代表南宋小政权与大金国媾和。他向金军统帅完颜宗翰开出的求和条件是以黄河为界,宋与金隔河分治。并主动下令尚在河北等地坚持抗金的将士南撤,把多个州郡大片的土地拱手送给大金。

但此时的大金,雄心早已越过了黄河,完颜氏族想取代赵宋成为中国的主宰。1127年12月,金太宗下令第三次出兵攻打宋朝。挟前两次胜利之余威,金兵扩充很快,短短十二年间,由数千个游骑扩为八十万兵马,且士气高昂,完全可以说是当时世界上一支最具有攻击力的部队。此次金兵分三路南下:东路军由完颜宗辅与完颜宗弼(即金兀术)统帅。自燕京经沧州抢渡黄河进击山东;中路军由完颜宗翰率领自云中下太行,由河阳越过黄河直入河南;西路军在完颜娄室带领下,由同州(今陕西省大荔)取道关中,兵逼陕西。

面对八十万的"虎狼之师",赵构害怕重蹈父兄的旧辙,连忙携百官逃到扬州。在这座纸醉金迷的城市里住了不到一年,又因这里离中原的战场太近,赵构再次下令将行宫迁到杭州(临安)。从此,赵构永久地放弃了汴京,放弃了中原,把南宋的都城建在了杭州。

关于杭州,我们有太多太多的话题。江浙历来是人文渊薮之地,温柔富贵之乡。自古就有"上有天堂、下有苏杭"之说。无论将生活的舒适度分成多少个指标,在漫长的历史中,苏州与杭州都会名列榜首。

珠玑罗绮,美女珍馐,丝竹弦管,湖光山色……这些应接不暇的诱惑,令人心旌摇荡的气象,对于一般的国民来讲,是难得的福气,是神仙般的生活。可是,对于执政者来讲,则必定是迷乱心志的毒药。古往今来,一个贪图享乐的政权,从来都没有逃脱被消灭的命运。

纵观历史,在东南建都的政权,于南宋之前,有梁、南唐,都是短命的。其因就是这一块有"天堂"之称的膏腴之地,会不知不觉地让人放弃忧患,且熏染出执政者的脂粉气,而不会磨砺出他们的英雄气。

赵构从来杭州的第一天,就注定了南宋要被消灭的命运。

史载:赵构于1129年正月迁都杭州。此时的中原、黄淮之间,正饱受金人的铁骑肆意践踏,抗金的将士为保社稷,都在进行艰苦卓绝的战斗。而赵构在这国家面临生死存亡的关头,仍没有最起码的危机意识,控制他大脑神经的,依然是"享乐"二字。他在来杭州一月之后,即2月25日,便带着爱妃宠臣车辇如云、浩浩荡荡来到钱塘江边观潮。

面对这一帮昏君庸臣,一位叫林升的诗人,写下了沉痛的诗句:

> 山外青山楼外楼,
> 西湖歌舞几时休。
> 暖风熏得游人醉,
> 直把杭州作汴州!

八

看过太多的剩残去杀,体会过太多的悲欢离合,人们可能会得出这样的结论,历史中没有绝对的胜者。任何一个政权,都无法逃脱兴衰更替的命运。但是,一个政权享祚时间的长短,还是有一定的规律可循。

比之汉、唐、明、清,宋朝的开国皇帝气度要弱小得多。赵匡胤获得政权并没有历尽艰辛,且属于宫廷政变的性质。所以,宋朝的"王气"始终没有养起来。此处所说的"王气",不是指皇上号令天下的权力,而是指点江山的能力。自秦自汉自唐,不要说燕云十六州,就是东北和内蒙,都一直是中国的版图。可是唐末动荡期间,契丹人抢占这一大片国土另建一个辽国。宋立国之初,太祖赵匡胤、太宗赵匡义兄弟二人都没有能力从契丹人手中收复失地,反而每年向辽朝纳贡。此后,赵宋的皇帝们与契丹人时而开仗,时而议和,一直处于被动。在开拓疆域与处理民族问题上,赵宋皇帝乏善可陈。终宋一朝,唯有文学可以垂范后世,出了王安石、欧阳修、苏东坡、黄庭坚、陆游、辛弃疾等一大批杰出的文学家。出现这等现象,与赵匡胤重文抑武的基本国策有关。这一点,赵匡胤比之唐太宗李世民,可就差得多了。唐太宗不仅器重文人,更整饬武备。文武并举,绝不会一手硬一手软。所以,历史上才产生了盛唐气象,这至今仍令中华民族骄傲的大国典范。就一般的规律而言,一个开国皇帝的气度胸襟,便决定了他所开创的王朝的精神走向,如汉高祖刘邦,他吟过"大风起兮云飞扬,安得猛士兮守四方"这样雄奇的诗句,他呼唤猛士开疆拓土。这种精神让后代皇帝所承继,到汉武帝而趋鼎盛。

赵宋皇帝重文没有错,抑武就大谬。诗词歌赋可以陶冶性情、颐养心灵,但对付契丹人和女真人这样的剽悍民族,一篇千古传颂的诗章还不如一根绊马索有用。即便是文学,如果是大气磅礴的、积极健康的、提升国人斗志的,仍是培植国力的重要手段。遗憾的是,北宋的文学,发展到徽宗、钦宗时期,已是生气消失,豪情不再了。北宋的最后一位大诗人,是李清照。她的词作典雅、婉约。作为个体,李清照是优秀的、杰出的,但作为一个时代的文学代表,则这个时代的"主旋律"就变成了靡靡之音,噙着泪水吟咏"雁过也,最伤心"。无限感伤地倾诉"人比黄花瘦",这种充满悲情的诗句之所以在当时受到热捧,乃是真实地反映了徽、钦二帝统治下的国民已丧失了雄健的气魄。南渡之后,曾有智者痛定思痛,描述昔日汴京的臣民"黄髫小儿,但习歌舞;斑白之老,不识干戈"。上有所倡,下有所随。当踢球的高俅与卖笑的李师师都成为皇上的座上宾,骤登显贵之堂。升斗小民除了艳羡,更会仿效。于是所有的家长都希望自己的孩子能歌善舞,而所有上了年纪的人,从来都不想干戈之事,都以为战争绝不会发生。待到金兵攻破汴京,可悲的国民们才惊醒,但为时已晚。

相比于徽、钦二帝与宋高宗赵构,大金国前期的皇帝们行事的风格就要明朗得多,也健康得多。君臣之间,臣民之间,几乎没有尊卑等级、贵贱之分。据史料记载,吴乞买虽然贵为"九五之尊",但仍然与百姓保持水乳交融的关系。他所住的"皇宫",也没有重门深禁,百姓家里杀了一只鸡,就会跑到"皇宫"里喊他一道去分享,没有特殊情况,他都会欣然而往。君臣之间议事,可以争、可以吵,哪怕面红耳赤,也不会伤和气。争吵完了,意见统一了,君臣们便开始"同歌合舞,略无猜忌"。女真人的歌舞是什么呢？是踩刀梯、耍火球之类,充满了矫健,洋溢着剽悍。相比于汴京靡靡之音,杭州的浅斟低唱,两者孰优孰劣,不言自明。再说击败辽、宋之后,大金国库里的钱多了起来,吴乞买花钱大方了一些。大臣们对他产生了意见,说他违背了太祖完颜阿骨打立下的"非军需不启库存"的祖训,应接受处罚。吴乞买只得按规矩被大臣们拉出议事大殿,趴在地上"廷杖二十"。吴乞买心悦诚服,并没有因此报复任何人,而赵宋皇帝虽然无能,却从来一言九鼎,君臣之间有绝对的界限。相比之下,女真人早期建立的政权,倒是有点像"人民公社"的性质。所以,我认为,女真人打败汉人,只是一种表面现象。它真正的历史意义在于:一种健康的、硬朗的、平民式的帝王文化,打败了另一种腐朽的、堕落的、贵族式的帝王文化。

九

2006年元月,我再次应邀前往阿城,参加新修缮的金上京博物馆开馆仪式。看过大金国的发展历史后。下午,在零下二十五度的严寒中,我又来到金上京遗址。厚厚的积雪掩盖了一切,不要说旧迹,就是连废墟也看不见。我踩着深深的积雪走了很久、很久,不知为何,在这八百多年前的"王气肇造"之地,我突然想起了辛弃疾的词句:"醉里挑灯看剑,梦回吹角连营……"

这样的诗句充满了英雄气概,读来让人热血偾张。不由赞叹辛弃疾真伟丈夫也!遗憾的是,南宋政权不喜欢这样的伟丈夫。由此我想到一个国家,如果每个角落都弥漫着享乐之风、奢侈之气,所有的国民必然就会丧失忧患意识。这是一件十分危险的事情。去年,当超女出现,数百万的"粉丝"们为之痴迷、为之疯狂时,我的心中就产生了一种不好的感觉。出几个超女,原也是多元化社会的自然现象,并不值得大惊小怪,但要引起警惕的是,我们几乎是毫无顾忌地迅速迈进娱乐化社会的门槛。如果这些青少年——我们这一时代的"黄髫小儿",其生命只为歌星、影星、球星而狂,还能说,我们国家的精神气象是健康的吗?

一个时代没有英雄并不可怕,可怕的是丧失了产生英雄的土壤。有鉴于此,北宋灭亡的教训不能不汲取!

明朝大悲咒

一 大和尚在雪地里上了囚车

明万历三十一年(1603年)的旧历十一月二十九日下午,一队缇骑兵突然包围了北京潭柘寺。斯时正大雪纷飞,城郭缟白,路上少有行人。这种时候,缇骑兵的行动格外引人注意。因为,缇骑兵并非寻常的治安部队,而是担负着警戒诏狱、抓捕钦犯等特别任务的别动队。只要缇骑兵出来,皇城中的子民都知道,一定是哪位大臣犯事了,被皇上下旨拘拿。

但今日缇骑兵包围潭柘寺,抓的并非大臣,而是海内闻名的紫柏大和尚。

一位大和尚为何成了钦犯?这话得从头说起。

在明朝最后的半个世纪,有四位大和尚为十方信众所推戴。他们是憨山、莲师、蕅益以及紫柏。比起其他三位,紫柏和尚人气最旺。不为别的,就因他性格豪爽,一身侠气。他俗姓沈,号达观,是江苏吴江县人。他十岁时仗剑游苏州虎丘,在那里遇到一个名叫慧轮的和尚,一见倾心,欢谈甚洽,于是脱下青衫换上僧衣,跟着慧轮出家了。

紫柏自出家后,虔心向佛,持戒谨严,一衲无余。因此名满朝野。当朝万历皇帝的母亲李太后,还数次请紫柏和尚到宫中为其讲经说法。说到这里,读者或许会问,既是这样令人崇敬的高僧大德,为何皇上还要下旨抓他?

常言道伴君如伴虎。你让皇帝高兴的时候,皇帝便是佛,可以有求必应。反之,你若让皇帝不高兴了,皇帝脸一拉下就变成魔了。魔法无边,恁你有天大的名望,他伸手一捏,你就成了蚂蚱。

那么,紫柏和尚是什么事得罪了万历皇帝呢?两个字:矿税。

矿税是一件什么样的事儿呢?容后再说。先说缇骑兵此时撞开了潭柘寺的大门,一窝蜂闯了进来。

潭柘寺一干僧人,何曾见过这么多舞刀弄枪的兵爷,顿时都慌张了,有的瑟缩如檐雀儿,有的蔫的像霜打的茄子。这时,一位身材魁梧、体态略胖的老和尚从法堂走出,也不等兵爷开口,他厉声喝问:"你们找谁?"

兵爷头儿答:"找紫柏和尚。"

胖和尚目光如炬,盯着兵爷头儿说:"我就是。"

兵爷头儿忽然气馁,但仍外强中干地说:"和尚知罪否?我们奉命前来拘拿你。"

紫柏和尚并不惊慌,笑道:"这么说,皇上看了我的奏本儿了。走吧。"

紫柏在缇骑兵的挟持下,径直向门外走去,一干僧人两厢信众这才回过神儿来,一齐涌向前去,喊道:"大和尚!"

紫柏停下脚步,说:"拿笔来。"早有小沙弥捧了笔砚出来,紫柏提笔蘸饱墨汁,在法堂外的粉墙上写了一首《出潭柘示僧众偈》：

> 远观老汉出门去，堂内禅和但放心。
> 头上有天开正眼，当机祸福总前因。

见僧众都还兀自愣立，一脸苦相。紫柏略略沉思，又接着书了一首《十一月二十九日被逮别潭柘寺偈》：

> 寒潭古柏映青莲，野老径行三十年。
> 留偈别来冲雪去，欲乘爽气破重玄。

两偈写罢，放下笔，紫柏一双芒鞋在雪地上踩得咯吱咯吱响，头也不回地上了囚车。

二　矿税是万历皇帝的奶酪

从这两首偈中不难看出，紫柏和尚对自己被逮后的结果还是比较乐观的。他认为"头上有天开正眼"，自己就可以"欲乘爽气破重玄"。他坚信人间的道义终将战胜邪恶，自己为民请命会有好的结果。但是，这一次他估错了形势，他反对矿税，等于是要动万历皇帝的奶酪。谁动它谁就是与虎谋皮。

万历皇帝登基之初，曾听从首辅张居正的建议进行改革，短短十年中便出现了"中兴之象"。但随着张居正的去世，万历皇帝摇身一变，从尊张居正为师相到视张居正为仇敌,他尽行废除张居正的改革措施,明朝的气运也因此急转直下。

万历皇帝在位四十八年,在他执政的中后期,有两件事引起他与大臣乃至民间百姓的尖锐对立,第一是立储,第二是矿税。

先说立储。皇长子朱常洛,乃宫女所生。万历皇帝尽管在母后的坚持下,将这位宫女晋升为贵妃,但并不喜欢她。他宠爱的是另一位姓郑的贵妃。郑贵妃为他生了第二个儿子,由母及子,万历皇帝非常喜欢次子。便有意废长立幼,让次子取代长子继承皇位,这一想法遭到大臣们的极力反对,认为此举破坏了朝廷皇位的承传制度,双方各不相让,这场风波闹了十五年之久。最终,万历皇帝迫不得已改变初衷,在万历二十九年(1601年)立朱常洛为太子。

再说矿税。

我在《筹国无成疑燕雀——记老滑头沈一贯》一文中,曾就矿税问题做了如下表述:"所谓矿税,即万历皇帝直接委派太监到各地强征各类矿山之税,太监趁机横征暴敛,并私自巧立名目加大征税范围,导致民不聊生,各地杀死征税太监及爪牙的事件屡有发生。"万历执政中后期,其征收矿税的政策一直遭到朝野强烈反对。万历二十八年(1600年),凤阳巡抚李三才甘冒杀头的危险,给万历上书陈书矿税之害,奏本的最后一节,他这样写道:

> 陛下爱珠玉,民亦思温饱;陛下爱子孙,民亦恋妻儿。奈何崇聚财贿,而使小民无朝夕之安!近日奏章,

凡及矿税,悉搁不省。此宗社存亡所关,一旦众叛土崩,小民皆为敌国,陛下即黄金盈屋,明珠填盆,谁为守之!

李三才的奏本,比起当年海瑞上疏谏嘉靖皇帝,行文措辞不知厉害了多少倍。但万历皇帝置若罔闻,照旧征税不误。这之后的三年,全国各地因横征矿税而引起民众造反的事件,发生了数十起。

这期间,紫柏和尚正在浙江台州的化城寺督印便于流传的袖珍版的大藏经。虽隐居深山,但矿税的风波还是时有耳闻。其时,浙江的征税太监孙隆逼税太甚,其爪牙横行街衢,数次激起民愤。紫柏目睹矿税之祸,便想利用自己曾到紫禁城中为李太后说法这层关系,前往北京为民请命。到北京的第二天,他即把请求皇上取消矿税的手本递给通政司。然后回到驻锡的潭柘寺等待消息。第五天,他就被缇骑兵抓捕进了诏狱。

三 明知山有虎,偏向虎山行

因为呼吁万历皇帝取消矿税的官员不在少数。但是,作为民间告状而进了诏狱的紫柏和尚是第一人。紫柏的大名在京师可谓无人不晓,他的被逮因此也成了轰动京师的大事。紫柏的请愿书究竟是如何写的,明朝的官方档案中没有记载,而紫柏的文集中亦未收录。他的请愿书可能如李三才的奏本一样火药味十足。不然,审讯者不会不顾忌他的大名而进行严刑拷问。

紫柏被逮六天后第一次押到刑部过堂，他写了一首《腊月初五日从锦衣卫过刑部偈》：

> 大贾闯入福堂来，多少鱼龙换骨胎。
> 恐怖海中重睡稳，翻身蓦地一声雷。

紫柏把自己说成是"大贾"，把审讯室称作"福堂"，然后又说自己在"恐怖海"中要安然高卧。这首偈诗语涉调侃，又很有一点藐视法堂的英雄气。由此可见，紫柏不肯与谳审官配合承认有罪。因此，他受到酷刑便是意料中事了。请看他写的《腊月十一日司审被杖偈》：

> 三十竹篦偿宿债，罪名轻重又何如？
> 痛为法界谁能荐，一笑相酬有太虚。
>
> 坐来尝苦虱侵肤，支解当年事有无。
> 可道竹篦能致痛，试将残指送跏趺。

用竹篦夹手，称为拶刑。用竹篦将十根指头夹住，两头各套把手，行刑者一边一个，使劲一拉把手，十根指头轻者血肉模糊，重者指骨断裂。行刑者用此酷刑对付一个六十多岁的老人，可见仇恨之深。但紫柏并不屈服，仍然坚持为民请命的意愿。

关于这段公案，史载甚少，只说紫柏上书朝廷请求减少矿税，却被宦官权贵陷害。至于哪一位太监哪一位权贵害他,却语焉不详。

我想,宦官与权贵构害紫柏,必定与紫柏上书请愿的内容有直接的联系。紫柏久居浙江,进京请求减免矿税,说的也是浙江矿税之事,其时朝廷中最有权势的两个人正好与此事有牵连。一个是内阁首辅沈一贯,另一个是矿税总督大太监孙隆。沈一贯是浙江鄞县人,孙隆虽不是浙江人,却一直在浙江督收矿税。紫柏的请愿书如果有可能得罪人,这两个人恐怕都会列为首选。个中原因不外乎两个:第一,都是浙江矿税的当事人;第二,这两个人的人品都不大好。孙隆负责征收江苏、浙江两地的矿税,在万历二十九年(1601年)的六月初六,因为孙隆在苏州无理加税并催讨过急,导致民变,他的六位随从都被当地矿工与税户乱棍打死。苏州既是紫柏的家乡,又是他出家之地,对此他不会熟视无睹。再说浙江矿税之事,沈一贯虽是浙江人,却对浙江过重的矿税不置一词。孙隆在浙江横征暴敛,亦不见他施以管束。客观地讲,沈一贯算不上奸臣,但明哲保身,在大是大非面前从不敢坚持真理,应是误国误民的庸官。紫柏进京告状,作为浙江人,沈一贯觉得脸上无光。他可能觉得紫柏一个和尚,不守出家人的本分,反而千里迢迢跑到北京来踹他的窝心脚,他的生气可想而知。此时,若是孙隆之流欲借刀杀人严惩紫柏,他即便不附和,也绝不会施以援手。在《径山达观可禅师塔铭》中模模糊糊记了一句:"时执政欲死师。"这个执政,就是沈一贯。

在这种情形下,紫柏的悲惨下场便已注定了。偏偏紫柏没有认清这个形势,还想着自己为民请命可以得到万历皇帝生母李太后的庇护。殊不知吃斋念佛的李太后,早已是独居深宫,与外界已经隔绝。万历皇帝对她封锁一切消息。所以,她压根儿就不知道紫柏进京的消息。如此说来,紫柏是明知山有虎,偏向虎山行了。

四　紫柏坚持的"救心"工程

前面三节,说的都是紫柏和尚因矿税被逮之事。不言此事,不知紫柏之血性,仅言此事,又不知紫柏之佛性。因为,紫柏毕竟是晚明的四大高僧之一。不言他的佛法修行,也就无法认识真正的紫柏。

紫柏出家之后,持戒甚严。他关注时政,但绝不似当下一些"政治和尚",热衷权门利窦,守不住内心一寸净土。紫柏一生兴修恢复了十五座寺庙,如楞严寺、云居寺等,都是有名的巨刹丛林,但他从不做方丈,修完一座就离开,再去兴修另一座。正因为他的这种坦荡无私的大乘境界,故赢得了僧俗两众的崇敬。

紫柏不仅擅长于建设,更矢志研究宗说与佛家典籍。他开坛讲经,信众云集。他是和尚中少有的大学者、大诗人。他最擅长讲述的五部佛经是:《心经》《金刚经》《楞严经》《八大人觉经》《妙法莲花经》。他讲经既有独到心得,又通俗易懂。如他讲《心经》的"舍利子,色不异空,空不异色,色即是空,空即是色,受想行识,亦复如是"这一段时,他的解释是:

舍利子,鹙子也。其慧辨超卓,识越等伦,然未悟大乘真空,尚醉枯寂。故如来呼其名而告之曰:我所谓"照见五蕴皆空"者,非是离蕴之空,即蕴之空也,你莫理解错了。五蕴,即色、受、想、行、识。先说"色",远而言之,太虚天地山河草木,凡是看得见的,都谓之色;近而言之,现前块然血肉之躯是也。"受"指的是无始以来,从生到死,眼见耳闻鼻嗅舌尝身触意缘,皆吸前尘而生者。"想"指受而筹量、善恶臧否、宠辱是非。"行"指筹量无常,迁流不决。"识"说的是已知道了筹量,但判然无感。此五者,合而言之,实惟一念;分而言之,则五用之间各有差别。

读罢此段文字,我们知道紫柏的一颗禅心,如中天明月,了无尘滓。说到底,佛教的"戒、定、慧",就是养心。在这个问题上,紫柏也有一段法语:

天力,地力,佛力,法力,僧力,皆外力也;惟自心之力,乃内力。外力是助,内力是正。如正力不猛,助力虽多,终不能化凶为吉。故曰:"先天而无不违。"又曰:"自心之力可以颠倒天地。"设信此不过,别寻外助,断无悬处。

野朽凡遇祸害,更无他术,但直信自心之外,安有祸害?一涉祸害,皆自心所造,还须自心受毒。此理甚平,法复思之思之。

紫柏便宜说法,因人施教。因此追随他的弟子很多,其中有达贵官人、书生商贾及江湖隐逸各色人等。有一个名叫周金吾的居士,对他崇拜至极,将他的画像置于佛堂,日夕拈香供奉,还必欲请他到家供养,此情之下,紫柏给周金吾写了一封短信:

> 居士三请谒矣,可谓勤至;然睹吾相,不若得吾心。如问如何是吾心?"马嘶杨柳春风懒,人对昙花慧月凉。"能悟此,再晤不暮。

世上有知识的人很多,但知识不等于智慧。我们称某某人有"慧根",指的就是他不会让知识、我见、世俗、逻辑等蒙蔽自己。上面说的周金吾,就是被"我见"迷住。紫柏开释他不要观相而要得心。这是紫柏坚持的"救心"工程。但是,世上人在养心问题上,屡屡犯下买椟还珠的错误。

五 如来如去,紫柏对俗世的关注

按俗世的事理评判,也许人们会问,像紫柏这样的得道高僧,为何还要关注俗务,惹火烧身?这样的问话,如同隔山打牛。须知古往今来的高僧大德,第一个检验指标是有没有达到"无我"的境界。关于这一点,紫柏亦有妙论:

> 我能转物,谓之"如来";我被物转,谓之"如去"。如去即众人也,如来即圣人也。圣则无我而灵,凡则有我而昧。昧则忽时。忽时之人,忧不深,虑不远,不知自

重耳。

这段话讲到我与物的关系,对于心灵说,荣辱、成败、进退、利害等等,都属于"物"。一个人(包括出家人)做事,要做到不违心,前提就是不让"物"把心羁绊。

修佛之人了脱生死,首先是摒弃物欲,这是不二法门。紫柏早就过了不二法门而登堂入室,看到众生在门外徘徊,他知道毛病在哪儿,但他只能指引,而无法替代。

而且,紫柏作为出家人,对朝廷的时局及世俗生活的演变也非常关注,他的心生出般若的智慧,但并不如同槁木,而是观照万物,疾恶如仇。他之所以为矿税而来北京请愿,并非一时的冲动,而是出自他一贯的行世态度。他曾写过一篇《戒贪暴说》,实在是檄文:

> 古以官为家,为公器,故曰:"五帝官天下,三王家天下。"今之人,上焉者,以为官为家为耻辱;下焉者,以为官为豪客,爵位为绿林,公然建旗鼓,操长蛇封豕之矛而吞劫百姓,习以成风,天下不怪。以此观之,则以为官为家为耻辱者,乃救时之良剂也。
>
> 盗贼以绿林为薮,兵刃为权,则易捕;设以衣冠为薮,爵位为权,则难擒。故庄周云:"圣人不死,大盗不止。"良有以夫?虽然,恃柄而劫生灵,饱略而藏轩冕,上则聋瞽君之耳目,中则同袍相为扶护,下则百姓敢怒而不敢言,殊不知生灵为国根本;劫生灵,乃所以灭君也;君灭,则爵位谁与?衣冠谁主?若然者,则盗贼自穷其

薮,自削其权矣。

呜呼!人为万物之灵,不为圣贤而甘为盗贼,必至薮穷权削而终不悟,可不谓大痴极愚乎?!

读罢这篇短文,忽然觉得这是"愤青"的笔法。也看出紫柏对官场贪腐的深恶痛绝。他把贪官比作打家劫舍的强盗,而且这些戴着乌纱帽的强盗比大街上的毛贼更狠毒、更可怕,因为他们不受法律的制裁。

熟悉明史的人都知道,明朝隆庆之前,官场贪风不止,张居正于万历初推行的十年改革,治贪治庸问责计绩大有成效,但自张居正死后,官场贪腐故态复萌,且愈演愈烈。第一号贪官不是别人,正是万历皇帝自己。他死时,国库银两耗尽,但他自己的小金库中还存放了几百万两银锭,这些钱的大部分来源,便是矿税。阎王要钱,判官要命。一大帮贪官污吏趁机搭顺风船搜刮民财。紫柏眼见这种情势,焉能不挺身而出。

六 紫柏在牢房里从容地坐化

却说万历三十一年(1603年)腊月在刑部的谳审中,紫柏遭受了杖击与竹篦的酷刑,但他毫不屈服。法官在权贵的授意下,必欲置紫柏于死地。四天之后,法官再将紫柏带到刑堂,当面宣读罪状并判定刑期。至于是何样的刑期,史载不详,但决不会太轻。明代对诏狱的犯人,被判有罪的,最重是

杀头,最轻的也是蛮瘴地区充军,并终身不赦。宣判的头一天,紫柏似乎已经知道了结果,因为他写了一首《十四日闻拟罪偈》:

> 夙业今缘信有机,南中莲社北圜扉。
> 别峰尚有人相问,狮子当年正解衣。

从这首偈中,看出紫柏在大难临头时心情的平静,而且可以肯定地说,他做好了接受一切后果的精神准备。当夜,他还写了一首七绝《忆卓老》:

> 去年曾哭焚书者,今日谈经一字空。
> 死去不须论好恶,寂光三昧许相同。

卓老即明末另一位思想狂人李卓吾。此老在张居正当政时,曾当过三年的大理知府,兹后就抛家别子,云水天涯,过着半俗半僧的生活。晚年定居湖北麻城十八年,后遭人诬害,在北京通州被逮,卓吾不肯认罪,遂在狱中自杀。他的《焚书》《续焚书》两部书,是明朝重要的思想文献。紫柏在李卓吾自杀后的一年同样在北京被逮。惺惺相惜,此时的紫柏写诗怀念李卓吾,其心境完全可以理解。李卓吾并未真正地剃度,但在麻城却一直住在庵寺中,过着出家人的生活。他收了不少女弟子,这一点,引起僧俗两众的反感,也让恨他的人抓到了把柄。所以,他到死也是一个争议很大的人。紫柏却很欣赏并同情他,仅从这一点看,紫柏的慈悲已达到了无纤尘的境界。

当法司定罪的第二天,紫柏便做出惊人的决定,他要在牢房中坐化。当他的几位弟子闻讯赶来,他已沐浴更衣,坐定在蒲团,面对追随他的弟子,他从容念出九首偈,因这是紫柏的临终文字,故在此全部录出。

事来方见英雄骨,达老吴生岂夙缘?
我自西归君自北,诸生晤语更泠然。

南北经行三十年,钝机仍落箭锋前。
此行莫谓无消息,雪夜先开火内莲。

尽称达老鼓风波,今日风波事若何?
试向明年看老达,风波满地自哆和。

潭柘双青谩说龙,相依狌狂更从容。
主人归去香云冷,好卧千峰与万峰。

幻骨吾知无佛性,从来称石总虚浮。
夜深寒照吴门月,翻笑生公暗点头。

幽关寂寂锁难开,哪道沙门破雪来?
饥鼠何妨沾法喜,冻脓早许委黄埃。

夙愿平生未易论,大千经卷属重昏。

怪来双径为双树,贝叶如云日自屯。

启龛须记合龛时,痛痒存亡尔即伊。
不必燕云重眷恋,此身许石肯支离。

山鬼不必赛,水神胡可解。
枯木冷重云,独见田侍者。
人生那忽死,死者生之府。
法门何所闻,付诸涂毒鼓。(谶所知)

偈诗九首,是一个不可分割的整体,从中可以看出紫柏疾恶如仇的性情,了脱生死的态度,去来无碍的禅风。大约法司给紫柏定罪,很重要的一条是"鼓动民众反抗朝廷",故偈诗中有"尽称达老鼓风波"的句子。对此,紫柏是不承认的。所以,他以死来抗争。

腊月十六日,离除夕不到半个月。不堪受辱的紫柏,决计不肯在人间多待一天,自从参透禅关,修成金刚不坏的法身之后,生死的界限早已被紫柏打破。这个世间若能住就多住一些时候,不能住即刻就可以离开。

紫柏念完偈语后,就坐在蒲团上微闭双眼,在弟子们静静地注视下,他从容地坐化。这一年,他刚好六十岁。

七　心同日月难逃谤

紫柏大师准备坐化之前,曾对弟子们说他一生有三负:

一是当他的禅门老友憨山大和尚遭人诬陷被官府发配岭南雷州充军时,他无力求助,这是负友;二是为了减轻老百姓的矿税上京请愿,却反遭构害,没有达到救民于水火的目的,这是负民;三是未能完成编撰《大明传灯录》的夙愿,这是负法。

四百余年后,读到紫柏大师临终前的"三负"之说,我仍不免感慨唏嘘。一个有理想的人,一生要慎重对待的三件事:一是朋友,二是人民,三是事业。纵观紫柏的一生,在这三件事上,是无可挑剔的。但他仍然深深自责,可见他对于世间法与山中法两种修行,都达到极高的境界。一个道德高尚的人,对社会应有保持清醒的批判意识;对自己,要有深刻的反省能力。从这两点看,我们可以得出结论,紫柏在世间,是热血男儿;在山中,是禅门大德。

由紫柏,我想到明代的大和尚,从明初建文帝的剃度师溥洽到永乐皇帝的国师姚广孝,一直到明中期的明教嵩、大慧杲、遍融、法界以及憨山等大宗师,都曾遭人陷害,都经历牢狱之灾和远谪之苦。其中,姚广孝是另一种悲剧,他虽贵为国师,但众叛亲离,一样郁郁而终。明代的佛教,上承唐宋禅脉,下启大清法门,自有斑斓之处。但是,明代的大和尚,十之八九都以悲剧收场。

佛教的大悲咒,在汉土音为"南无阿弥陀佛",藏密译为"唵嘛呢叭咪吽"。据称,想念观音而念此咒,可以救苦救难,进入解脱法门。但面对明代专制的统治,这大悲咒似乎不灵验了。得道的高僧,受到佛光的加持,有谁不能解大悲咒的无上密意?但是,在颂声不绝的大悲咒中,他们照样获得了大悲剧。

紫柏和尚一生游历甚多,过无锡宜兴,他写过一首《过阳羡蜀山吊苏长公》:

> 来自黄州老此身,青山流水隔风尘。
> 心同日月难逃谤,名满乾坤不救贫。
> 迁谪几番生似梦,文章终古气如春。
> 清秋何处堪悲吊,蜀阜荒祠一怆神。

在紫柏留下的数百首诗作中,可以看出他对前贤的敬重。不管出自儒、释、道哪家门下,只要有才华、有风骨,他都心仪赞颂。就像这首怀念苏东坡的诗作,可谓有感而发,由苏东坡一生的坎坷联想到当下的世情,他才发出了"心同日月难逃谤,名满乾坤不救贫"这样的感叹。他为苏东坡鸣不平,又何尝说的不是自己呢?

读了明朝不明白

一

二十世纪九十年代初,当我萌发了创作长篇历史小说《张居正》的念头时,就有朋友劝诫我说:"你进入明史研究可得当心,那可能让你交上霉运,吴晗的《海瑞罢官》是毛泽东发动'文化大革命'的导火索。"朋友的话有几分道理,长期以来,明史研究中的禁区甚多。究其因,乃是因为明朝的社会形态,与今天的相似之处甚多。由于意识形态的缘故,许多阐微搜剔的工作,便不能畅快地进行。但我觉得朋友的担心是多余的,社会毕竟在前进,许多禁锢正在慢慢地融化。

可以说,四十岁前,我对明朝的历史茫然无知。民间传说"朱元璋炮打庆功楼"以及永乐皇帝诛杀方孝孺等等故事,都是在我少年时代接受的明史熏陶,它使我对朱明王朝的印象极为恶劣。我进行长篇历史小说《张居正》的写作,开始静下心来,做了五年明史研究。首先是研究嘉靖、隆庆、万历三个时代的断代史,且由政治而旁及其他。随着研究的深入,我思维的触角开始向上下延伸。说老实话,大量的阅读并没有让我产生快感,相反,许多疑惑像梦魇一样在我的脑海里挥之不去。

审视中国数千年的历史,追溯那些已经逝去的王朝,我们不难发现,每一个王朝由兴盛走向衰落,规律大致相同。王朝创建者的智慧与能力,对社稷的领悟,对苍生的关注,决定了他们创立制度的动机以及管理国家的能力。孟子说"吾养吾浩然之气",养气不但对于个人,对于一个国家来讲,也至关重要。

汉语是象形文字,研究每一个字的组成,就会惊叹中华民族的祖先是多么的睿智!例如"病"字,丙加一个"疒"傍组成了病字。丙是天干十字中的第三字,按五行来讲,丙属阳火,丁属阴火。阳火一旺,人就会生病,《易经》乾卦中第五,辞曰"亢龙有悔",这个亢龙,就是阳火旺盛的飞龙,它虽然翱翔九天,引得万人瞩目,但它已经是一条有病的龙了。以此类比于国家,即是盛极而衰的开始。

一个人要想终生不得病,第一养生要义就是去除体内的火气。一个国家也是这样,要想平稳发展,第一要素也是要避免"走火入魔"。这祛火的过程,就是"养气"的过程。

一个人的精气储于肾囊,一个国家的精气则蓄于精英。因为古往今来的历史反复证明:精英是社会发展的引擎。读者或许要问:"你这么说,把苍生百姓置于何处?殊不知,得民心者得天下。"话是这样说,但民心的落实,还得靠精英做他们的代言人。皇帝——精英——百姓,这三者若能有机地统一,则国家稳定,社会和谐。这虽然是现代政治的理想,但此一观点的提出,却是中国古代的哲人。是贤人在朝还是贤人在野,是古人判别政治是否清明的一个重要标准。贤人,即是我们今天所说的精英。一个国家、一个政权,要想养出自己的"浩然之气"来,首先就是要培植和善待精英阶层。

毋庸讳言,当今之世精英的含义已经恶俗化。一些富商、名人、政府工作者被视为社会精英,而广泛受到追捧。但老百姓(也就是弱势群体)并不买他们的账。因为他们身上并不具备精英人物的三个前提:道德自律、忧患意识与担当精神。我之所以将精英比之于贤人,是因为古代的贤人,其地位仅次于圣人。比之达人、才人有着更高的影响力。圣人是指出人类生活方向的人,贤人是推动社会进步的人。圣人书写人类的历史,贤人书写社会的历史。所以说,贤人在朝就政治清明。

观诸明朝,我不能不感到沮丧。因为历史的机缘,农民出身的朱元璋依靠武装斗争夺取了政权,创建了大明王朝,由于朱元璋狭隘的农民眼光,他几乎从一开头就排斥精英。尽管从他留存下来的各类谈话与谕旨中,我们看到一个"思贤若渴"的圣君形象。但实际情况是,他眼中的精英,实际上是能够替他管理国家的各类专才。在明代的制度创立中,他过分相信自己的道德判断。这个在田野与寺庙中度过童年与少年、在战场上度过青年与壮年的皇帝,几乎不具备宽广的历史视野。苦难与杀伐的经历,使他的性格粗鄙化而缺乏作为统治者必备的儒雅。这样一来,他始终对读书人怀有猜忌与仇恨。终明一代,只有两个读书人获得封爵,一个是刘基,被封为诚意伯;一个是王阳明,被封为新建伯。这两个人,是典型的贤人、精类,但他们的受封,不是因为他们的道德学问,而是因为他们的军功。

比之朱家后代皇帝的昏庸,朱元璋的确称得上是一个英明君主。他的"亲民"思想表现得非常突出。这民,并不是国土上所有的臣民,而主要指的是农民。他订立的国家制度,其出发点就是保护农民的利益。对士族,他多有压制;对商人,他是侮辱大于鼓励。

今天,我们可以说朱元璋管理国家是"意气用事",但在当时,所有为他服务的官员莫不将他的圣旨奉为圭臬。朱元璋按自己对精英的理解来选拔官员,其结果是,官员的选拔制度成了逆淘汰,即奴才都走进了庙堂,而人才则终老于江湖。精英若想进入朝廷为官,首先得培植自己的奴性。

尽管从一开始,明朝就发生了制度缺陷这样的悲剧,此后又爆发一次又一次社会危机,可是,它为什么还会将政权维系长达二百七十六年之久呢?

在所有的不明白中,这是最使我不能明白的问题。

二

在各种明代的典籍与笔记中,我们经常会看到一些互相抵触的记述。这本书上记载:南京城中的两位年轻人,因为违反了朱元璋颁发的穿衣的禁令,私自在裤腿上镶缝了一道红布作为装饰,而不得不接受铡断双腿的残酷刑罚;而另一本书上则记载了又一个穿衣服的故事,明中叶以后,随着朝廷纲纪的松弛,南北二京,出现了不少的服妖。其时,朝鲜的马尾裙在北京甚为流行。一条马尾裙的价格,数十倍于苏杭出产的最好的丝绸。因此,拥有一条马尾裙,不仅仅是财富的象征,也是身份的象征。有一位官阶二品的工部尚书,不惜花重金买回一条马尾裙,倍加宝爱。三年来,只要在公众场合上看见她,身上必然穿着这一条马尾裙,即便上朝觐见皇帝也不例外,在京师传为笑柄。

穿着马尾裙上朝与穿一条用红布镶了裤脚的裤子,前者显然更加怪异。但是,前者的招摇过市,仅仅只是留下笑柄而已。而在一百多年前的南京,那两位被砍断双脚的年轻人,却给明朝初期的历史,留下一股淡淡的血腥。

实践是检验真理的标准,其实,时间也是检验真理的标准。纵观人类的历史,在漫长的岁月里,并不是以真理为坐标来规划自己前进的方向。找到真理然后又丧失真理,然后再寻找……如此循环往复,时间往往能校正一个王朝的错误,同时,也可以让某一个统治集团颠覆自己的理性。

尽管明朝帝国的创立者朱元璋,从一开始,他的理性就不大靠得住。但他的朴素的农民感情以及农民的智慧,或者说农民的狡猾,使他创建的明朝制度有非常明确的指向:即一切为了巩固朱家的皇祚;一切为了底层百姓的实际利益。不过,他对农民的感情,仅仅局限于让他们得到休养生息的机会,享受田野的牧歌。在政治以及个人自由领域,他始终保持高度的钳制。他厌恶商人,痛恨城市的流民,小时候的苦难经历让他终生不能消除"仇富心理",这样一些心态让他的治国方略获得了底层百姓的支持,所以开国之初,国家呈现出一派生气。

但朱元璋的错误在于,他将"民"与"士"对立起来。孔圣人从治国的角度讲述一句非常经典的话,叫"惟上智与下愚不移"，由此，他得出结论"民可使由之，不可使知之"。因为这句话，古代的当政者，津津乐道的一个词是"驭民之术"。把老百姓当作牲口一样来驾驭，这是一种盛气凌人的专制的表现。朱元璋尽管亲民，但他并没有放弃统治者的傲慢。而且，他还将这种傲慢从民众移植于士族。中国的"士"，主要由读书人组成，不同于今天的是，古时的读书人，多半是有产阶级。因为，他们不但是知识的拥有者，亦是贵族精神的体现者。在漫长的历史中，特别是春秋战国时期，"士"作为独立的社会阶层可以对皇权起到抑制与抗衡的作用。我认为，"士族政治"亦可称之为贵族政治。这种政治的特征是讲求社会的稳定，人格的尊严。自秦政之后，贵族政治在中国已基本消亡。皇权的专制淹没了一切。但是，无法表达贵族政治意愿的"士"，却一直以个体的方式存在。当他们的理想诉求一次次遭受残酷的打击后，他们被迫退而求其次。"学好文武艺，售于帝王家"，自觉降格为统治者的驭民工具，这是民族的悲剧。所以，后来的"士"，已无复春秋战国时期那种鲜活的贵族精神。

但是，不管士人的精神如何受到扭曲，毕竟，中国贵族精神的薪火还在他们中间流传，这也是历代王朝的统治者最不放心的问题。唐与宋两朝，中国的士人尚在政治舞台上发挥较大的作用。尽管他们的政治想象力已大大萎缩，但在治理国家时，他们还可以表现自己生命的激情。到了明朝，入仕的读书人连唐宋的遗风流韵都不敢奢望。朱元璋只希望在他的国度里出现大批的工具性的人才，而并不愿意看到与"政统"抗衡的"道统"成长起来。思想者在他的眼中，只能是瑟缩的燕雀而非翱翔九天的鲲鹏。

立国之初,朱元璋深感治国的人才奇缺,有一天他找来中书省(后来被他废掉这一相当于宰相府的机构)的大臣,对他说:"自古圣帝明王建邦设都,必得贤士大夫相与周旋,以至成治。今土宇日广,文武并用,卓荦奇伟之士,世岂无之?或隐于山林,或藏于士伍,非在上者开导引拔之,则在下者无以自见。自今有能上书陈言敷宣治道武略出众者,参军及都督府俱以名闻。若其人虽不能文章,而识见可取,许谒阙而陈其事,吾将试之。"

这一类的话,朱元璋讲过很多。单看官方的史籍中留下的圣谕,我们会觉得朱元璋是一个非常尊重人才的圣君。但实际情况是,帮他运筹帷幄打下江山的三大士人朱升、刘基和宋濂,没有一个落得好下场。此后的解缙、方孝孺,以及明中期以后的张居正、戚继光、李贽、袁崇焕等等,有谁不是在历史中留下悲惨的结局呢?

朱元璋喜欢用奴才,这是不争的事实。在拙著《张居正》中,我曾借张居正的口说过这样一句话:"当奴才不要紧,怕的是只当奴,而没有才。"明朝历代官员,有不少奴性十足的人。对这种人,窃以为亦不可一概否定。套用一句现代术语:"所有的商品,都是为市场准备的。"购买者的意愿决定了商品的价值。奴才的最大消费市场永远在皇帝那里。

单论奴才,品种不一样,在皇帝那里得到的信任度也不一样。单纯只有奴性,虽可见宠于一时,终因不能办成什么事情而遭到遗弃;奴性多一点而才能少一点,可当皇上的家臣;奴性少一点而才能多一点,皇上会对他"限制使用",不到

"挽狂澜于既倒"之时,断不会受到重用,王阳明、张居正便属于此类。皇帝最喜欢的一类,便是奴性与才能俱佳的人。这一类人,亦不可一概而论。他们既可成为干臣、也可能成为滑吏,关键看他个人的操守与奴性的表现。为社稷而奴、为苍生而才,是不得已的选择;为皇室而奴,为私利而才,才应该被钉在历史的耻辱柱上。

永乐皇帝有一次对他相信的大臣说:"某某是君子中的君子,某某是小人中的小人。"他是从人品操守的角度来评价,这两个人都是他依赖的股肱。他并不因为某某是君子而特别重用,某某是小人就弃而远之。这种泛道德的用人观,再次说明明代的皇帝们的"痞气"与"匪气",他们缺乏贵族的高尚,导致政治的进一步恶俗化。

三

从历史的角度看,秦始皇横扫六合统一中国,虽然功不可没,但中国政治的拐点亦自他手中产生。此前的中国政治,是士的政治,亦可称为贵族政治;此后的政治,是皇权的政治,亦可称为专制政治。这种皇权的专制,在明清两朝达到极盛。辛亥革命推翻帝制,应该是中国政治的又一个拐点,从专制走向民主共和。但是,它过多地依赖西方的文化资源,而忽略了春秋战国时期的士的政治,因此并不成功。

产生于春秋战国时期的中国文化的元典精神,是健康的、明朗的、积极的、鲜活的。自秦政之后,这种精神遭到无情的扼杀。魏晋时期的文人,试图恢复去时未晚的贵族精神,但是,强大的皇权阻止这种理性的回归。自那以后,中国再也没有出现"道统"的领袖。在明朝,虽然王阳明的心学曾经影响了几代知识分子,但终非惊醒梦中人的黄钟大吕。

四十岁前,当我不了解明代历史的时候,我对现实生活的观察与思考,往往找不到解释的根据,甚至将西方的民主自由作为坐标,来衡量我们的政治生活。现在看起来,这是犯了"右派幼稚病"。首先要认识清楚,民主与自由虽然是关联的,但不能等同起来,这是两个不同的概念。春秋战国时期的贵族政治,虽然没有民主,但却是自由的。明朝之后,个人的自由遭到空前的摧残。从朱元璋创立明朝的1368年算起,到中国历史的另一个拐点,推翻清朝帝制的1911年为止,这五百多年间,中国人的心灵一直是在压抑、扭曲之中。除了皇帝之外,没有任何一个中国人活得有尊严、有安全感。走进明朝,仿佛走进了由宦官、特务、佞臣与小人组成的专制统治的博物馆。不是那两百多年间没有精英人物出现,只是这样的精英,只能当明代政治舞台上的配角,但在悲剧的舞台上,他们却是主角。

以上是我在研究明朝之后而产生的思考,它不见得准确,但却是我无法回避的一些问题。至今我仍在努力,想把那些不明白的东西弄明白,但这样做非常困难。就像一个外科医生,他可以熟悉一个人的骨骼和脏器,但是,他无法进入这个人的神经系统。

烟花三月下扬州

儿时就背诵唐诗人李白《送孟浩然之广陵》的绝句,童稚时只觉得它好,但好在哪里却说不出来了。中年以后,才悟出这诗的妙处全在"烟花三月下扬州"这一句上。

扬州古称广陵,人们又叫它维扬。清代之前,扬州因靠着大运河,一向被誉为南北枢纽,淮左名邦。以今天的地理概念,扬州在苏北,不属江南。但古人自北方舟船而来,一入扬州,心理上便感觉到了江南。乾隆皇帝六下江南,其第一站盘桓之地,都定在扬州。江南是以长江为界的,从这层意义上,扬州不算江南,但它处在淮河以南,属不南不北之地,且扬州的人文风气,山水风光,都是近南而远北。杜牧在扬州留下的诗句"二十四桥明月夜,玉人何处教吹箫",便绝不是凛冽的北地所能产生的情境了。

历史上的扬州,自隋至清一千多年间,虽屡遭兵燹,却不掩其繁华锦绣的气象,大凡一个城市,就像一个人那样,命运各异,有好有坏。有人终生困顿潦倒,喝凉水都塞牙;有人少年得志,到老也无灾咎。扬州属于那种"贵人多难"一类,比起这杭州、苏州,它受到蹂躏最多。但每遭蹂躏之后,它总能顽强地恢复生气。"大难不死,必有后福",这八字用在扬州身上,也是合适的。

记载扬州古时的繁华,典籍甚多。但最好的要数清代乾隆年间李斗先生撰著的《扬州画舫录》了。杭州、苏州乃人间天堂,值得记述的盛事比扬州还要多。但无论是张岱的《西湖梦寻》还是顾禄的《桐桥倚棹录》,都不及李斗的这本书。尽管张岱才情很高,是一代大家,但作为城市的记录,他之考证与阐释,均没有下到李斗那样的工夫。李斗之后,另一位扬州人焦循写的一本《扬州图经》,也是一本好书,但史的味道太浓,非专门的稽古钩沉之士,恐怕很难读它。

古扬州最令人向往的地方,当在小秦淮与瘦西湖两处。其繁华、其绮丽、其风流、其温婉,《扬州画舫录》皆记述甚详。西湖之名借于杭州,秦淮之名借于南京,但前头各加一"瘦"与"小"字,便成了扬州的特色。我一直揣摩扬州人的心理,天底下那么多响亮的词汇,他们为何偏爱"瘦"与"小"呢?这两个字用之于人与事,都不是好意思。我们说"这个人长得又瘦又小",便有点损他不堪重用;说"他专门做小事儿",便暗含了鼠目寸光。时下有种风气,无论是给公司取名,还是为项目招商,均把名头拔得高高的。三个人支张桌子,弄台电脑,派出的名片却是"亚洲咨询公司"一类;两三张食桌的厅堂,美其名曰"食街"。总之,能吹到多大就吹到多大。照这个理儿,瘦西湖完全可叫"大西湖"或"金西湖",小秦淮也可叫"中国秦淮"或"银秦淮"了。古扬州城中,虽然住了不少点石成金的商人,但铜臭不掩书香,负责给山水楼台命名的,肯定还是李斗、焦循这样的秀才。这两处名字最令人寻味:西湖一瘦,便有了尺水玲珑的味道;秦淮一小,也有了小家碧玉的感觉。如此一来,山水就成了佳丽一族,而扬州城也就格外地诗化了。

如是,话题就回到"烟花三月下扬州"上头,知道扬州的地理与历史,就知道什么季节到扬州最好。因为没有红枫,更没有与红枫相配的壮阔逶迤的峰峦沟壑,秋老时分到扬州的意义就不大。杜牧说"秋尽江南草未凋",未凋并不等于葳蕤,失了草木欣欣的气象。莺歌燕舞的三月却不一样:那杨柳岸畔的水国人家,那碧波深处的江花江草;园林台榭、寺观舫舟,一色儿都罩在迷离的烟雨之中。此时的扬州,那些硬硬的房屋轮廓都被朦胧的雨雾软化了下来,曲折的小巷浮漾着兰草花的幽香。湖上的画舫,禅院的钟声,每一个细节上,都把江南的文章做到了极致。

"南朝四百八十寺,多少楼台烟雨中",这样的句子把我们东方人的审美意趣,写得如同梦境。在三月的扬州,我们是可以寻到这种梦境的。

为了这梦境,我曾动了烟花三月下扬州的念头。二〇〇七年,我打听何处可以雇一条船,邀二三好友于黄鹤楼下出发,一路吟诗作画,听琴吹箫到扬州去。结果人家告诉我,现在从武汉到扬州,根本无水路可通。后来打听到,从杭州或苏州出发,可从运河到达扬州。我又来了兴趣,让朋友去觅一只画舫。事情也未做成,其因是这一段运河虽然畅通,但除了运送货物的商船,渡客的帆舟早就绝了踪迹。

由此我想到,坐一条船于烟雨蒙蒙的江上,去拜访唐代的扬州,已是完全不可能了。扬州的繁华还在,但唐代的风流不再。若有意去欣赏今日生机勃勃的扬州,只能自驾车从高速路上去了。

龙　舟

这些年,龙舟的竞渡,在南方的一些地方,已成为每年坚持的盛事。蔚为风气而远近响应的,要算湖南岳阳洞庭湖和湖北秭归两处了。赛事都定在旧历五月初五,即端午节这天举行。场面之大,观者之众,都是我亲历过,且一任耳目之饱的。

一般来说,龙舟的娱乐性,在老百姓那里,同文人畜鹤,市人养鸟,原无多大区别。考其因,都属国粹。但后者纯属闲玩,而前者,却是民族感情的寻找。多数的读书人都知道,划龙舟是为纪念楚国的大诗人屈原。传说他在端午节这天自沉汨罗江,人们划船寻找他,久而久之,相沿成习。

这话是有根据的,《荆楚岁时记》中有记载:

> 旧传屈原死于汨罗,时人伤之,竞以舟楫拯焉,因以成俗。

刘禹锡的诗《竞渡曲》,其序也称:

>竞渡始于武陵,至今举楫而相和之音,咸呼"何在",招屈之义也。

风俗风俗,先俗而后风。而俗,总是始自民间,且地域性极强。这就是为什么龙舟竞渡于楚地为最的缘故。前面说到的蔚为风气的两处,岳阳靠近汨罗江,是屈原投水之地。秭归则是屈原的出生地。这两处的龙舟赛事,意义也就格外不同。

记得那年的端午节,我与一群诗友结伴,专程赶到秭归,看了屈原故里的龙舟竞渡。

秭归城外的长江,属西陵峡。巨岩耸削,江水逼窄,乃"风急天高猿啸哀"之处。端午节前后,正值汛期。洪波涌至,水速似箭。我们踞坐在岸左的屈原祠下,听得一声锣响,二十多条龙舟,从对岸滩头抢涛而出。顿时,鼓声、锣声、呼声、雀跃声、桨之斩浪声,嘈嘈杂杂,如风雷逼来。内中,更有融吼声如一炉的歌声,沸沸扬扬,把我们这些远道客的情绪,直煮成一壶发烫的老酒。歌是招魂歌,魂是屈原魂。唱歌的人都是屈原的老乡。他们中不少人是翻过高高的苍岩赶来的,为的是给桨手凑兴,唱一年只唱一次的这支歌。那是数千人的大合唱,撼天震地,却不要什么人来组织。

歌未歇,抢水的龙舟无一不在预定的地段抵岸,先后也就是船头船尾之差。

每到端午节,秭归的龙舟仍让我记忆犹新。屈原故里的乡亲们,重情重义,淳朴有加,划龙舟在别处,多半是好玩,唯在此处,桨手的一搏,是为了纪念。

划龙舟风俗既成,却也并不一定通行无阻。古往今来,对此事不以为然的,还是大有人在。唐诗人元稹,虽然是白居易的好朋友,然而在《竞舟》一诗中,却批评"楚俗不爱力,费力为竞舟"。

有一回,我去安陆县采访,看到当地图书馆藏的清乾隆年间编修的《安陆府志》中,有如下的记载:

> 荆之为言强也,阳盛物坚,其气急悍。故人多剽悍。唐至德之后,流佣聚食者众。五方杂居,风俗大变。然五月五日竞渡戏船,楚俗最尚,废业耗民,莫盛于此。皇朝有国以来,已革其弊。

诗人有看法,发发牢骚而已。皇上若看不惯,就要下令禁止了。清皇帝登基,把划龙舟之俗当作"废业耗民"的陋习来革掉。谁敢吐半个不字儿?

但老百姓愿意做的事,只能在强压下禁得一时。近些年划龙舟的再度兴盛,说明了这一问题。既然龙舟与屈原有关,年年的端午节,只要方便,有龙舟赛事,我一定要去看看。不过,每看到龙舟抵岸,我就不免生下疑问:有关端午节划船纪念屈原的古载,都不曾在船前冠一龙字,那么,这龙舟究竟是怎么来的?

近读《穆天子传》,看到这么一句话"天子乘鸟舟龙舟,浮于大沼"。如此说,比屈原早了几百年的周穆王,就有龙舟了。把船造成龙的样子,是受了什么启发呢?后来,在《水经注》中又读到这么一段:

  洲北有龙巢,地名也。昔禹南济江,黄龙夹舟,舟人五色无主。

  禹笑曰:"吾受命于天,竭力养民。生性也。死,命也,何忧龙哉?"于是二龙弭麟掉尾而去焉,故水地取命矣。

  这个龙巢,就在长江与汉水汇合以后的北岸,今汉口下段的什么地方。我想,楚人之造龙舟,与禹的这段传说不能说没有关系。把船造成龙的样子,取"受命于天"的意思。只是,可以肯定地说,古时的龙舟,恐怕是"真命天子"的专载了。一般人乘坐它,必定犯欺君之罪,究竟从何年始,五月五的竞赛改成了龙舟,手头上没有资料,难以确断。我以为,这种改革,实在不能说是高明。寻找屈原,是老百姓的自发行动,如今划着龙舟来找,就牵扯上了"受命于天"的故事。其实,屈原投汨罗江,楚王决计没有做阻止的工作。后来的皇帝们,也没有听说有哪一位为这件事叹息。倒是汉文帝时的贾谊,在他被贬长沙,面对茫茫的楚山楚水,怀了同样的忧患,还认真作过一篇《吊屈原赋》。

饮一口汨罗江

汨罗一水,迤迤逦逦,在中国的诗史中,已经流了两千多年。诗人如我辈,当它为愤世嫉俗之波的,不乏其人;取它一瓢饮者,更是大有人在。当然,饮的不是玉液琼浆,而是在漫长的春秋中浊了又清,清了又浊的苦涩。这苦涩,比秋茶更酽。

这会儿,我正在汨罗江的岸边,捧起一摊浑黄得叫人失望的江水,手持鲜花时,花香浸入衣衫中,双手舀水时,天空在水中反映出来。这一捧比虫蛀的线装书还要古老的浑黄能反映什么呢?天上艳阳正好,今天恰恰又是端午节。软白的粽子香在别人的嘴中,翠绿的艾剑戟立在苍茫的原野上。这些,都使我手中的这一捧,浑黄有加。我想,大凡成了历史的东西,肯定是再也清澈不起来了。可是,为了在端午节这一天,饮一口汨罗江的水,我可是千里奔驰特意赶来的啊!

脖子一扬,我,饮了一口汨罗水。

立刻,我感觉到,就像有一条吐着芯子的蛇蹿入我的喉管,冰凉而滑溜,在我肝胆心肺间穿行,如同在烟雨迷蒙的天气里穿过三峡的蛟龙。

愤世嫉俗的味道真苦啊!

同行人大概看出我脸色难堪,埋怨说:"叫你不要喝你偏要喝,这水太脏了。"

我报以苦笑。

朋友继续说:"你们诗人都是疯子,不过,也像圣徒。恒河的水污染那么严重,圣徒们也是长途跋涉,非得跑到那里去喝一口。"

我得承认,朋友这么说,并不是讥笑我,他只是不理解。我的行囊中,带有青岛啤酒和可口可乐,为什么,我非得饮这浑黄的汨罗?

这小小的隔阂,让我想起禅家的一段公案。

一次,著名禅师药山惟俨看到一个和尚,问:"你从哪里来?"和尚答:"我从湖南来。"药山又问:"湖水是不是在泛滥?"答:"湖水还没有泛滥。"药山接着说:"奇怪,下那么多雨,湖水为什么没有泛滥?"和尚对此没有满意的回答。因而药山的弟子云岩说:"是在泛滥。"同时,药山另一个弟子东山大叫道:"何劫中不曾泛滥!"

细细品味这句话,不得不佩服禅家独特的思维品质。何水不脏?我想对朋友当头棒喝的这四个字,本源于"何劫中不曾泛滥"的设问。这种心境,当不属于柳枝无主,憔悴东风的哀叹。

不过,那四个字我终究没有问出口。然而由禅家推及诗家,我想得更多了。

汛期湖水泛滥,每个人都看得到。可是,干旱季节的湖水泛滥,又有几个人能感觉到呢?屈原淹死在汨罗江,这是大家都知道的。但汨罗不只是湘北的这一条,也不尽然是由波涛组成,知道这一点的,恐怕更是微乎其微了。

何劫中不曾泛滥！还可以推补一句,何处没有汨罗江？

刘伶的汨罗江,是一把酒壶;嵇康的汨罗江,是一曲裂人心魄的广陵散;李白的汨罗江,是一片明月;苏东坡的汨罗江,是一条走不到尽头的贬谪之路;秋瑾的汨罗江,是一把刎颈的大刀;闻一多的汨罗江,是一颗穿胸的子弹……写到这里,我禁不住问自己:

你的汨罗江会是什么呢？

屈原本姓熊,是我的同宗。其祖上是楚王的儿子,封在屈地,即今秭归县一带,从此便以封地为姓。大概因为这个缘故,我对这位天生叛逆的诗人也就格外敬重了。从知道他的那一天起,他就是我写诗做人的坐标。每当灾难来临,我就想到那形形色色的汨罗江。好多次,当我的愤怒无法宣泄,我就想跑到这里来,跳进去,让汨罗再汨罗一回。今天,我真的站到了这汨罗江的岸边,饮了一口浑黄后,我的愤怒被淹灭了,浮起的是从来也没有经历过的惆怅。

徘徊又徘徊,在岸边的蒿草丛中,我歌我哭的心境,竟沦为鱼虾之沼。

江面上,二三渔舟以一种"与尔同销万古愁"的悠然,从我眼前飘过。不知道屈原为何许人也的渔翁,一网撒去,捞回来的是最为奢侈的五月的阳光。偶尔有几条鱼婴,看上去像二月的柳叶,也被渔翁扔进了鱼篓。那也是他的收获啊！醉翁之意不在酒,而渔翁之意,却是肯定在于鱼的。

中国的渔翁形象,从劝屈原"何不随其流而逐其波"的那一位,到"惯看秋月春风"的那一位,都是明哲保身的遁世者,权力更迭,人间兴废,与他们毫不相干。船头上一坐,就着明月,两三条小鱼,一壶酒,他们活得好逍遥啊!你看这条因屈原而名垂千古的汨罗江上,屈原早就不见了,而渔翁仍在。

这就是我的惆怅所在。

一位清代的湖南诗人写过这么一首诗:

> 萧瑟寒塘垂竹枝,长桥屈曲带涟漪。
> 持竿不是因鲂鲤,要研青光写楚辞。

看来,这位诗人的心态与我差不多,又想当屈子,又想当渔翁,结果是两样都当不好,鱼和熊掌不可兼得,古人早就这么说过。

既如此,我得饮一口汨罗的朝圣心情,到此也就索然了。归去罢,归去来兮,说不定东湖边上的小书斋,就是我明日的汨罗。

登 黄 鹤 楼

历史播迁,春秋数易。武昌蛇山上的黄鹤楼几次焚毁,又几次重建。耗资之巨,气势恢宏而趋鼎盛的,则是今天的这一座了。

古时的黄鹤楼是文人骚客聚首之地。五月登楼,望短笛之梅,落瓣于芙蓉雪浪;九月凭栏,看长亭之柳,系舟在米市渔街。弄笔者对此,各有各的感悟:托兴寄情,写忧患文章者有之;叹乡关无觅者,更是不少。

今天登楼的人,旺季时如蚁聚。然而在这里发思古幽情的,却没有几个人了。人们当然不必追寻汉朝的黄鹤翩然何处,唐代的白云又飘向哪里。鸡犬桑麻的往事,早已失落在满楼喧响的迪斯科舞曲中。夹在旅游的人群中,我也曾好几次置身这高拔的仿古建筑,临观苍茫河汉,回之望之,歌之啸之。

人的视觉世界建立在两种经验之上:重力线是垂直的,水平线与它直角相交,成十字架结构。九省通衢的武汉,正在这十字架结构的交叉点上。万里长江自西而东,京广铁路自北向南,两条大动脉在黄鹤楼前的长江大桥交汇,车骑舟航,达至东西南北。而漫步黄鹤楼的高层回廊,亦能任乱发飘然,把四面江山,看个痛快。

倚楼西望,苍茫一片,乃是莺飞草长的江汉平原。这云梦大泽的遗址,尚有碧水千顷。牧歌与渔歌揉成的水彩平畴上,更有一水横来。涌入楚地的长江,开始有了大气魄。溯江而上,在进入南津关,探奇二百里三峡,继而去巴蜀买醉,天府搜神之前,不妨先来欣赏葛洲坝的水利枢纽工程。鬼斧神工,耸大江铁门;经天纬地,锁高峡洪波,好一幅精美绝伦的智能风景画!更有旋转于江心的巨型水轮发电机,让你体会到现代化建设进程的宏伟。凭栏东眺,拍天而去的长江早已挣断了西塞山前的千寻铁锁。轮船穿梭在吴头楚尾,往返穿过迷蒙烟雨,当然也有二十四番花讯。如果在黄花初吐、紫蟹才肥的季节,长江三角洲的冲积平原上,大小游船就多于过江之鲫了。十年改革中的经济建设,正在改变金粉故都、烟雨六朝的江南情状。金山寺没有了法海,寒山寺远度的钟声,已滤净旷古的忧愁。买棹而去的游人,可在江浙的莺花月露中,乐成一尾春江上的活泼泼的游鱼。

在黄鹤楼上引颈面北,胸中顿生侠气。在古典的中原大地,是谁在黄河的左岸磨剑?又是谁在萧萧的易水上放歌?古来燕赵多慷慨悲歌之士,他们的忧患意识凝为中华民族代代相传的情结。中原逐鹿,多少人逐老了青春,多少代又逐瘦了国脉。这一头政权之鹿,吸纳数千年的中原精气,跃过一个又一个漫漶着雾障的历史陷阱,最后终于纵身一跃而上天安门城楼,化为五颗金星,在人类文明的灿烂星系中闪射异彩。现在,一场新的中原逐鹿战又开始了。不过,人们逐的不再是政权之鹿,而是经济之鹿。这一只鹿,再一次凝聚全民族的信心和力量,跳跃在中原大地崭新的地平线上。

当我站在黄鹤楼上遥望南方,俄顷中,一颗心已随着呼啸而去的火车,越洞庭烟波,过潇湘峻岭,载欣载奔,去到南粤的椰林蕉雨中,体会新世纪的大氛围。南国多山,山生雾,雾生神秘,神秘而生智慧。智慧则如南国山外的海。在这片海中,中原之鹿更化为拨浪长鲸。在世界经济的大潮中,它仪态万方,锦鳞游泳。飙风回溜,概莫能阻。在一个春天,它忽然一口气吐出十四颗明珠,在古老的东方海岸,串成了一条光芒四射的黄金项链——这是我们民族新的自豪。

置身黄鹤楼头,眼界宽,心界更宽。与楼相对,汉阳的龟山之侧,是俞伯牙碎琴谢知音的古琴台遗址。龟蛇对峙,控扼大江;一琴一鹤,隔江呼应。然而我眼前翩跹的,不再是那一只汉朝的黄鹤。我心中弹奏的,也绝非春秋时代的那一张古琴。在今天,恐怕没有人愿意当跨鹤巡天的仙人了。要么做中原大地的逐鹿英雄,要么当大海上的骑鲸勇士。当然还有一种人生态度,那就是在这黄鹤楼上看翻船。但这种人毕竟很少很少。至于我,虽不能逐鹿骑鲸,却甘当勇士们的知音,自觉幸甚!

雨中登滕王阁

登高,总以晴好的天气为宜。遗憾的是,此刻我登滕王阁,周遭是一片淅淅沥沥的雨声。五月下旬,江南开始进入梅雨季节,站在滕王阁的七层之上,但见阁外浩茫的赣江,罩在蒙蒙的烟雨之中,虽然胭脂色的波浪显得湿润,但江的对面已是模糊一片;而飞阁之下车水马龙的十里长街,除了喇叭声的清脆,一切,也都幻化为浮动的剪影。

但我仍觉得,眼下这雨中的凭栏,乃是别一番感受。虽然见不到落霞孤鹜、秋水长天,但雨来风掠,雾卷云飞,更平添了登临者怅然怀古的思绪。

在滕王阁的楼下,正准备登临时,有人说"这是一个假古董"。言下之意,既为赝品,你何必登上这水泥浇铸的楼梯?

是的,昔日的滕王阁早已倾圮,眼前的这一座,是一九八九年动工修建,历时三年而成。比之旧制,它更加峭拔,也更加壮丽。珠帘晃动在天阙,檐马叮咚于青空。置身其中,哪怕是烟雨如潮飞云似梦,你依然会有那种望尽中原百万山的感觉。

中国的古建筑,都是砖木结构。它的好处是质朴、浑厚,沉静中透出空灵的禅意。人住在里面,若饮酒,则窗牖的花影可以助兴;若弹琴,则木质的板壁可以让弦音更加柔和。但是,砖木结构的建筑,特别是使用了太多的木材后,不但易燃,而且耐腐性也很差。那些著名的亭台楼阁,保存百年尚且不易,何况它们的建筑年代,非唐即宋,都在历史的烟雨中浸泡了千年呢!就说这座滕王阁吧,自公元653年即唐永徽四年建成以来,已经历了将近十四个世纪。无论是霜天画角下的铁骑,还是暗夜秋风中的野火,都不可避免地一次次侵蚀它、焚毁它。所有香艳的记忆,其尽头都不可避免是一把劫灰。滕王阁首建至今,已经历了数十次的毁灭与兴建。除了初唐的王勃,登临层榭并为之留下千古美文,是正宗的滕王版的楼阁之外,自他之后的韩愈,自韩愈之后所有的文人骚客,所吟咏的滕王阁,都是在歌颂赝品。

这些年来,各地的名胜古迹都在恢复,这是民族复兴的特征。大至一个国家,小至一个人,若只能"苟全性命于乱世",则哪里还有可能恢复名胜呢?乱世逃命,盛世建楼,这都是历史的必然。眼前的滕王阁,虽然是假的古董,但却是真的名胜。王勃的美文已经成了千古绝唱,我们岂能让他的满纸珠玑无法印证,让后来人徒生惆怅呢?因此,南昌不能没有滕王阁。它的千百年来的每一种版本,都不是赝品,都是南昌人在不同时代的不同机缘以及不同风情的真实写照。

如今,我站在最新版的滕王阁上,在枇杷黄连叶青的季节,眺望变幻不定的江山风雨图,沐浴天地间流动的勃勃生机,心情便如茶烟深处的月色,那份诗意,那份惬意,想压抑都压抑不住了。

滕王阁留给我的记忆,一直与歌舞有关。盖因修建此阁的李元婴,是唐高祖李渊的第二十二个儿子,唐太宗李世民的弟弟。生长于钟鸣鼎食的帝王之家,李元婴的手不必磨剑,却可以捏捏彩笔,绘出人间的富贵。据传,李元婴擅画蛱蝶,阁中留有他的《滕王蛱蝶图》,满眼风华、一片缤纷。当然,李元婴的耳,也听不到杀伐之声,他生命中的岁月,被一场又一场的歌舞填满,脂粉气、楚腰身、霓裳曲,使他贪欢、使他迷醉,更使他对国计民生了无兴趣。

据说,李元婴从苏州刺史的任上迁转洪州都督,就因为任职不专,或可套用近时语,即执政能力的低下。在南昌,他又因"数犯宪章"再次被贬,谪置滁州。看来,称他风流王爷完全称职,若以官身评判,他恐怕只沾得上一个"庸"字儿了。历史上,这样的例子不胜枚举。南唐李后主,论当皇帝,他只是庸君,论诗人,他却高居上游。这李元婴同样如此,他若不当官,而专心致志当一名歌舞团的导演,必定完全称职。

李元婴自苏州迁来南昌,走的虽是贬谪之路,仍不忘声色。他从苏州带了一班乐伎前来,于是,这赣江边上的南昌故郡,平添了夜夜笙歌。

李元婴好冶游,某日来到章江门外的荒阜,面对茫茫江水,他忽发奇想,让随从在榛莽中置酒席,起歌舞。燕麦兔葵之中,离草荆棘之上,怎搁得住弱不禁风的舞衣?于是,诣其事者,投李元婴所好,在这岗峦之上建起一座高阁,这便是滕王阁的由来。登临送目俯瞰江山,只是它的附属功能,开绮筵,演歌舞,才是建阁者最初的动机。

于今,风流的滕王早已灰飞烟灭,但阁上的歌舞却一直不曾消歇。远古的吴趋曲,盛唐的柘枝舞,虽然不再演绎,但我在这阁上,却听到更为古老的编钟,以及渗透了赣南风情的《十送红军》,这熟稔的旋律,立刻让我想到这槛外的苍茫河山,曾经是红旗漫卷的苏区。更由此感叹,没有这一片土地,没有这一片土地上浴血奋战的人民,今天,我们就不能在这滕王阁上,欣赏到令人陶醉的盛世歌舞。

岳阳楼散记

一

建筑在武昌蛇山上的黄鹤楼,巍巍峨峨,俯瞰浩荡的长江,以及武汉的百万楼台,的确有一点"飞扬跋扈为谁雄"的气势。与之比较,眼前这座眺望洞庭湖的岳阳楼,显得过于局促。

以洞庭湖为界,湖之北为湖北省,湖之南为湖南省,两省都属楚地,都是诞生瑰丽神奇的楚文化的摇篮。在文化精神中有许多相同之处,譬如尚武、尚奇,仕人多练达,文人多狂狷。由于地理行政的自然分割,两省民风又都从楚文化中衍生出自己的脉系。湖北多豪客,好争斗,故有"天上九头鸟,地下湖北佬"的称誉;而湖南人好奇、好讼,整体的荣誉感较之湖北要强,故产生了曾国藩一手创建的"湘军"。

湖北的黄鹤楼,湖南的岳阳楼,也是两种文化的立体表现。黄鹤楼峭拔独立,豪气干云;而岳阳楼则大有儒骨数根,越老越硬的况味,与人们熟悉的潇湘夜雨的清旷之境很是吻合。

现代的中国人,只要念过初中的,大概就没有谁不知道岳阳楼的了。这是因为范仲淹的《岳阳楼记》是中学的课文。在漫漫历史长河中,这篇文章的价值应该超过了岳阳楼本身。正是这样,所以,眼前的这座两层的木架檐楼,向外投射的,都是中国人文精神的严肃性。

近年来,传统与现代的这对矛盾常常让我困扰,从国计民生考虑,迎合世界的现代潮流无疑是非常重要的。但从民族的文化特质着想,维系传统又符合国民的心理需要。每当我漫步在深圳、海口等开放城市,既为那里欣欣向荣的繁华而激动,又为那里传统文化的变样或流失而痛苦。

传统是靠家族来延续的,没有家族就没有传统,没有传统就没有民族。

家族世世代代住在一起,有家族的墓园,有家族先人的故事。有几代人居住的老屋,有祖辈传下来的几册旧书,几件老式的家具……你看着这些,沉入对祖辈的缅想,你从绵长的历史上感到自身的位置和应该承担的责任。于是,忧患意识产生了,道义产生了,爱产生了,恨产生了。西方重理,东方重情,但维护传统,于情于理都是符合的。

正是怀着这么一种感情,我驱车来游岳阳楼。岳阳楼是一面历史,历史本身是一部任何人也抹杀不了的传统。

二

楼下大厅巨幅的木刻中堂,刻的即是范仲淹那篇脍炙人口的《岳阳楼记》。

"达则兼济天下,穷则独善其身"是儒家做人的品质。范仲淹写此文章正是出于他的儒家襟抱。有趣的是,范仲淹一生从未到过洞庭湖,竟然把洞庭湖写得如此逼真。我经常对朋友们说:自然即道,人为为伪。这与古人所说的"清水出芙蓉,天然去雕饰"同一个道理。范公的文章,虽然没有脱"文以载道"的窠臼,但的确不是生硬的说教。在这篇文章中,他的情感官能、思维和意欲与苍茫浑阔的洞庭湖融为了一体。正所谓丈夫气魄、云水胸怀。

接前面的话说,范公从未到过洞庭湖却把它写得活灵活现。这是一种奇特的美学现象,所谓"神游"是也。古人云:秀才不出屋,能知天下事。这是博览群书的结果。同样,秀才不出屋,能游天下景。我就经常独坐书房,做这种免费的精神旅游。这样的旅游,实际上是把他已获得的各种相关的体验作用于欣赏的对象。范公没有游过洞庭湖,但他肯定游过其他一些大湖。他笔下的湖景是一种类推。当然,这种类推的功夫,显示出天才与庸才的差别。

时代发展的潮流、速度、梯度,决定了每一个人在历史给定时间的位置。历史给予范仲淹的位置,是一位悲剧意识颇浓的贬官。范仲淹是倡导改革的,在素有保守传统的封建中国,改革者当贬官也就理所当然了。所以,当同为贬官的滕子京请他写一篇《岳阳楼记》时,他欣然应命,留下一篇千古佳文。

前面说到传统,中国知识分子最优秀的传统之一就是"忧患意识"。"国家兴亡,匹夫有责","居庙堂之高,则忧其君;处江湖之远,则忧其君","位卑未敢忘忧国"等,这些随手牵来的词句，都说明了这一点。一个"忧"字，为国忧、为民忧，成为一个高强度的引力中心，吸附着代代的中国知识分子。从这一点来说，与其说岳阳楼是一处自然景观。它给予游人的不是轻松和繁华，而是凝重和质朴。

很长的时间里，我也一直摆脱不了"忧"字的困惑，直到现在，它仍是我一触即痛的心理情结。虽然，我用了整整四年的工夫，把自己的儒家人格改变成释家人格。每年挤出时间来进行佛教旅游，只要一有空就焚香诵经，把搁在心中的一个"忧"字换成一个"寂"字。但是，一来到岳阳楼这样特定的地方，仍免不了当一回忧国忧民的泫然之士。

说来，这还是有一种对历史的参与感。幸而我及时提醒自己，再不要充当"天将降大任于斯人也"那一类的角色。刚露苗头的忧愤情绪，也就很快地平息下来。

三

我原来以为，岳阳楼是为观赏洞庭湖而建筑的。后来才知道，它的前身是东吴老将鲁肃建的阅军楼，后来又成了巴陵（岳阳古名）城楼。我的认为，当以杜甫、孟浩然、黄庭坚等人的岳阳楼诗为证。"未到江南先一笑，岳阳楼上对君山"两句描述得最为直接。可是，我登上岳阳楼，从二楼和三楼，都看不到"气蒸云梦泽，波撼岳阳城"那般壮阔的景象。不是看不到湖水，而是看不到范仲淹笔下的那个气势恢弘的洞庭湖。湖中的君山，也居然有旱路可通。枯水季节可直接驾车前往。我来到时正值旱季。因此也就不能从岳阳楼上看到

"白银盘里一青螺"的湖山胜景。

置身楼头,准备一饱眼福的我,多少有点遗憾。

我的脑海中,也装有几种洞庭湖的景象:在盈湖的一碧中,有移棹而来的小舟,莲花乱脸,荷叶杂衣。清新婉丽的采莲曲,忽远忽近,把八百里洞庭,唱成天光相映的蓬莱仙境;若是天气一阴,那种"风雨如晦,鸡鸣不已"的日子,九水流来,湖波尽没,佝偻一个钓叟,在草滩上踽踽归去,身后牵出一个寂寥的黄昏;要么是霜降以后,岸草芦花,青黄交接。风烟淡远,山水一色,一位坐禅的僧人,把一望镜彻的洞庭,当成他极乐世界的蒲团。

当我信奉儒家人格的时候,我注重入世;当我信奉禅家人格的时候,我注重自然。一个人一旦领悟了自然的奥秘,并体会到老子首创的自然即道的妙处,那他一定不会拘泥于世间的荣辱和一事一物的得失,从而厌倦生命。他将从自然那里获得许多有益的启示。山的雄伟、石的坚定,海的澎湃、江的浩荡、湖的空阔,自然的一切显相,都沟通着人的感情。只要心灵能及时和准确地反映自然,他必然就是一个丰富而高尚的人。

先我之前登岳阳楼而不以人生之忧乐为心灵关照的,相信还有不少。当然,最著名的还是那位为民间百姓称道的吕洞宾,他游洞庭湖写过一首七绝:

朝游北越暮苍梧,袖里青蛇胆气粗。
三醉岳阳人不识,朗吟飞过洞庭湖。

范仲淹的心中忧乐和吕洞宾的袖里青蛇,是截然不同的两种人生态度。但都发生在岳阳楼,成为岳阳楼的两种文化的支撑点。

华山下棋亭记

赵匡胤在成为宋朝开国皇帝之前,曾来华山拜访隐居于此的一代名士陈抟,两人于山中对弈围棋。后人彰其胜,便在其对弈之地,建亭纪念,名下棋亭。

亭在东峰之侧,一座窄仅盈丈的小山峰上,四周孤峭,去来之路,皆借助于贴壁之铁链攀上东峰。上有青天不可覆,下有深渊不见底。因此,来华山的游人,多半只能在东峰上,对下棋亭凭栏一望。能援铁链而下到亭中作一时半刻之盘桓者,实乃少之又少。我来到亭中,坐在石凳上,看着石桌上的棋盘,缅想千年前的那一场盛事,心情肃然,卒不能不发一言:

一个天之骄子,一个世外高人。一个金戈铁马,志在千秋社稷;一个闲云野鹤,心连百丈烟霞。两人对弈华山,逐鹿棋枰。手起手落,咫尺间风云变色;眉蹙眉舒,须臾间人神易位。泾渭在其脚下,黑白在其眼前。沙场秋点兵是英雄气概,松下问童子是仙家从容。陈桥兵变虽是后话,但杀机已从眼中射出;华山炼丹正值此时,看逸气自他发际流连。千兵万卒死而何惜,只需赚得胜券在手;一炉一扇用而可贵,也好赢得云水在胸。

英雄与神仙,过招在千仞苍崖之上。蕞尔之地,龙腾虎跃。棋有棋风,弈有弈趣。一个月下挥斧,一个绵里藏针。一个层层紧逼,一个步步为营。起于草莽者,以图搏杀凌厉之痛快;隐于江湖者,欲得虚实相生之玄妙。潼关在右,万马奔腾且为嵯峨帝室;马嵬在左,六军不发只因婉转峨眉。四面楚歌,端的得道多助?五千奥义,岂必治国无为!二十四桥明月,七十二处烟尘,战士军前,美人帐下,兵戎相见,生灵歌哭。

治世者匡胤,养心者陈抟。潇潇洒洒,在天地间作一手谈。观棋者何人?朗朗乾坤,竟容不得第三人在侧。战马在山谷嘶鸣,童子在洞中面壁。且喜岩隙有二三古松,既可挂英雄的铠甲,亦可挂儒士的诗囊。万山肃立,听落子之动静;一鸟悠然,探胜负之消息。秦陵在前,始皇或叹后生可畏;茂陵在后,太宗静观文武斗法。壮士在黄河磨剑,智者在渭水放歌。太白鸟道,有麋鹿姗姗走过;终南紫气,引青牛款款而来。棋者奇也,纸上谈兵,智勇兼收。

一局棋罢,两人大笑。治世者以权造势,养心者练气化神。以权造势者阳亢,练气化神者阴柔。以柔克刚,人间至理。英雄输棋不输志,好一个大家风范;神仙赢棋不赢气,真正是悟透玄机。西北乃纯阳之地,华山乃华夏之根。于此对弈,可算是古国第一风流!

如今,此亭在山,弈者已去。游人至此,心下怅怅。一亭之下,万山之中,既无烹茶,又无煮酒,轿车不能到,玉馔不能迎,问谁还能于此弈出一段千古佳话?江山非宠物,可以私蓄;智慧非财宝,可以巧取。以贤事贤,岂能停诸口头;以棋会友,方显古道热肠。有道是:江山代有才人出,方能够,世事如棋局局新。此言不谬,题以为记。

芒砀山记

广袤千里的豫东平原上,永城境内,豫皖之间,有十几座小山兀自耸起,互不连属而蔚为一气。远远望去翠色蓊郁,间有岚烟蒸腾,浮云如篆。古人谓为王气,其实是大地厚德载物,凡生机勃发之时,便产生云霞雾散之象,牵魂荡目,诚自然之奇观也。

人有异禀,山亦有异禀;史有传奇,山亦有传奇。却说公元前二一六年,时为亭长的刘邦率五百夫役前往咸阳。自沛县行三百里而来芒砀山下,淫雨阻隔,行期迟误,按律将被暴秦处死。是夜,刘邦大醉后怒斩挡路之蟒,血溅葛衣,悟而揭竿。一时风起云涌、豪杰际会,十几年后灭秦而创汉家天下。而先前另一位农民起义英雄,大呼"王侯将相宁有种乎"的陈胜,混战中被自己的车夫庄贾割了头颅,追随他的苍头军杀庄贾,收敛他的尸骨埋于芒砀山中。因此可以说,刘邦的创国伟业,自芒砀山始;而陈胜的雄霸之志,则自芒砀山终。

山中秦汉之际的遗迹还有很多,最重要的当数孔夫子周游列国路经此地的避雨处以及西汉梁孝王的墓庐。梁墓屡屡被盗。传说曹操为筹军费，命手下凿开石室，一次就取走黄金数万斤。这说明财多不但辱生，而且辱死。而孔夫子躲雨的石崖，苍苔依旧，藤草宛然。后代儒士来此瞻仰者不绝，好事者还于崖前建文庙以祀斯文。可见腹有诗书者，不但可以养心，更可以养国。

　　游过芒砀山后，归来遐想：芒砀山高不过百丈，且无岩壑峥嵘，然而它仍无愧于淮左名山；芒砀山更谈不上秀丽，缺少活水来洗晨岚夕照，但谁又能说它不是豫东胜景？人有骨而无肉，是谓态窘；山有姿而无灵，是谓味寡。游芒砀山，非游山也，实游史也；非游史也，实游禅也；非游禅也，实游心也。凡游心之人，看眼前的芒砀山，便会知道自己应该怎样生活。

八 节 洞 记

成都之南,是泸州;泸州之南,是古蔺;古蔺之西,是黄荆山;黄荆山之西,是八节洞。

近年来,航空线路、高速铁路与高速公路三大利器的增多,为喜欢旅游的人们提供了极大的便利。由此,一些遁隐于僻野的山水景点被发现、被建设,成为游客的新宠。"养在深宫人未识"的自然佳丽越来越少了。但是,水木清华、清新散逸的八节洞还保留了一点给人以尘外遐思的萧旷。

自成都至八节洞,大约五百公里,先从高速公路到泸州,余下尚有一半路程,则是蜿蜒于蜀黔大娄山脉中的蜿蜒山道了。自成都到八节洞,大约要七个小时的车程。这样的距离,对于一般的游客,可能因为害怕颠簸之苦而放弃一次美丽风景的享受。

未到之前,凭着语言的释义,我以为八节洞是八座洞穴。其实不然,在蜀南的方言中,洞指的是瀑布,八节洞就是八道瀑布。

国内外的瀑布,我见过不少。磅礴的气势,那份掀天揭地的感觉,美加边境的尼亚加拉瀑布当数第一;九寨沟的诺日朗瀑布,既壮观又如梦境;贵州的黄果树瀑布,也能让人欣赏到万壑奔雷的澎湃。比之于它们,八节洞的魅力不在于天风海雨般的雄浑,而在于跌宕有致的韵律;不在于无坚不摧的力量,而在于那种不拘形迹的飘逸。

八节洞是黄荆山中蟒童河的一段,全长三公里,落差一百二十米。八道瀑布由下及上依次为黑龙潭、白云岩、情人滩、害羞瀑、大漩涡、三连滩(三道瀑布相连)。古人的山水画中,涉溪者必冠以"泛"字,如剡溪泛舟;涉山者必冠以"行"字,如溪山行旅;涉瀑者必冠以"观"字,如幽人观瀑。这实际上是给旅游下了一个定义:泛舟于溪上,行旅于山中,飞觞于瀑前。皆是人生之乐事,既怡情,又健身;既安神,又养生。李白的"相看两不厌,惟有敬亭山",李商隐的"永忆江湖归白发,欲回天地入扁舟",都是钟情于山水的心灵投射。用今天的话讲,他们向往的,正是现代人梦寐以求的低碳生活。

但是,如果瀑布仅仅只能观赏而不能亲近,则会有一种在观众席上看演出的感觉。亦如一位造诣颇深的琴师,看到一张绝妙的古琴搁置在玻璃橱窗里,只可观赏而不能试手。此情之下,人琴两怅,岂能无憾?

八节洞之游,便没有这种遗憾。三公里的山道,凡过水处,浅处有磴道,深处有拱桥。蟒童河之山径,随河道而蜿蜒,随瀑布而起伏。平缓处如徜徉于城市公园,逼仄处如登黄山天都峰。但不管是易还是险,一路行来,头顶上撑着的都是浓浓的树荫。接骨丹、润楠、三角枫等高大的乔木们,春天给你翠绿,秋天给你金黄。更有许多不知名的山花,一起加入它们的色彩缤纷的合唱。不看瀑布,单是这里的草木就足以留住你的脚步。

而寄情于逍遥的八道瀑布,高下错落,飞姿各异。猛烈处如千万斛珍珠弹跳,腾空的那一刹那又如千万簇羽毛飞扬。人虽不能随羽毛而飘荡浮漾,却能够站在瀑底,双手托起大把大把的珍珠,看它们化幻为晶露,为彩虹、为紫气。

不过,八节洞之美,并不止于这八道水瀑,它还在于蟒童河两岸那些丹霞地貌的峭壁断崖,它们或灿若朝露,或红于焰火,每一曲折,都能看到它们的峭拔与怒耸。这些石瀑,同水瀑相辉成趣,相得益彰。动观流水静观山,八节洞中的山水,可谓动中有静,静中有动。静是恬静,动是生动。

半日的八节洞之游,归来后有了如下的感想:置之死地而后生,这是兵家的法则;置于温柔乡中而后媚,这是养颜的条件;置于僻处而成为天籁,这是自然的奥秘。人不能创造奥秘却可以千里迢迢寻找奥秘,前提是你必须对自然抱有宗教般的情感。

天堂河谷记

把名山比之于文字,黄山像一篇格言,华山像一篇诤言,张家界像一篇寓言。我刚游过的大别山主峰下的天堂河,则像一篇隽永的小品。

二十岁时,我就登上过大别山的主峰天堂寨。八月溽暑,山顶早晚得穿上棉大衣。后来,在其东南坡下的海拔一千二百米的吴家山,我也数度前往避暑,并写了一篇《吴家山避暑手记》,介绍这清凉世界的美丽风景。不过,这里的风景不可与黄山、张家界等名山相比。它不像它们,可以凭借自身鬼斧神工的姿态去引起人们感官的激奋。这一片山区,没有那么多孤峭怒耸的峰头,它更像大海的波浪。每当我清晨起来,站在下榻的云峰山庄的阳台上,看万山重叠托起一轮红日时,那瞬间的光与影,线与点的变化,会使你心荡神驰。它让我想起高山深谷间的禅院,林木葱葱,白云深深,年复一年,禅钟穿过的,只能是清新与宁静。

四十岁后,我已很少去吴家山了。一是因为忙,二是有更多的久已向往的名胜吸引着我。两年前,听人说,吴家山上,发现了一条河谷,这道溪水是从天堂寨上流下来的,故称之为天堂河谷。经数所大学相关专业的教授评估,一致认为这里是"华中第一谷"。老实说,初听到这个消息,我一笑了之。近些年,夸大其词的广告宣传,已成社会通病,只要有红包可拿,那些专家教授们也是可以昧着良心说话的。心既存疑,便没有前往一探虚实的兴趣。今年五月,在几位朋友的一再怂恿下,我还是被动地有了这一趟旅行。

车子沿着盘旋陡峭的简易公路上行二十公里,抵达吴家山森林公园大门,我们一行便弃车步行,沿着路右新修的石阶一步步向悬崖与浓绿下的山谷走去。尽管我并不情愿有这趟旅行,但一俟看到慢坡的檵树,这最能给人沧桑感的灌木,看到色彩斑斓的蝴蝶,这些飞翔的花朵,正在穿织着艳丽的春光时,我的心情仍然一爽。毕竟,这里是远离城市的深山,对于迫切度假的心灵来说,它适宜于这里的芬芳与野旷。

一个拐弯,又一个拐弯;一百级石阶,又一百级石阶,当愈鸣愈幽的鸟声,把我们的喘气声衬得愈来愈重时,我们已大汗淋漓地走过上千级下山的石步。终于,我们听到了激越清亮的水声。当绕过最后一丛林幛,看到万丈翠崖之下一片又一片巨大的白石的河床,白石的河床上,卧着一个篮球场般大小的,绿得化不开的深潭时,我的已经酸胀的双腿,忽然间如注清风。

站在潭边,掬一捧水洗了满脸的汗渍。坐在白石上,水汽氤氲,清风绕膝。举头看两岸高悬的峭壁,绿茸茸有如海绵,它过滤了所有的嚣杂,只留下泉声和鸟声。它似乎更钟爱于色彩,更是一个插花高手。那七彩的山花,有的地方,簪一朵两朵;有的地方,泼墨似的泼出一片金黄或一片纯白。

这一刻,山风吹解带,山月照弹琴;下一刻,鸟度屏风去,山送白云来。面对这些,不知为何,我的脑子里竟闪现出激光、火焰、原生质这样一些毫不相干的词汇,难道这美妙的风景是光电效应?抑或电脑合成?当一个原子被激发时,电子从一个轨道跃迁到另一个轨道,我就是那一颗电子。我幻想自己变成一千六百多年前的陶渊明,正置身于桃花源的入口处。

啊,我又想入非非了。这里怎么可能是桃花源呢?桃花源是陶渊明设计的人间乐园,那里没有战争、杀戮、阴险与奴役。物质化社会的一切弊病,都消失在它的"民之老死,不相往来"的隔绝之中。这里却不同,一朵花把自己的芬芳传给另一朵花,一袭水波推动另一袭流向更为葱青的深处。我脚下的水潭,这青龙潭,倒影的也不是桃花源的袅袅炊烟,而是没有一点点人工痕迹的绝对正版的自然。

自然的魅力在于你不愿停下你的脚步,期盼得到更大的美的享受。我们从青龙潭边的栈道出发,顺着溪流,开始向上攀涉。

在以下走过的大约五公里的河谷中,你能见到最大的特色,大概就是瀑与潭了。短短五公里,却有将近四百米的落差,这就决定了水流的梯度。河床很窄,最宽处也不过三十米,而且几乎被乱石塞满,清清的泉水,只能从乱石的缝隙中穿过。这些乱石,大如巨象,小如蜂鸟,都是坚硬的花岗岩。尽管它们坚硬,却依然被细小的水流冲刷得了无棱角,这是流水在地质时间里创造的杰作。

这曲折蜿蜒的河床,可以称之为一座石头造型艺术馆,如狮如豹,如马如猴,百肖罗列,一尊尊都值得徘徊其下,品味再三。但是,我却只能粗略地浏览它们。动观流水静观山,这里动态的水流,虽百尺之地,亦清姿迥异。可餐的秀色,首先在这流水之中。

沿青龙潭上行,大约三百米,绕过一面斧削的峭壁,便见到了天堂河谷中最大的水潭,大概有足球场般大小。这水潭四周全是山岩,几无路可下。眼下时间是上午十一点,平原上的阳光已是非常炽烈。可是,当它穿过丛树花枝,从万丈秀岩之上投到这水潭中时,却苍白得如同月光。一池翠液,娴静如镜。投一颗石子进去,叮咚一声,须臾间看到它沉入潭底。大约有两丈深,然潭底景物历历可见。多么纯净的水啊! 不用任何净化检测设备,只需拿瓶子来灌,标以"天堂牌"矿泉水,拿到城里去卖,保准是俏销品。然而这潭似乎是孤立的,只见溢过岩坎的清流向下游流去,却不见什么地方有水流来。待我们走过为旅游者架设的铁索桥,从潭对岸的崖边栈道绕过去时,才看到有三叠瀑布,从数十米高的岩骨上飞腾而下,飞花溅玉,穿云嗽雪,以激越的清姿,跌进了一个半掩的山洞中。水在这山洞中打旋、嬉闹,然后才贴着岩脚,从洞中流入大水潭。这水的来路被苍崖遮得严实,在下游是没有办法看得见的。

这潭叫明镜潭,由此上行,河谷无路可通,我们只好翻过一面山坡,从一片盘曲遒劲的古藤林中穿行,下至山根,来到那三叠瀑布的上方。由此而上的一段河谷,地稍平缓,而两岸的山却是更陡峭了。沿着河畔的林间小路上行,亦如闲庭信步,而这是一段最为美妙的溪山行旅。无论你的视线在何处停落,都有清纯的风景:山花落水时,鱼婴惊梦;

青鸟点足处,尺水兴波。求侣的野雉从头顶上飞过,携着它怀春的幽梦;未名的古树从石隙里长出,沉静如远古的头陀。一卷白云息于潭心,犹如红晕飞起在少女的脸上;一只松鼠卧在枝头,犹如芭蕉叶上写着的一首唐人的绝句。瀑连瀑,潭连潭。瀑因潭而生动,潭因瀑而明媚。瀑有万斛珍珠尽情挥洒,潭有一池黛色陶醉游人……把无数个这样美丽生动的细节有机的统合,这天堂河谷,怎能不叫游人陶醉与倾倒!

不知不觉,我走完了这五公里的河谷。当我站在河谷中最后的一个潭——大瑶池的跟前时,只见前方赫然立着一堵犹如刀劈斧削过的大石壁,大概有数十丈高,流水从石壁上悄然而下,细碎的水流在阳光下闪耀着白炽的光芒。陪游的当地朋友告诉我,那苍褐色的大石壁上边,仍然是河谷,而且比下面这一段更为美丽,只是尚未开发,无路可通。我突然觉得,这堵石壁应该是一扇天堂之门。相信不久的将来,我们在这座瑶池里洗掉人间的浊气之后,会走过这道门,进入到真正的天堂。

从天堂河谷归来,兴不能减,遂赋绝句四首,以记其行:

平生难解烟雾癖,宁卖天堂不卖山。
今日此游留浩叹,天堂原自在人间。

万曲溪声深复浅,行人一折一重天。
问谁能是天堂客,石满藤花绿满潭。

野花烧夏风还冷,深涧巢春气尚寒。
翠羽踏虹孤石上,何如白发对红颜。

坐拥清泉须浊酒,还听飞瀑说逍遥。
行囊尽载云烟去,何必乾坤一担挑。

桃花溪印象

每次出外旅行,我总是怀有一种期待。

从下榻的桃花山庄出发,车道蜿蜒向上,行进在海拔七百米以上的山中。路两边浓密的林荫挤窄了我的视线,除了偶尔见到的蔷薇色岩石和一闪即逝的林禽,我看不到广阔的田地和远处的群山。但我依然产生了载欣载奔的解放感。铺在路面的阳光,柔软而温润,加之掠过肌肤的凉风,让人如同身置仲春。斯时正值七月末的伏天,长江中下游的重庆、长沙、南昌、南京等大都市,都处在摄氏三十八度的高温之中。我所居住的武汉,气温更是高达四十摄氏度。暑气如炽,吴牛喘月。我离开白云黄鹤之地。驱车两百公里来到这鄂皖交界的大别山腹地,英山县内的桃花冲,唯一的期待就是寻找清凉界。

这期待没有落空。当我在江淮分水岭小岐岭的南侧,在一处名叫象鼻挽水的地方,攀缘岩骨而下,走过十五里的桃花溪时,除了惬意的清凉,我更是获得了通常在这一季节难以品享的山水的欢娱。

该怎样形容这一条溪水呢?

它藏在小岐岭下的一片古树苍郁的峡谷之中,从象鼻挽水到下游的黑龙潭,全程十五里,这只是桃花溪的中段。它的上游尚无路可通,下游经过农田与村舍,注入一座人工湖中。唯其这中游的十五里,曲曲折折,在陡峭的岩石与茂密的林木间穿行。徜徉其间,在不断加深的"空翠湿人衣"的境界中,在光与影错综交映的流水中,我又一次感受到山水的真谛:用单纯表现无限,用曲折表现丰富。

所谓象鼻挽水,乃是一座横向的山峰,将本该直泻而下的流水生生地截住,逼得它向东转弯,跌进深壑里的青枫林中。在那里,它紧挨着"象鼻",再由东向北一百八十度转弯,复又恢复西向的流脉。沿着鼻脊下行百余米,忽然听到巨大的水声,抬头看去,不觉已站在一挂高约数丈的飞瀑之下。

瀑之下,是潭。瀑之白,如碎雪,如樱花瓣;潭之青,如幽梦,如玻璃汁。潭之外,是歇着三两只斑斓彩蝶的巨石。石之侧,没膝的泉水汩汩而过,水底的荇草、圆石、幼鲵与山蟹,或蛰或动,历历可见。又一次的溪山之旅,便从这里开始了。我们跨石步,过木桥,时而岸左、时而岸右。摇曳的阳光照在头顶,如少女温柔的眼神;悠然的水声响在耳畔,如瓦屋中远古的歌谣。间或翠鸟点水,如稍纵即逝的灵感;偶尔水雾升起,如山村三月的炊烟。突然,一根千年的老藤,如虬龙自峭岩游来,同行的孩子攀上它荡起秋千,看上去倒像是顽皮的猕猴。少女一声惊叫,是什么东西砸在她的遮阳帽上,原来是松鼠跃过,野生的猕猴桃从枝头惊落。

岩石、林木与泉流,构成桃花溪美丽风景的三大元素。这些岩石,大如橡屋小如拳栗者,皆可欣赏。至于林木,生长在深山中的这些松桧枫榉等,无不把醇厚的绿色张扬到极致。城里的公园,那些树木尽管得到精心的呵护,可是它们的叶片总是难得有发亮的时候。而桃花溪两岸的林叶,一片片,都像是翡翠制成的晶片,一阵风来,无数的露珠自叶片上,同喧喧的鸟声一同落下,行人的衣襟,便有了拂之不去的梦痕。静观岩石与林木,会令人生出无尽遐想,但真正让我流连忘返不忍离去的,则是这一脉奔腾不息的水波。毋庸讳言,近几十年来,人类的生活发生了巨大的、令人难过的变化。发展经济获取财富似乎成了人们奋斗的唯一目的。这一点,在发展中国家表现得尤为突出。在利益的驱使下,我们赖以生存的自然环境日趋恶化,秀美的山川变得面目全非,草原荒漠,水流浑浊。我外出旅行,每每看到这种景象,总难免心下黯然。水是自由的元素,溪流是大山醒着的神话。可是,在我走过的一些山中,由于森林的过度砍伐,本当充沛的水流日渐纤瘦,甚至枯竭。此情之下,面对桃花溪湍急壮大的水流,我怎能不心情振奋,一次又一次俯下身去,双手掬水,作酣畅的牛饮。

在我生存的这片土地上,今后相当长的年代里,如果说有什么东西弥足珍贵,我可以肯定地说,是水,是丰富的、洁净的水源。桃花冲这一片深山,纵然再穷困、再偏僻,可是有了一条桃花溪,它便成了无与伦比的风水宝地。何况桃花溪畔,还有如此美丽的风景!

攀岩涉涧,不知不觉走完了十五里的溪山。拐过一丛危岩,我猛然听到一阵激越雄壮的水声。向导告诉我,前面是一挂比入口处更为瑰丽的瀑布,桃花溪从那里轰然跌落,把雪白的涛声,飞溅成晶莹的诗句。

水墨江南

水墨江南,是我最为心仪的画轴。峰峦中的涧水、烟树里的人家、晨炊上的鸟啼、落日下的橹声,匍匐在蜃气上的春梦无痕、浮漾于绵雨中的秋叶满山,或宁静、或喧闹,或尺幅玲珑、或无远弗届。我心中的江南,永远是一幅常读常新的水墨。

现在,我又置身在水墨之中。趁着紫燕唧来的微雨,沐着杜鹃染红的熏风,坐在涡轮搅水的画舫上,我航行在千岛湖中。

因为在建德县修筑了拦江大坝,在古淳安的县境里,在旧时的新安江的中段,一座五十八万平方公里的湖泊出现了。千峰座与白云厮守的青山,变成了泽国中的岛屿;十余万与鸡犬相伴的烟灶,变成了水族中的另类。人定胜天只是人的一厢情愿,但智能风景,却是人与自然的一种默契。

比之承载过大汉湍流、盛唐烟雨的新安江,千岛湖太过年轻。几十度春花秋月,它甚至还没到天命之年。然而,这并不妨碍它成为江南水墨中的神来之笔。抑或,它可比拟于桂林阳朔的鬼斧神工。

春雨时断时续,画舫渐行渐远。俯视水底,深黛而明澈;近岸浅波,虫鱼戏逗,荇草摇曳;远眺众岛,岩苍而螺翠;树林深处,茶烟袅袅,山市嚣然。山重水复,一湾一胜景;水复山重,一岛一生机。揽水湾中,可见鸥影横波,银鱼似雪;徜徉山间,可赏石窦飞瀑,小岛依人。有茶山处必有茶寮,有胜景处必有长亭。山一伸必至浅滩,浅滩即船市;水一折必有码头,码头即花坞。大哉瑶池落人间,美哉千岛湖!

遥想当年,被两岸青山逼仄的新安江,亦是一条流淌着春梦的河流。从皖南的屯溪,到西湖边上的杭州,数百里航程,它吸纳了多少幽谷兰露,桃花流水。夕阳下的帆影,犹如杜牧在二十四桥边写下的绝句;月华中的花船,犹如百尺楼头吹响的洞箫。李白在江中朗吟,新安江绝异诸水;海瑞在岸畔叹息,新安江流着忧患。商旅经过,水泛胭脂;兵爷经过,涛凝疮痍。这一条劫难过、绮绣过、空灵过又哀愁过的河流啊,直到二十世纪五十年代,才从根本上改变了命运。

从杭州乘船到屯溪,已经绝无可能。但是在千岛湖里品藻江南,却是难得的风雅。桂楫兰桡,在万顷碧浪中得大自在;渔歌鸟韵,在中天明月下做珍珠梦。今夕何夕,我问舟子,你的楼船将在哪一重花汛里停泊?舟子笑而不答。但是,我看到他抛出一根缆绳。立刻,我们的游船像一只敛翅的白鸥,留在了烟波深处,留在了愈久愈令人陶醉的江南水墨中。

阆 中 小 记

车抵阆中,天已薄暮。

还在南充过来的路上,朋友就告之,已为我在阆中老城的水码头客栈订好了房间。乍一听"客栈"这两个字,心里头温温的,便产生了异样的感觉。因为这个词不属于现在的时代,填充它的内容,除了武侠小说中的刀光剑影,就是唐宋明清中的那些才子佳人的故事了。

即至踏着松影一般的暮霭来到水码头的门前,看到门楣上悬着的乌木匾店号以及一进五重的深深院落,我真的以为一脚走进了唐朝。

我们经常夸赞时代的进步,若认真探究,则这进步都是功能上的发展,并非有质的改变。譬如穿衣,只不过从围着兽皮发展到布匹毛料;于交通,则从独木舟发展到轮船,从毛驴儿发展到轿车;于饮食,从茹毛饮血发展到珍肴玉馔;于栖身,从岩穴发展到多功能的住宅。衣食住行的本质没有任何改变。唯一改变的,就是科技了一些,丰富了一些。这好比计时器,虽然从远古沙漏发展到今日的电子钟,但是,我们因此改变了时间吗?

丰富也罢,简单也罢,激烈也罢,恬淡也罢,就像这客栈,虽然在别的城市里早就换成了宾馆、酒店之类的名称,但歇息下榻的功能,从来就没有改变过。

但是,客栈之于阆中,却是非常的贴切。因为这两个词,都在历史中承担着特殊的文化符号。

阆中建城,已有二千三百多年的历史了,真正的长寿老人啊!它与云南的丽江、安徽的歙县、山西的平遥并称为四大历史文化名城。中国的历史文化名城太多了。如北京、洛阳、成都、西安、杭州、苏州等等,那都是演绎过民族的爱恨情仇的大城。上述四个,应是历史文化名城中的四小花旦了。和另三座古城相比,地处川北的阆中,似乎名声要小一些,大有"养在深闺人未识"的况味。阆字比较生僻,最早见于《管子·度地》篇:"内为之城,城外为之郭,郭外为之土阆。"许慎的《说文解字》做出解释:"阆,门高也,从门。"北宋乐史的《太平寰宇记》是一部地理著作。介绍阆中,说它"其山四合于郡,故曰阆中"。比乐史早很多年的蜀汉谯周在《巴记》里说"阆水迂曲,经郡三面,故曰阆中"。两位地理学家,解释阆中得名的由来,一在山,一在水。若到过阆中,到城对面的锦屏山放眼一望,便觉得乐史与谯周的话都说得对。往近点看,嘉陵江绕城三面,若烟雨迷蒙,看城中参差的瓦脊,倒像是凫在水上的一大片乌篷船。但若目光远举,扭脖儿四下看去,就不难发现,嘉陵江如一条蜿蜒的青龙,游弋在万山丛中,被它守护着的阆中,像蛰伏于雨意中的一朵朵莲花,深藏于翡翠般的谷底了。

阆中的不可思议处,在于它的文化。在科举考试的年代,这一座小城里,出过一百一十四名进士,四名状元。须知整个四川才出了十九名状元啊!如今,走在这里的街道上,参观古意盎然的楼堂亭园、衙署街坊,辨认建筑中的雕龙画凤、碑跂残绢,就会深切地感到,这里的风俗民情,无不浸透着温婉的书卷气。虽然,刘备的结义兄弟张飞在这里镇守七年,并死于斯、埋于斯。但阆中似乎完全没有受到他的暴烈的感染,它向世人展示的总是一份散淡和儒雅。

却说住进水码头,行李甫卸,我就急不可待地走上长街闲逛起来。

深春的黄昏,在这座小城里,幽静而漫长。曲折而略显冷清的街面,伴我漫步的,除了张飞牛肉的香味,还有掺杂了鸟声的漫不经心的胡琴。一堆满特产陈列山货的店铺,仿佛一角园林;一座窗明几净、庭院生花的人家,仿佛一座空潭。身临其境,一些阴柔的词汇,如婉约、绵长、安谧之类,刹那间都生动起来,仿佛可以触摸、可以把玩。这时候,你就会领悟到这座古城长生不老的奥秘,乃是因为它平静着它的平静,悠闲着他的悠闲。你千种诱惑,万般浮躁,与它何干!

城市同人一样,性格千差万别。常言道"江山易改,本性难移"。尽管现代文明身影千姿、魅力四射,具有摧垮传统的绝对威力。但有的城市,对异质的文化,天生就有抗拒力。就像我此刻漫步的阆中,虽然也有网吧、也有歌厅、也有足浴城,但里头消费者的表情,还是散淡的,略含着幽默的。这就是现代其表古典其心了。

是夜,宿于水码头的阁楼上,听槛处嘉陵江的涛声,像听着一曲洞箫。这份悠然,让我想入非非。传言得道的高僧可以烧出舍利子来。我想,如果往古的文化能像高僧那样坐化,则这阆中的风俗民情,定可以烧出璀璨的舍利。

仙叠岩记

小时候,常听到各类海上仙山的故事,特别是白居易的诗"忽闻海上有仙山,山在虚无缥缈间",不免心向往之。总想去某一座仙山,找找那种眠云饮露、友鹿餐霞的感觉。

我认为既谓之仙山,就应该离尘嚣远一点,离烟波近一点。在幽静中听鸟语,于突兀中见玲珑。眼下,我站在仙叠岩的矶头上,感到身上的每一个细胞都处在放松的状态。

由温州向东六十公里经入海长堤,便到了碧波深处的洞头岛。岛的东南端,便是名闻遐迩的仙叠岩了。

古人的名句"白银盘上一青螺",写的是洞庭湖上的君山。仙叠岩没有君山那么大,四面临水的峭壁,嶙峋的褚黄,当然就不能喻为青螺了。但簇拥它的波涛,却远非八百里洞庭可比。如果说洞庭的沧浪横无际涯,则眼前这东海的浩瀚,可以说是空阔无边了。仙叠岩不是白银盘上的青螺,而是闪烁在无边蔚蓝中的一颗钻石。

作为胜迹,仙叠岩的历史并不长。洞头1953年才建县,是中国十四个海岛县之一。晋朝岛上始有渔民定居。南北朝时期,这里属于永嘉郡的永嘉县。大概是由于舟航艰危的缘故，一生耽爱山水的谢灵运，在担任永嘉太守时没有来到辖下的洞头。我认为，遗憾的不是洞头而是那位有着烟霞之癖的谢太守。没有站在仙叠岩上饮一杯流霞，怎么说都是一件懊恼的事。进入中世纪之后，直到解放前这几百年间，洞头饱受倭寇与海盗之苦。直到新中国成立之后，特别是改革开放这三十年来，洞头才有了显著的发展，作为岛上最能吸引游客的仙叠岩，才成为一方胜景。

早潮才退，我站在仙叠岩高耸的危石上，但见脚下的大海，近处微黄，远处碧绿，更远处则是苍茫的黛色了。陪同的人告诉我，在那黛色深处，越过苍茫之后，便是台湾的基隆。恨我目力不及，看不到基隆港湾里的舳舻。但扑岸的涛声，却让人隐约可以听到基隆的椰雨蕉风。

仙叠岩处在厦门与舟山之间。厦门有南普陀，舟山有北普陀，洞头有一个中普陀。三处普陀，一样慈悲。观音大士的航海路线，应该是世界上最美好的航程。她选择的驿站，既是乐土，亦是净土。仙叠岩与中普陀同处一岛。寺院的钟声回荡在珞珈丛林里，而观音的微笑也留在这仙叠岩的每一个角落。

在仙叠岩面朝基隆港的斧削一般的错落有致的巉岩上，有数十处佛像雕刻。最突出的一块数丈高的崖壁上，雕了一幅巨大的观音。由此盘纡而下，在闪着金箔一样光芒的岩石上，是一组十六罗汉的群雕。这些罗汉图像取自唐代画僧贯休的绘图。原本珍藏于杭州的雷峰塔。这些石刻均出自一人之手，他便是有着岩雕大师之称的中国美术学院教授洪世清。洪先生在中国大地上留有三处群雕：一在浙江玉环县的大鹿岛,一在福建惠安县的崇武岛,再就是眼前这座仙叠岩。刘海粟称洪先生的摩崖石刻是不朽的大地艺术,是永世不朽的杰作。现在,我面对这些刻画,觉得刘海粟的称赞发自内心。仙叠岩佛教石刻是洪先生去世前创造的最后的艺术。这一件件石刻融神圣于圆润的线条,它抵达神祇又取悦众生,让宗教的虔诚在风吹雨淋的岩石上留下永恒的魅力。洪先生完成仙叠岩的雕刻后,曾对人说:"石刻艺术三分天成,三分雕琢,四分岁月。"老艺术家是谦虚的,但道出了艺术的秘密。岁月即沧桑,有着沧桑感的艺术最能打动人心。从某种意义上说,仙叠岩造像与云岗、麦积山、龙门等石窟有着不可分割的血缘关系。在古代,宗教与艺术密不可分。现在,艺术家的宗教感情愈来愈淡薄了。艺术掺杂了太多的技术,这既是进步,也是倒退。

我来仙叠岩的时候,并非最好的季节,头顶上总是悬着台风的威胁。相比于春风中的海市蜃楼以及秋月下的纤尘不飞,眼前的海似乎在蓄积一种力量。在等待一次静久思动的爆发,但仙叠岩寂然如故。看看那些石刻的佛像以及身边为数不多的散淡的游人,你会突然感觉到,和谐其实就是减去浮躁,增添安静……

九寨沟三记

1997年的7月下旬,我曾去四川西北高原的九寨沟做一次短暂的旅行。岷山南段朵尔纳峰麓的这一条沟谷,本是嘉陵江源头的一条支脉。以高山湖泊与瀑布群而闻名遐迩。

九寨沟是Y形,入口处是主沟诺日朗,往上又分为则查洼和日则两条支沟。三条沟里有一百一十八个翠海,十七个瀑布群,还有众多的钙化滩流。它们千姿百态,极尽自然之美。因此,九寨沟有了"童话世界"的美称。

我徜徉其中,身心愉悦。耽美之深,言语不及。歌德说过:"艺术并不打算在深度与广度上与自然竞争。"在九寨沟,你会更加深刻地理解歌德的这句话。自然永远是最伟大的艺术品。

五 彩 池

则渣洼的顶端是长海。这海子有点像新疆天山上的天池,但比天池大。四围之山,层叠葱翠。右侧最高峰赭石壁立,倒映海中,如城如幕。海中无舟楫,为的是保护清纯的水质,免受人之污染。故不知长海往里走还有多远,像我这种好作赤松子仙游者,也只能临海一叹。

从长海回头,过山水画廊,穿夹道繁花,约两公里,即是五彩池。

深谷之中,一片凹地,积了一汪水,乍看盈盈一碧,细看色彩斑斓。古人言静若处子,而处子之静,比起五彩池,又差得远了。

这是我站在半坡上看到的五彩池的第一感觉。等到我走下丛林,站在池边,看到东岸之花木摇曳,蕴水之色彩迷离,真的禁不住要长啸一声。

久居江南,见水之狎人者:春江花月,渔灯隐隐;水之妩媚者:桃花流水,霁月相随;水之幽绝者:寒潭古涧,终古泠泠;水之放荡者:喷雷激电,冲跌无状。狎人者乃水之歌伎,妩媚者乃水之少女,幽绝者乃水之隐士,放荡者乃水之狂客。以此四种来比五彩池,其境皆非。

五彩池不过百席之地,水深丈许,地底石块参差。石隙中长出各类水草,纤纤细细,柔柔嫩嫩,仿佛不是长在水底,而是在清晨的空气澄明的草地上。

生平第一次见到如此清澈的水,仿佛这不是一池水,而是一池空,是那样容不得半点纤尘的空,太虚幻境的空。

斯时阳光正好。这川西高原的阳光,虽在流火七月,却是强烈而不燥热。照到池中,一汪幽幽水,竟成了变幻无穷的彩池。

一池绿、一池蓝、一池紫、一池黑、一池白。绿是那种雍容大度的绿,蓝是那种无拘无束的蓝,紫是那种悠悠忽忽的紫,黑是那种亮亮丽丽的黑,白是那种玲珑剔透的白。水底有石垒垒,有草飘飘,有朽木横斜,有落叶纷呈。它们因风而生姿,因光而吐彩。枝影横斜,互衬美丽。

观察再细致一点,就会发现,这一池清水,含蕴漾动的色彩又岂止上述的五种呢?单说绿,就有深绿浅绿之分,蓝中亦有孔雀蓝、宝石蓝等。捉摸不定的色彩变化,稍纵即逝而又毫发可见。就在我临水凝视的时候,只听得叮咚一声,待涟漪散去,只见一丈多深的水底,有一只红红的玛瑙手镯,卧在白石青草上。原来,是一个刚走到池边的小姑娘,因为激动而撒手欢呼,那镯子便脱手而飞了。小姑娘似乎一点也不懊恼,她望着水中那小小的一圈猩红,露出兴奋的笑容。

忽然,我觉得这一池水应该是陶渊明所推崇的桃花源中水了。一想又不妥,桃花源毕竟是人间烟火之地,饮食壶浆,耕耘稼穑,皆取之于水,水难免不生长浊意。或许,它应该是传说中的瑶池之水,想一想还是不妥,那瑶池是仙女们沐浴之地。尽管她们美丽的胴体让人惊叹,但毕竟浴过的水,或多或少,总还是有那么一点秽气的。

五彩池是不可比拟的,它就是它。人气与仙气,对于它都是多余的。就连住在山中的熊猫,似乎也很知趣,并不来这池中饮水。

孔雀河道

从熊猫海到五花海之间,有一条悠长的山谷,溪泉流贯其中。这条溪流有一个美丽的名字:孔雀河道。

我们是依次游过天鹅海、芳草海、箭竹海和花海之后,才走下孔雀河道的。一串串的高山湖泊,让我感到一种特殊的宁静的美丽。天鹅海中的芦苇如同江南的田禾,百年老树倒卧湖底,像入定的美髯的仙翁;箭竹海浅草岸滩,小翠鸟飞飞点点、呜呜啭啭。鸟声落处,绿绿的苇丛边,水流处,有一带黄花开得正旺。幽静啊!清纯啊!置身其中,我的日渐迟钝的触觉、嗅觉和味觉突然间变得非常敏感了。

正午时分,在熊猫海古松蔽日的岸边木桥上稍事休息后,我们走下了孔雀河道。

我一直很喜欢幽谷,它蒐集了山水的阴柔之美。庐山的青莲谷,张家界的金鞭溪,皆幽谷中的珍品。孔雀河道并不是九寨沟最惹游人的景区,但是在我眼中,它却是一段可留可步的至美空间。

顺着熊猫海里侧山壁间的栈道而下,首先入眼的是一帘瀑布。共三挂,中挂大,左挂小之,右挂又小之。三挂都跌落在一块平坦的巨石上,然后又分成许多更细更白的瀑布跌宕而下。尔后又一跌,再跌,飞泉嗷雪,银练腾空,豪壮中又含有几分飘逸。

再往下,众瀑合为一溪,在谷底的密林中迤逦穿行。这是一片怎样的密林啊!两边的山坡峭壁上,长满了森森古木,随便哪一棵,都有着千百岁的年龄。该绿的绿,该赤的赤,该枯的枯,该旺的旺,一切随意,决没有人为的痕迹。而谷中的树木,以松与杉居多,它们都是族类中的伟岸丈夫。头顶上的太阳仿佛是来自神仙世界的瑶光,照射到它们身上,散发出各种各样彩色的光芒。但也有不少灌木夹杂在松杉之间,瑶光之下的这些灌木,仿佛不是木质的植物,而是一团团天女织出的罗绵。水雾缠绕其上,蝴蝶翩飞其中,山花簇拥其下。层层叠叠,妙趣天成。在这里,我想特别提及一种开花的灌木。花大如碗,花白如月,怒放在苍郁森林中的这一树一树的白花,像乐园里少女的微笑。我曾问及导游小姐这花叫什么名字,她抱歉地摇摇头说不知道。

孔雀河便是在这样的氛围中潺潺流去,河中的鹅卵石,像是下了一地的恐龙蛋。而恐龙,恐怕还在两边高山的密林中酣然而卧呢。听说还有人看见熊猫在这孔雀河里饮水。草原上不能没有牧羊犬,如果没有熊猫,这一只只会走动的花,孔雀河的美,便失去了它的独特与非凡之处。

停停走走,走走停停,约有两公里的下山河道,竟被我走出了千里万里长的诗情。美并不是什么神秘的东西,它明明白白,却回味无穷。行到水穷处,坐看云起时。我一直很喜欢这两句唐诗。但我脚下的水没有穷处,我头上的云,却是丝丝缕缕,如同飘自远古的梦痕。

当我刚刚感到腿有些乏力时,路拐弯处,一座小小的四角亭出现了。这是围绕一棵巨松而修建的亭子。松木为梁、为柱、为椽,松皮为瓦,松板为地,板下是一只碧汪汪的水潭。站在这别致的小木亭里,倚着那棵巨松,听水声、鸟声,看落花、卵石上的苔藓。你马上感到,林泉风度该是多么美妙!

这亭子里应该站一个吹箫客,吹长亭送别,吹曲水流觞;或者,站一个酒仙,舀起这满谷奔流的玉液琼浆,与古松对饮。让酒香把熊猫引进亭子,一起来与狂饮的刘伶为伍;或者,来一位诗人,他有着满头白发,腰间挂着陆离长剑,对着流水,朗朗而吟"大江东去,浪淘尽千古风流人物……"

我虽然也是一位诗人,也站在这座小亭里,我只能唱"今宵酒醒何处,杨柳岸晓风残月"。不是我意志消磨,而是在这幽深的孔雀河谷中,我醉于美丽而不知烦恼为何物。

珍 珠 滩

九寨沟的水,静到极致的是五彩池。动到极致的,则是珍珠滩了。

珍珠滩在日则沟的下部,五花海与镜海之间。一片世所罕见的钙华群流。当我置身在这一片流滩之前,真是惊喜莫名!无数问题的循环,形成历史的曲折。而眼前的千折万折流水,千叠万叠急湍,则构成了无穷的自然之美的循环往复。

这是一片怎样的滩流啊!

碎雪团团,随阳光而流转;晶珠粒粒,含霞光而滚动。簇簇鹤羽,栖碧树而徘徊;点点星光,坠寒露而闪烁。石瘦松长,在清泉白瀑之间;天荒地老,在嗷雪轰雷之中。千条万条欲飞之龙,盘踞旷古的草莽;千树万树争艳之梅,摇曳抗俗的冰心。牦牛渡水,悬岩且成函谷;青鸟涉滩,卵石喜搭鹊桥。秀树如杯,送我千盅芳醪;石笋如笔,画出一轴云烟。神话、图腾、自然,彼此混为一体;现在、过去、未来,时间已经凝固。

徘徊复徘徊,流连复流连,在这变幻无穷的流滩前,我真正领略到了自然之美的催眠能力。当然,被催眠的不是我的身体,而是我的精神。德国的一位哲学家说过:"一切时代的伟大艺术都来自于两种对立力量的相互渗透——来自于狂欢的冲动和梦幻的精神状态。也就是存在于做梦状态和醉酒状态中的那种对立。"此刻的我,正是处于这种对立之中。

热爱自然的我,曾在多少回梦游中,向往那种野性与温柔统一的山水。既精美绝伦,又狂放不羁;既是情绪的极度宣泄,内在的结构又井然有序。珍珠滩正是这样的一片山水。到此你可以深信,最好的艺术就是自然本身。面对它,你将获得幻想的力量。激动人心的狂歌狂舞,清澈宽博的云水襟怀,它们相互渗透,互为表里,使珍珠滩成为一件伟大的艺术品。

顺着滩流间的木板小路,我且观且行。钙华的缓坡上,生长着密密匝匝的矮树丛,每一株树都枝干倔强,横陈有致。椭圆而小巧的绿叶,绿得何其深沉!葱白的滩流便在这些树丛中窜流,偶尔弹上板桥的细碎的浪花,像是自空而降的一絮霜,轻盈湿润,落在脚背上,痒酥酥得很是舒服。

顺着木桥,我们涉过滩流,来到了珍珠滩的里侧,拐过谷口,突然听到一片巨大的水声,如万壑惊雷。噼噼啪啪的大雨点,也兜头兜脑砸下来。循声望去,但见一屏百米多长的环形峭壁上,跃动着数十条瀑布。细如银蛇,大如蛟龙。蛇如响箭,龙如狂飙。它们交织在一起,扭动、狂舞、呼啸。逼得每一个前来瞻望的行人,都不得不倒吸一口冷气。这是一个何等壮观的瀑布的家族啊!物理的真实与艺术的真实达到了完美的结合。这一挂挂数十米高的银瀑飞身而下,让我感到脚下的岩石在颤抖,山谷在悸动,大地被撕裂。被溅起的水雾,如簇簇银花,团团雪淞。照射它们的阳光,显得那么苍白无力。不是万古长新的太阳病了,而是这些瀑布的生命太过奔放。

身临其境,我感到我的长期在理性与逻辑的熏陶下而被束缚的人性,突然一下子获得解放。我想到"拔剑四顾心茫然"的李白,我想到"雕裘换酒也堪豪"的秋瑾。他们追求真挚的生命,而不惜砸碎世俗的枷锁。秩序是社会和谐生活的保证,却是艺术的大敌。追求卓越的生命首先就该具备粉身碎骨的勇气。像这高高的飞瀑,刹那间完成生命的壮烈。

此刻,我仿佛看到飞身而下的不是珍珠滩的流水,而是历代那些从理想高地上一跃而下的仁人志士。他们在地为珍珠,腾空而起后,则化为彩虹,化为苍穹上的闪闪熠熠的星河。

踏遍青山人未老

一

>处处水从千涧落,
>家家人在数峰间。

这是少年时读到的清代戏剧家李渔所写的《英山道上》的诗句。英山是我的故乡,它地处鄂皖交界的大别山腹地。位于英山、罗田、金寨三县交界的大别山主峰天堂寨,秀耸天际,总揽群峰。它不但是长江、淮河两大水系之大别,亦是荆楚文化与吴越文化之分界。我十七岁时第一次登上那烟霞纠结、岩石荦确的峰头,放眼望去,不但看到了李渔诗中所赞赏的千涧飞腾,万山簇拥的自然大观;也看到了众鸟浮漾、翠雨横空的奇异诗境。欣欣然、陶陶然的我,情不自禁写下这样的诗句:

>我欲摩天五尽寒,
>羲和飘泊隔云烟。
>寒星腋下生双眼,

望绝中原百万山。

以我十七岁的肉眼,当然看不到百里乃至千里之外的城郭山河。但是,用天边的疏星作我的眼睛,辽阔的中原便尽收眼底了。

我一向认为,人活在世上,要有大胸襟、大眼界。有了这两点,才有可能产生大格局、大气象。而故乡的大别山,则给了我这种可能。在幽深的峡谷里我们可以练气蒸霞,在崔嵬的峰巅上我们可以引颈四顾;在白云之上安顿我们的飘逸,在清泉之中洗濯我们的情怀。有一年,我到了大别山北麓的红安县七里坪,在那条曾诞生过共和国的主席、总理、元帅与将军、部长与省长的窄窄的山街上,我且行且止,徘徊良久,挥毫写出如下的诗句:

> 我爱红安五月花,
> 杜鹃如血血如霞。
> 为何二百屠龙将,
> 尽出寻常百姓家。

而另一次,耽于禅思的我,在大别山东麓的一个名叫桃花冲的山谷里,我躺在溪流中一块平坦光滑的巨石上,耳听樵风松韵,又吟出另外四句:

> 风起竹邀花扫石,
> 寒来云为客添衣。

禅家活得无拘碍,
尽日南山一局棋。

同样一座大别山,它既能养育铁血男儿、救世英雄;又能培植禅风道骨、尘外神仙。侠气与文藻相得益彰,入世与出世并行不悖。这就是大别山,人的故事即峰峦的故事,当下的平易即后世的神话。

二

我见青山多妩媚,
料青山,见我亦如是。

南宋大诗人辛弃疾行旅江南写下的诗句,最为恰当地表现了人与自然的相亲相悦。每次我回到故乡,面对绵延起伏的峰峦沟壑,心中便生出无尽的眷念。中国地大物博,名山众多。在山的圣殿里,它们都卓然独立。我们可以偏爱某一座山,但不能因此而轻侮别的山脉。近二十多年来,我的足迹踏过了太多的名山。而且,数十座名山都留下了我的礼赞。但是,每当我回到大别山的时候,耳畔总会想起毛主席雄奇豪迈的诗句:

踏遍青山人未老,
风景这边独好。

我爱我的故乡。我有太多的理由,证明大别山"风景这边独好"。它既是山水的,也是人文的;既是雄浑的,也是清丽的;既是水彩,也是淡墨;既是交响乐,也是小夜曲。试想一下,如果有这样一座山,它的盘旋曲折的山道上既驰过元戎的战马,也走过大儒的芒鞋;它的蓊郁的山谷与青青的田畴上,既诞生了诸如大乔小乔这样的绝代佳人也养育出道信、弘忍这样的禅宗领袖,我们还有什么理由不承认它的独特性呢?

用堪舆家的话说:千尺为形,百尺为势。大别山的形与势总是展现出天造地设的妥帖。它没有像张家界那样彰显鬼斧神工的艺术,也不会像九寨沟那样经心构造童话的世界。它向我们展示的更多的是生动活泼且又温婉如牧歌的人间景象。小时候,仲夏的夜晚,老人摇着蒲扇向我讲述人与自然的关系:"山厚地厚人忠厚,山薄水浅人轻浮。"在心智未开的童年,我并不能理解这两句话的意义。但是,当我脸上的酒窝变成了皱纹,满头的青丝变成了花发,并经历了二十世纪六十年代的大饥饿、七十年代的大动荡与八十年代的大变革之后,当我有资格说"涉世日深,阅人无数"这八个字之后,我才真正理解了那两句话的意义。人永远在模仿自然。大自然有鲜花,人有笑语;大自然有雷霆,人有咆哮;大自然有风霜雨雪,人有喜怒哀乐。大别山是地球上最为高寿的山脉之一,它的美早已从外形走向了内心。对于鹤发童颜的老人来说,美不在容颜而在于气质,而气质则是学养与阅历的结晶。这两者,大别山都不缺。山的厚重养育了它的子民的厚重。在它的千峰万壑中,在它河流蜿蜒的地方,千百年来,走出了多少政治家、军事家、哲学家、科学家、医学家、作家、艺术家、经济学家啊! 人才辈出是大别山历史的常态。一方水土养一方人,每一个朝代,大别山都会为中华民族养育出一批批推动历史前进的精英。

大别山有时候很浓烈,像四月如火如荼的杜鹃花;有时候很恬淡,如三月蒙蒙细雨中的茶烟。有时候它很灿烂,如重阳节后饮过霜花的簇簇红叶;有时候它很萧瑟,像深雪中匍匐在瓦脊上的炊烟。大别山同南方不一样,它有鲜明的四季;大别山同北方也不一样,除了同样领略西伯利亚送来的寒潮之外,它又享受着乘暖风而来的南太平洋升腾的云气。

古人讲,三十岁学世间法,六十岁学山间法。这是说,一个人到了三十岁,就应该离开家乡,走到更广阔的天地,投入沸腾的生活建功立业。到了六十岁,他应该回到山中,在童年的家园中颐养天年。今天这个时代,生活形态已发生了天翻地覆的变化。一切的路通向城市,回到故乡的人越来越少了。但不管怎样,心中的故乡应该永远存在。我爱天下所有的名山,但是,我更爱我的故乡大别山。生活在山的家族中,我感到充实。所以,我喜欢毛主席的诗:踏遍青山人未老!

让历史复活

——长篇历史小说《张居正》创作谈

一 从皇帝与宰相谈起

近些年,帝王小说兴盛,甚至到了泛滥的地步。分析这一现象的产生,不能不看到这是中国的知识精英与一般民众都对皇权充满崇拜的结果。我们在批判极权统治的时候,往往会把这责任一股脑儿地推到统治阶级本身,殊不知正是崇拜皇权的民族心理,构成了极权统治存在的土壤。

我曾对人讲过,要想弄清两千多年来中国历代皇权统治或曰国务活动家的基本特征,应该着重关注两个系列的人物:一是从秦始皇到光绪的皇帝系列,二是从李斯到翁同龢的宰相(或相当于宰相)系列。若将这两个系列的人物做大致的分析比较,不难看出,优秀的宰相远多于优秀的皇帝。其治国的能力,帝王系列的人物表现出的是一条一直向下的曲线,而宰相系列的人物则始终维持在一个相对高位的水平线上,细究个中原因,乃是因为皇帝是世袭制,而宰相则多半是凭着真才实学一步步攀上权力高峰。因此,除了改朝换代留下赫赫文治武功的开国皇帝以及为数不多的明君,更多的帝王都如过眼云烟。虽然他们生前都拥有绝对的权力,但死后,他们的声名,却是比春花凋谢得更快。更有趣的是,一个暴君或一个庸君的身边,往往都会有一个聪明的善于协调平衡各方面关系的宰相。尽管这样的宰相多半都会"以身殉职",但正是由于他们的斡旋与努力,国家才不至于动荡,世袭的皇权才得以延续。诸葛亮在他著名的《后出师表》中表述的"鞠躬尽瘁,死而后已",应视作中国宰相们政治生涯的生动写照。

恕我不敬,中国的皇帝除了屈指可数的英明君主外,更多的是荒唐与平庸的人物。宰相则不然。他们中产生了一大批非常优秀的政治家,商鞅、萧何、诸葛亮、魏徵、赵普、王安石、刘伯温等一些在民间广为流传的人物,莫不都是宰相出身(即便没有宰相的头衔,也都干着宰相的事业)。当然,宰相中也出过李林甫、秦桧、贾似道、严嵩之类的奸佞,透过他们,我们亦可了解中国古代政治生活中的淫邪与残暴,是怎样在精心设计的权术中达到极致。中国有帝王术,专门研究如何当皇帝;中国却没有一部宰相学,来探讨这一特定职位上人的领导艺术与政治智慧。毋庸讳言,是东方古国长达两千多年的极权统治,导致了这种缺失。

比之皇帝,宰相这一阶层的人格具有两重性。一方面,他们是"学而优则仕"的代表,以"士"的身份走上政治舞台,因此有着强烈的"先天下之忧而忧,后天下之乐而乐"的忧患意识。另一方面,他们崇尚的道德与残酷的现实大相径庭。如果要建立事功,他们必须学会隐藏自己。宰相们与其说是为国服务,不如说是为皇帝效劳。看皇上的眼色行事,使他不可能保持独立的人格。他既要曲意承上,又要"大庇天下寒士俱欢颜";既要心存社稷,又必须"王顾左右而言它";他既是帝师,又是奴仆;既为虎作伥,弃道德如敝屣,稍一不慎,自己也就成了祭坛上的牺牲品。

大约十年前,我开始对中国的宰相们产生了兴趣。几乎从一开始,这种兴趣就给我带来了创作上的冲动。我无意写一部宰相学,但却想寻找一位合适的宰相,通过他的政治生涯,来再现一段在中国文明进程中具有典型意义的历史。经过长达数年的研究,我才选取了明万历年间的首辅张居正,作为我历史小说中的主人公。

二 关于张居正的思考

选择张居正,我基于三个考虑:一,他是典型的"士"的代表;二,他所领导施行的"万历新政",比之商鞅、王安石推行的改革要成功得多;三,明代的国家体制对后世影响非常之大。

说到明代,我不得不遗憾地说,与汉、唐、宋、元、清这些大一统的王朝相比,值得称道的地方并不多。农民出身的朱元璋,得了天下之后大肆屠戮功臣,害怕大权旁落而一连诛杀三位宰相,并从此永久废除宰相制。终明一朝,冤狱盛行,动荡不断。由于对大臣们的不信任,朱家皇帝创设东、西厂与锦衣卫两大特务机构,实行恐怖镇压。另一方面,由于皇室怙权而又贪图享乐,导致宦官乱政。王振、刘瑾、魏忠贤三位司礼太监对朝政造成的伤害,恐怕为历代宦官之最。特务与宦官,这国家政治生活中的两大毒瘤,是朱明王朝留下的最为可怕的政治遗产。

明朝初年朱元璋与朱棣父子两位皇帝对功臣与士族大开杀戒,并未涉及底层百姓。经过连年战乱的庶民,因此获得一个相对平稳的休养生息的时期,从洪武年间到仁宣之治大约一百五十年时间,老百姓安居乐业,经济富裕,但从正德时期开始,由于武宗皇帝骄奢淫逸,接着是嘉靖皇帝横征暴敛,民不聊生的局面开始出现并日益严重。在城市里,官僚权贵的享乐达到极致;在广大乡村,饥民揭竿起义的事情屡有发生。到了隆庆时代,朱明王朝明显露出"下世的光景",对国家的控制力已相当有限。正在朱明王朝摇摇欲坠之时,三十六岁的穆宗病逝,他的十岁的儿子朱翊钧登基,是为万历皇帝。小皇帝启用他的老师张居正出任内阁首辅。由于历史的机缘,四十八岁的张居正开始了他十年柄国的辉煌无比的政治生涯,给后世留下了一段风雷激荡的"万历新政",不过,这风雷激荡,昭示的是万象更新的文治而非暴力下的武功。

明代的首辅制,是一个相当古怪的政坛产物。宰相制废除后,本是替皇上撰拟诏诰、承制辞章的文渊阁大学士,便变成了皇上的秘书兼顾问。为首的大学士称为首辅,相当于首席顾问。按朱元璋钦定,大学士们只享受五品衔,相对于吏、户、兵、礼、工、刑六部二品衙门,这级别实在太低,但经过一段时期的演变,阁臣们禄位渐隆。到了明中期,阁臣们几乎都是从二品大员中选拔,而首辅则程度不同地行使着宰相的权力。

由于首辅名义上只是顾问,因此他是否能顺利担当宰相的角色,则要取决于皇帝与首辅双方的能力。如在朱元璋面前,首辅只能是一个唯唯诺诺的顾问;而面对穆宗朱载垕这样的懦弱皇帝,首辅则实实在在担当起宰相的职责。

通览明史,可以得出这样的结论:张居正是明朝二百七十余年间最有权势,同时也是最有能力的一位首辅。这不仅仅因为历史给他提供的机遇最好;更重要的是,没有哪一位首辅,登位之前,像他那样做了如此充分的准备。

稍有政治经验的人都懂得,提出一套符合国情民意的改革方案虽然不易,但比起将这方案变成实实在在的成果,则又要容易得多。举凡思想家,都可以担当设计师的角色,但担任工程师的政治家们,不但需要道德上的勇气,更需要把蓝图变为现实的卓越智慧。我认为,张居正便属于这样的政治家。

隆庆元年(1567年),张居正刚入阁成为末辅,怀着对新皇上的期待,四十二岁的他,便虔敬地向穆宗献上了一道洋洋万余言的《陈六事疏》,从省议论、振纪纲、重诏令、核名实、固邦本、饬武备六个方面详细阐述了自己的改革主张。所涉内容,涉及吏治、纲教、经济、军事诸领域。胸无大志的穆宗,只愿意沉湎酒色,哪愿意如此大刀阔斧地重振乾纲。他只是敷衍地赞扬了几句,便搁置不管。张居正做此试探,知道时机并未成熟,于是继续耐心等待,六年后他的这一份完备的改革文件,终于成了他实施"万历新政"的政治纲领。

关于"万历新政"的功绩,已有不少海内外的历史学家做了详细的分析和充分的肯定,不用我在此赘言。我要说明的是，正是张居正的改革，使本来气数已尽的朱明王朝突然枯木逢春，获得了难得的"中兴之象"。可是，正是这样一个"宰相之杰"，死后却遭到了最为残酷的清算。万历皇帝一面享受着张居正改革带来的福惠，一面下令把张居正的封赠全夺、家产尽抄、亲人或死或谪。万历皇帝的这个态度，导致张居正死后半个世纪，满朝文武竟无人敢提及他的名字。

张居正的功绩，说明中国"士"阶层在政治舞台上的独特作用；而他的悲剧，又深刻揭示了极权统治的寡恩与残忍。

1998年暮春，动笔写《张居正》之前，我曾专程去了一趟张居正的故里湖北省江陵县，站在他的墓碑前，我吟了一首绝句：

> 四百年前事可疑，江南又见鹧鸪飞。
> 杜鹃舌上烟波里，立尽斜阳是布衣。

中国的与官场无涉的知识分子，常以布衣自谓。至今，我这个布衣还记得，那一缕惨淡的夕阳，是如何陪伴着我，在张居正的杂草丛生的墓地上做孤独的徘徊。伟人们死后的萧条本属正常，但我仍不免暗自思忖：从商鞅的被车裂到张居正的灭门之祸，果真是中国古代改革家的必由之路吗？张居正推行改革之时，也曾下定了"虽九死其犹未悔"的决心。可是，如果真的给他第二次生命，他还会有那挽狂澜于既倒的干云豪气吗？

张居正的悲剧，不仅仅具有封建性，更具有民族性；不仅仅具有政治性，更具有文化性。中国的政治生活，历来是粗暴且僵硬的,缺乏灵动的生气与恒久的激情。张居正正是想把灵气与激情引入政坛,这就注定了他的不可避免的悲惨性结局。

三 生于忧患,死于忧患

我一向固执地认为:让历史复活,使今天的人们能够从遥远的过去审视当下,洞察未来,这不仅仅是历史学家的责任,同时也是作家的责任。

与现实小说相比,历史小说更能体现作家创作上的自觉。因为,历史小说要兼顾历史与小说两个方面。其作者首先应该是史学家,然后才是小说家。这要求也许苛刻,但我认为这是写好历史小说的关键。时下一些流行的历史小说,普遍存在的问题是忽略了历史的真实,这是作家没有认真研究历史的后果。

所谓历史的真实,简单地说,有三个方面:一、典章制度的真实;二、风俗民情的真实;三、文化的真实。前两个真实是形而下的,比较容易做到,第三个真实是形而上的,最难做到。前两个形似,第三个是神似。形神兼备,才可算是历史小说的上乘之作。

我曾对张居正及嘉隆万三朝的历史做了数年的研究。自认为占据了丰富翔实的史料,完全可以写出一部严格意义上的历史小说了。可是当我花去整整一年的时间写出第一卷时,才发觉根本不是那么回事。它既不是史学著作,作为小说又显得干巴。这才意识到,历史的真实并不等同于文学的真实。从历史到文学,有一个艰难的转化过程。小说中的张居正,并不能直接等同于历史中的张居正。它既要忠实于历史,更要忠实于文学。他既是历史中的人物,又是文学中的典型。这一点至为关键,如果处理不好,文学的价值便荡然无存。经过慎重考虑,我决定舍弃了这三十多万字的第一稿,于1999年春节之后,又从头开始。现在读者看到的《张居正》的第一卷《木兰歌》,便是与第一稿了无关涉的第二稿。这本书属不太成熟的作品,但至少读者可以从中看到作者的追求。

作为历史小说的作者,还有一点尤其重要,那就是忧患意识。我曾在一篇《登郁孤台》短文中评价辛弃疾"生于忧患,死于忧患"。其实,古代士子,穷者如杜甫,达者如张居正,有谁不是这样?一个不具备忧患意识的作家,又怎能与笔下的历史人物作穿越时空的心灵沟通?不过,在当下商品经济的冲击下,作家们似乎已丧失了为民族思考的责任。文学的视野日渐转向个人的隐私,或者媚俗的快餐。文学的阳刚之气、厚重之感正在丧失,代之而起的是轻佻与浮滑。一个民族的文学心志一旦走向颓废,则预示着一个时代的文学的终结。我在前面已讲过,历史小说作家更具有文学的自觉。这自觉,便缘于他的忧患意识。他不会无缘无故地选取一段历史、一个人物,对现实生活的思考形成了他的历史观。作为一名作家,如果一味地追求形式上的创新,或满足于编造精巧的故事,这实际上是在浪费自己的聪明才智。写什么和怎么写的问题,前者永远是主要的。这一点,对历史小说的创作尤其重要。

以上拉拉杂杂,写下的是我创作《张居正》的动机,以及对历史小说的思考。我不是清流,无意对张居正做道德上的评判。在严肃的历史面前,个人的爱憎,往往会导致低级的错误。四卷本的《张居正》已经问世,创作这部书,我前后花去了十年时间。真正的十年磨一剑,但是,这究竟是不是一把好剑,则需要广大的读者来鉴别。